我在内心深处

种下了一颗星星。

玄笺

悦梦享
ENJOY LIVING

玄笺
XUAN JIAN

◎ 著

逐光

Zhu
Guang

片名：踏雪
导演：秦翰林
机位：1
20xx 7/25 | 3场

孔學堂書局

图书在版编目（CIP）数据

逐光 / 玄笈著 . — 贵阳：孔学堂书局，2023.7
ISBN 978-7-80770-432-4

Ⅰ . ①逐… Ⅱ . ①玄… Ⅲ . ①长篇小说－中国－当代
Ⅳ . ① I247.5

中国国家版本馆 CIP 数据核字（2023）第 073062 号

逐光　　玄笈　著
ZHU　GUANG

责任编辑：胡国浚
责任印制：张　莹

出　　品：贵州日报当代融媒体集团
出版发行：孔学堂书局
地　　址：贵阳市乌当区大坡路 26 号
　　　　　贵阳市花溪区孔学堂中华文化国际研修园 1 号楼
印　　刷：三河市兴博印务有限公司
开　　本：880 毫米 ×1230 毫米　1/32
字　　数：293 千字
印　　张：9　彩插 0.25
版　　次：2023 年 7 月第 1 版
印　　次：2023 年 7 月第 1 次印刷
书　　号：ISBN 978-7-80770-432-4
定　　价：49.80 元

“我叫夏桐，
　夏天的夏，桐树的桐。”

“好，我记住了，
　期待下次和你见面。”

目录
CONTENTS

她照耀着我，指引着我，最终拥抱了我。

片名 《逐光》
TITLE

卷号 第一章 CHAPTER 1
ROLL

镜号 要与光同行
SHOT

2016 年，盛夏。

下午两点，S 市机场某接机口已经是人山人海，有几个人合力举着灯牌的，有抱着大型玩偶礼物的……他们中的大部分人年龄都在二十岁上下，在防护线规定好的范围里挨挨挤挤，伸长了脖子张望着前方的出口。

他们已经在这里等了将近两个小时，却没一个人提前离开，每个人的脸上都写满了期待。

隔着玻璃门出现了一道身影，只能模糊地判断出是个女人，在毛玻璃的遮挡下根本看不清她的样貌。但对于来接机的人来说已经够了，她的身影就像是一颗石子投入宁静的波心，粉丝们爆发出一阵又一阵沸腾的声浪："夏以桐！夏以桐！夏以桐！"

灯牌举了起来，玩偶也举了起来，单反相机一起对准了即将从玻璃门后出来的人，玩了命地拍。门口等候已久的各大娱乐报刊和传媒平台的记者们架着"长枪短炮"跟着一拥而上。

女人低着头出来，头戴一顶白色的棒球帽，棕红色的长发做了一点卷，披在肩头，左侧的长发则掖到了耳后，露出小巧白皙的耳郭。

她的整张脸被墨镜、口罩遮得严严实实，气质清冷，看起来格外地不好接近。

但是走出来的那一刻，她抬起纤长的手指，缓缓取下了那副几乎遮住了她半张脸的墨镜，紧接着是口罩，慢慢露出了重重遮掩下那张好看得过分的脸。

——秀眉俊目、秀鼻红唇，比荧幕上更漂亮。

一个记者杀出同行们的重围，眼镜挤掉了半边，挂在脸上也顾不上扶，急吼吼地递上话筒发问："以桐你好！我是沉光娱乐的记者，听闻你和陈沐阳——"

"请问以桐……"

"以桐请问……"其他记者红了眼，一个劲地把话筒、录音笔都往她面前塞。

记者是个娇小的女生，身高不到一米六，能冲在第一显然是豁出命了，还要时刻防备着身后的"对手"，夏以桐低头凝视着她，然后抬手做了个动作。

在场的粉丝都看见了，先是集体愣了一下，然后一起发出了高亢的尖叫。

"啊啊啊……"

无怪乎有人说，不知道怎么表达情绪的话，就尖叫吧。

在嘈杂的声浪中，传入记者耳中的声音依旧是亲切悦耳的："下次小心一点。"

记者也愣住了，她摸摸鼻梁上被扶正了的眼镜，对上夏以桐近在咫尺的温柔的眼神，脸忽然就红了。她不是新人了，没那么容易慌，张了张口，却发现连自己刚才要问什么话都忘了。

"那个……"

夏以桐微微低下头，含笑问她："嗯？"

"……"记者的大脑彻底"死机"了。

其他记者看她傻了，连忙趁机占据有利的位置，眼见着新一轮的"逼问"又要开始，夏以桐不慌不忙地转了个身对着众粉丝，轻轻地眨了一下左眼，桃花潋滟。

"啊啊啊……"

"啊啊啊……"

在场的粉丝全然没了理智，发出更加高亢的尖叫。

夏以桐望着她的粉丝，在心里说道：抱歉啊。

她一脸纯良地眨着眼睛问记者："你们想问什么？"

尖叫声过去，粉丝们依旧情绪激动，声浪几乎要掀翻机场的屋顶："夏以桐，我爱你！啊啊啊……"

记者们举着手里的话筒你看看我，我看看你："……"

他们的声音完全被粉丝淹没了。

记者们跟着夏以桐在粉丝的包围下出了机场，眼睁睁地看着她摆出一脸"我很配合你们"的亲切神色，不等他们问出一句话，就坐上了保姆车。

第一个冲上前的女记者拿手机给自己部门的主编打电话，沮丧地道："没采访到。"

主编问道："其他人呢？"

女记者的腰稍微挺直了一点："也没有，一个字都没撬出来。"

主编笑了："意料之中，你虽然不是新人，却是第一次去采访夏以桐，不知道她花招多，最擅长指东打西、转移注意力，不时还施展一下'美人计'，你招架不住不怪你。"

正好中了"美人计"的女记者："我下次会注意的，主编。"

夏以桐一坐上车，脸上的笑容维持不住，多日来紧密的行程安排已经让她感到疲惫不堪。她将手机开机，里面有十几条短信。夏以桐看看发信人，第一时间点开其中一条，来自她的经纪人——苏寒。

下飞机后来一趟公司，有工作和你谈。

夏以桐弯起嘴角，给她回复：好的，我马上到公司。

"我先睡一会儿，到了叫我。"夏以桐对坐在身边的助理道。

助理点头道："知道了，夏老师。"

夏以桐收起了手机，闭目养神。

一个小时后，朝楚娱乐大楼。

夏以桐从地下停车场上去，助理把她的包和帽子之类的物品拿到休息室，她自己一个人去办公室见苏寒。

说夏以桐是现在人气最高的流量明星之一毫不过分，一年半以前，她参演了一部火爆的电视剧《新倚天屠龙记》，饰女主角赵敏，由于气质、外貌出众，演技也还算拿得出手，当即一炮而红，又接连主演了三四部电视剧，部部收视率火爆，当年就拿下了年末电视剧评奖盛典的人气女主角。

夏以桐只穿了件长 T 恤，胸前的图案是她配音的动画片人物。大楼里的空调吹得有点冷，她摸了摸自己手臂上一层浅浅的鸡皮疙瘩，直接推门而入。

"来了。"穿着一身剪裁得体的灰色职业装的女人坐在办公桌后，刚挂掉一个电话。

"苏寒姐。"夏以桐点点头，把在媒体面前的老练收起来，露出一副乖巧的样子，"是有本子还是什么？"

苏寒从抽屉里掏出一大摞纸，摊在桌子上："有本子，我给你先初步筛选了一下，剩下的你自己挑。对了，还有个真人秀综艺邀请你当常驻嘉宾。"

夏以桐坐在办公桌对面，把剧本拨到一边，随口问道："什么综艺啊？"

苏寒说了一个名字，夏以桐听后微微张大了嘴，紧接着"扑哧"一声乐了："那我岂不是要赚翻了？这个制作公司出了名的阔气。"

她这话说得像个小财迷似的，语气却带着调侃。

"我正在和节目组接洽。"苏寒往桌子那边倾了倾身子，看着她说。

"姐，你决定就好了，我相信你，你可是带我走上人生巅峰的女人啊。"

"OK。"苏寒平日不苟言笑，对着夏以桐却总是忍不住勾唇。

夏以桐这人一点也没有沾上演艺圈的不良风气，跟活在自己的小世界似的，纯善、乖巧得很，依旧是几年前的那个小姑娘，听话，工作也拼命，真是没有比她再好带的艺人了。

夏以桐翻阅着手里的剧本，角色自然都是女一号，类型则大部分是一些都市情感剧，她边看边皱眉头。

她打心里不再愿意接这些片子了，但没有更好的资源，只能在矮子里头拔将军，找一个稍微能看下去的剧本。

将还看得过去的本子放到一边，夏以桐翻到了最后一本，这本和其他的不太一样，摸起来特别薄，是个电影剧本，扉页上写着：

电影名：《破雪》

导演：秦翰林

编剧：周一闻

这两个人都是电影界响当当的人物，在国内外拿过不少奖，这两个人的名字放在一起，就代表这是一部口碑票房皆优的电影！

她眼前一亮，立马把那个本子举起来，神情激动地道："苏寒姐，这个！"

苏寒眼睛一瞥，把剧本抽回去，给她浇了盆凉水："哦，拿错了，这个是给董雅飞的。"

董雅飞是苏寒带的另一个女艺人，目前还在上升期，和夏以桐的人气没得比。夏以桐虽然不爱争抢，但是眼睁睁地看着这么好的资源给了一个远不如她的艺人，也难免起了一丝疑惑。

苏寒哪能不知道她的想法，解释道："你听我说，这个剧的主角早就定了，是陆饮冰和来影。我给董雅飞争取的角色是个女 N 号，一个宫女，在电影里露面的次数不算少，但是台词非常少，中间还充当炮灰死了，是个毫不出彩的角色。我如果把这种角色给你，别说你要骂我，公司高层都不会放过我的。"

夏以桐的反应非常奇怪，她好像是一瞬间呆住了，像是听到什么不可思议的事情似的，急切地追问道："你刚才说主演是谁？"

"陆饮冰和来影啊。"

"来影和……陆饮冰？"

"嗯，"苏寒奇怪地看着她，"怎么了？"

夏以桐劈手从她手里夺过剧本，紧紧地盯着她："我要演这个！"

"你说什么？"苏寒觉得自己耳朵可能出问题了。

"我要演这个宫女！"夏以桐的态度非常坚决。

"你是在开玩笑吗？"

"我没有开玩笑。"

"董雅飞怎么办？"

"给她别的角色，这个角色我要了！"

苏寒："……"刚刚还说夏以桐听话，现实就狠狠地甩了她一巴掌。

苏寒搬把椅子坐到她对面，苦口婆心地劝道："你听我说，这部电影的导演可是秦翰林，你不是不知道他在业内的做派，你要是参演了，所有的戏都得从头到尾跟下来，直到杀青为止，起码得两三个月，那个真人秀综艺两个月后就得开播，你没有档期接这部电影。"

"那就推了真人秀。"夏以桐没有半点犹豫。

苏寒差点被气个半死，忍了忍，语重心长道："公司对你近一年的工作都有了安排，你这一走，我没法跟高层交代。你忍心看我挨骂吗？"

"你就说是我一个人的决定，高层那里，我去和秦董说，不会拖累你。"

"你先别提秦董，知道你跟她的关系好。"苏寒总觉得夏以桐忽然这么冲动是另有隐情，继续好声好气地劝道，"你告诉我实话，你接这部电影是不是有自己的打算？我给你想办法跟上边好好沟通。"

到底是自己带了两年的艺人，苏寒没那么不近人情。

夏以桐固执地说："没有隐情，最近太浮躁了，我就是想跟个好剧组，沉淀一下自己，这不是难得的机会吗？"

苏寒终于撕开了和颜悦色的面具，斩钉截铁道："我不会让你接这部戏，公司也不会。"

"我若偏要接呢？"夏以桐定定地望着她，分毫不让。

她进演艺圈，豁出命摸爬滚打了这么多年，就是为了能够看见陆饮冰、接近陆饮冰。如今终于有能够向陆饮冰靠近的资格了，她怎么可能放过这次机会？

苏寒阴着脸说："你签了合约的，工作事宜一切听从公司安排，你这样算违约。"

夏以桐倔强地没吭声，她紧紧攥着剧本的手已经给出了答案：她就要演这个角色，不惜代价，因为剧组里有陆饮冰！

空气中弥漫着浓浓的火药味，一场冲突眼看就要爆发。

夏以桐在飞机上无论如何也预料不到，她回国的第一天，就要因为心中的偶像和自己的经纪人大吵一架。

接下来两个人都没说话，沉默地僵持着。

"你去找秦总吧，如果她同意，我没意见。"

最后还是苏寒先败下阵来，共事两年，她多少了解夏以桐的为人，一旦夏以桐下定决心做某件事情，那就没人能改变她的主意。

而且夏以桐现在是公司的顶梁柱，说话也有一定的分量。

夏以桐见她妥协，也收了冷脸。

"谢谢苏寒姐。"夏以桐起身抱了她一下，随后抱着自己的双臂，和往日一样撒娇，"苏寒姐，你有外套吗？这儿空调开得有点低，我冷。"

苏寒递给夏以桐一件自己的外套。她目光深沉地看向冷得瑟瑟发抖正穿外套的夏以桐，她是不是早知道自己不能拿她怎么样，才敢这么肆无忌惮呢？她真的像看上去那么听话吗？

苏寒莫名产生了一种不好的直觉，也许从这一刻开始，一切就要变了。

她无论如何也想不到，促使夏以桐如此冲动的原因，仅仅是一个女人，而那个女人有一个响亮得家喻户晓的名字——陆饮冰。

陆饮冰是当今影坛的风云人物。她天赋异禀，十五岁考进戏剧学院，入学第一年就主演了人生中第一部电视剧。水井村的"巧儿"天真烂漫，从此成为电视剧史上标杆似的人物，陆饮冰的名字也开始家喻户晓。但这也是她主演的唯一一部电视剧，之后她便踏入了大荧幕，当时有些人断言她进电影圈后一定会沉寂下去，然而现实狠狠地打了对方的脸。她接演第一部电影后便爆红，第一年就拿了金狮奖最佳女主角，四年内连拿了三座奖杯，险些在学生时代就完成"三金"大满贯，毕业后更是将国内外奖杯捧回无数，堵得想挑她刺的人无话可说。

陆饮冰今年虚岁二十八，从十五岁至今从业整整十三年，一直都处在上升期，能够超越她的或许只有明天的她自己。她去年刚获得年度电影节最佳女主角殊荣，风光无两，再次迎来了新的事业高峰期。

她是天之骄子，是要写进电影史的人物，也是……夏以桐心中的偶像。

昏暗的床头灯光下，容貌姝丽的女人穿着松松垮垮的白袍，眼睛覆着白绫，单手撑着额角，色泽柔亮的黑色长发如鸦羽一般地铺散在雪白的枕头上，黑白分明。灯光给她镀上了一层温暖的光圈，她的另一只手缓缓地在被面上有节奏地敲打着，手指纤长白皙，骨节分明。

她有点不太像是这个浮躁时代里的人物，裹在白袍里的身体异常消瘦，整个人都呈现出一种遗世独立的气质，但同时又有种说不出的压迫感，身下柔软的大床仿佛变成了行军大帐，帐旁金戈铁马之声震慑伏地。

陆饮冰的眉峰一蹙，嘴角忽然上扬，露出似笑非笑的表情，那股压迫感便无声地收了回来。

时间在她周围都慢了下来，助理动作极轻地用指尖触摸着 iPad 的屏幕，知道她从戏里出来了，赶快调出来她喜欢的软件。

陆饮冰敲打被面的手指收了回来，藏进了被子。即便眼睛覆白绫，也没人可以忽视她的美貌。助理跟了她有半年了，还是经常不敢将目光放在她的脸上，因为一旦看见她的脸，就很难再移开眼睛。尤其是她的双眼，像是深沉的旋涡，一不留神就会被吸进去而毫不自知。

陆饮冰面朝着 iPad 的方向，呼吸平稳，就在助理以为她睡着了的时候，陆饮冰终于开口了。她说话的声音懒洋洋的，像唱着一支乡间小调，起承转合，尾音上扬，带一点含混的鼻音，那张完美的薄唇一开启，便像是要吐出一段缠绵动人的情话。

陆饮冰用她宛如天籁般的声音说："王炸。"

助理回："这把没有王。"

陆饮冰登时有点恼怒："那就重来一把。"

助理捂嘴一笑，重开一把，说："还是没有王。"

陆饮冰开始变得烦躁起来，撑着额头的手指也不安分："重来。"

"陆老师，稍等。"

陆饮冰皱眉："不要叫我陆老师，显老。"

助理从善如流地改口："小姐姐。"

小姐姐陆饮冰被取悦到了，安静了一会儿，之后才催促道："有王了吗？"

助理的语气上扬："有了。"

"好，王炸。"

"炸了。"

"好，认输重开吧。"陆饮冰漫不经心地说道。

助理瞟了一眼分数，算计着还能开几把，一心二用地用手机给助理 B、C、D 发消息，让他们赶快多注册点斗地主的账号，不然都不够小祖宗……不，小姐姐玩王炸的。

高冷的陆饮冰喜欢玩斗地主，而且只抓二王，抓到就炸。助理要是把这个料爆出去估计会跌了所有人的眼镜，奈何之前签了保密协议，这些秘密她只能抓独寂寞地吞下去，一个字也不能说。

陆饮冰炸腻了，取下眼睛上的白绫，从床上起身，走到电子秤前一称：42kg。她抬头望向镜子，看着自己瘦骨嶙峋的手臂，健身练出来的腹肌早就消失得无影无踪，只剩下薄薄的一层皮松垮垮地覆在肚子上，镜子中的女人脸颊也瘦削得可怕，只有那双眼睛依旧明亮。

嗯……好在气色也还行。

陆饮冰想起今天晚上还是只能喝蔬菜汁，心中顿时悲愤交加。但她转头对助理说话的时候语气却是平和的："你给我拍张照给秦翰林看，问问他瘦到这个程度可以了吗？"

手里的这部戏角色初期要求身形单薄消瘦。她上一部的角色是健硕型的，为此她特意增肥了十斤，现在紧接着就要减重，而且幅度很大，截至目前她已经暴瘦了三十斤。本来是可以换另一个主角的，但秦翰林早钦点了她，因为她演的不是女主，而是反串男一号。当今演艺圈，男演员和女演员全都考虑进去，除了陆饮冰，没有一个人符合秦翰林要的气质——清高、孤傲，同时得表现得运筹帷幄、野心勃勃，像一把藏锋的剑。她的演技甚至可以让人忽视她的性别，只关注角色本身。

陆饮冰是个戏痴，从来不参加任何综艺节目，很少接受采访，传言曾因为入戏太深患了中度抑郁症，在影坛足足沉寂了一年。

她身高一米七二，现在这个体重属于严重的营养不良，虽然有营养师给她做专门的食谱，但也不能长期维持在这么低的体重，根据电影需要只有拍完了少年戏份才可以增肥。

陆饮冰："跟秦导说，我可以进组了，准备开机吧。"

让整个剧组等她一个人调整好状态，陆饮冰有点过意不去。

秦导秦翰林看过陆饮冰瘦身后的照片，怕她出危险，当即紧锣密鼓筹备开机。陆饮冰肯空出半年档期答应他出演，已经是对他极大的尊重，当然其中一部分是看在电影的女一号饰演者——来影的份上。来影，二十七岁，是陆饮冰圈内为数不多的好友，也拿过最佳女主角奖项，演技公认的好，这次由她俩一起出演《破雪》，强强联合，秦导一颗心在肚子里放得稳稳的。

说起秦导秦翰林，他在圈内是有名的现象级奇葩、怪才导演，他的怪才和奇葩之处，就表现在几十年如一日对美的极限追求上。

他所拍的电影多是女主戏，基本无男主。他尤其擅长发掘女演员本身的优点，进行合理地放大，团队中常年有专业的私人服装师和灯光师。六分的演员在他手里能拍成八分，原来八分的演员能够拍成十分，经他指导出现在大荧幕上的女人们，无不美到风华绝代。

这些美人都是观众心里的朱砂痣、白月光，本来不红的红了，本来就红的更红了，即使多少年后息影了也时常有人会提起。

除此之外，这两年网络发展迅猛，秦导的片子一出，必定第一时间会成为国内某大型弹幕网站里各大剪刀手们争相使用的素材，圈子内有句戏言叫作："秦导又来了，你的剪刀是否已经饥渴难耐？"

这些剪辑过的素材在网络上通过网友的相继转发、分享，带动了一条新的曝光链。去年就有个名不见经传的女演员参演了秦翰林导演的电影，影片中女演员惊鸿一瞥、倾国倾城的片段，被许多剪刀手用作剪辑素材，网友纷纷打听，为这位女演员平添了不少人气。

俗话说：三分天注定，七分靠打拼。演艺圈里谁都不丑，重要的是怎么找到伯乐把自己的美表现出来，所以秦翰林这种导演就格外地吃香。但是秦翰林有作为导演自身的坚持，和演员是双向选择的关系。空有颜值没有演技的明星从来不在他的考虑范围之内，所以他选了陆饮冰和来影，颜值和演技并存的两位女演员。

很多演员梦想着能够参演秦翰林导演的电影，夏以桐就是其中一位——虽然她的目的和其他人不一样。

现下夏以桐正穿着苏寒的外套，两手抄兜，往董事长办公室走。苏寒没和夏以桐一起来，说是夏以桐和董事长的关系好，先让夏以桐自己来说说，万一董事长发火，再给她打电话。

夏以桐挑了挑眉，在董事长办公室门前站定，伸手，轻轻地敲门。

"谁啊？"

"秦董，我是夏以桐。"

"进。"

夏以桐推门进去，她口中的秦董歪在沙发上，身上盖着毯子，一副睡眼惺忪的样子，瞟了一眼，一手盖住巴掌大的脸，背过身继续睡。夏以桐在旁边的单人沙发卜坐下，耐心地等了一会儿，秦董才醒过神，哼哼唧唧地起来，人依旧是摇摇晃晃的，夏以桐过去扶了她一把，亲热地喊："暮姐姐。"

秦暮烦躁地抓了抓长发，顺势一头靠上她的肩膀："啊啊啊，困死了，说，找我什么事？"

这位秦董芳龄二十八，单名一个暮，是夏以桐所签公司朝楚娱乐的董事长，肤白貌美，眼光独到，就是她看中了夏以桐，并且把她交给了苏寒来带。虽然之后再也没管过这事，但是她对夏以桐有知遇之恩，也觉得夏以桐是自己职业生涯中的荣耀，和夏以桐的关系颇近，私底下都以姐姐妹妹相称。

夏以桐出道六年，因为出身贫苦，从高三暑假时就开始在影视城当群演，前两年自己瞎混的时候还兼职做过平面模特，在片场打杂、推摄像机、剪片子、做梳妆师，什么脏活累活都干过，唯一值得慰藉的是，她在片场远远地见到过几次陆饮冰。后来签了经纪公司，稍微有了系统一点的工作，但那时候资源不好，经纪人的能力也不够，"无脑剧"演了无数。如果不是朝楚娱乐董事长秦暮机缘巧合下看中了她，换了苏寒带她，说不定她现在还籍籍无名呢。

夏以桐给秦暮拍着背，斟酌了一下，开口道："暮姐姐，我看中了一个剧本，想接，但是苏寒姐不让。"

秦暮懒洋洋地问："谁的啊？说说。"

"秦翰林秦导的。"

秦暮的神色发生了微妙的变化，她旋即替夏以桐高兴："嗯，好事儿。"

"但是是个宫女，没多少戏份的那种，后来还死了。"

秦暮好奇地问："死在哪儿了？男主还是女主怀里？"

夏以桐默然，低声道："就死在没人知道的犄角旮旯里了啊。"

秦暮又问："哦，那有没有什么特写什么的？"

夏以桐说："估计没有，死了没几个人知道。"

秦暮抬起头，望着她，一双秀眉拧出个疙瘩："你演这个？为了让你的粉丝心疼你凄凉的结局吗？你的出息呢？我的夏妹妹啊，你今天出门是不是门关得太急被挤着脑袋了？还是你的肩膀上扛的是个西瓜，来我敲敲看。"

"……"夏以桐由着她在自己的脑门上敲了一下，发出一声闷响，才摇摇头，舔舔嘴唇，忸怩地道，"没挤着脑袋，也不是西瓜，我就是想锻炼一下，但是苏寒姐说我要是接了这部电影，接下来三个月都不能给公司赚钱，她也会因此挨骂。"

秦暮盘腿坐好，把毯子都扯过来抱在身前，一哂："那可不？"

"暮姐姐……"夏以桐眼巴巴地望着她，"我想演。"

"哎。"秦暮也看着她，两个人对视了一会儿，秦暮先忍不住笑了，大手一挥道，"好了好了，想演就演，姐罩着你，都给你演，啊。"

秦董是真仗义，对她真的好。

"谢谢暮姐姐。"夏以桐给她飞了个吻，起身打算走，忽然想起一件事，回头道，"这部电影的主角是陆饮冰，你问问幼璇姐，需不需要我帮她要签名照什么的。"

"有心了，我替商幼璇谢谢你啊，回头我问问她。"秦暮笑道，"快去吧，你刚回来需要好好休息，忙完赶紧睡觉。"

夏以桐从秦暮的办公室出来，在走廊里遇见了公司的几个新人，两男两女。她工作忙，要么满世界飞，要么就是待在剧组拍戏，公司新人不大认识，但是他们显然都认识她，亲热极了，一口一个"夏老师"，夏以桐礼节性地一一点头致意，过后不动声色地皱了皱眉，她不太喜欢这种虚假的人际关系。

"也没多好看啊，我看还不如岑溪你呢。拍了那么多烂片，前年却忽然火了，你们说是什么原因？"

"外表看上去清纯得不行，内里还不知道怎么样呢……"

嘀嘀咕咕带着鄙夷的议论声传进耳朵，夏以桐的听力比常人好上许多，后面嚼舌根的人以为她听不到了才这么大胆。当面一套背后一套，夏以桐见得多了。

她心中冷笑，脚步突兀地停下来。

身后的议论声立刻停止。

可以想象得到那几个人现在精彩的脸色和忐忑的心情了。

夏以桐没有回头，勾一勾唇，继续大步流星地走了。

"苏寒姐，外套还给你，谢谢。"夏以桐还是那副邻家妹妹似的和善的笑容，将西服外套叠好，递过去，"我找过秦董了，她同意了，公司高管的火力她都顶了，不会牵连到你的。"

苏寒的脸色稍稍缓和，她还是想问清楚，道："你接这个……"

夏以桐轻轻地打断她："我累了，想回去休息一下。"

苏寒含混地"嗯"了一声，不再说什么，但夏以桐知道，这件事在她们之间就算是彻底揭过去了，心里松了口气。苏寒的工作能力毋庸置疑，她需要苏寒。

苏寒顿了顿，说："你给我一段试镜视频，我给剧组那边发过去，应该没问题。他们半个月后开机，按照秦导往常的要求，你最好提前十天进组，熟悉一下拍摄环境和剧本。"

"啊啊啊——"夏以桐脚尖踮地，后脚跟跟着腾起。

苏寒缓缓地看向她。

夏以桐努力压抑了一下内心的激动，才没有做出失态的举动，沉稳地道："啊，我知道了。"

夏以桐当晚联系了助理，第二天就赶到了拍摄场地，到了才听到一个惊天大新闻：谁都没想到，包括导演在内，女一号来影宁愿支付双倍片酬，毫无征兆地罢演了。

万事俱备，东风都来了。这下可好，电影还没开拍，女主没了。

要命的是，陆饮冰已经进组了，而且她花了两个月时间辛辛苦苦地减重三十斤，不是能暂时搁置不拍就行的，气得她连打了两个小时斗地主。

导演疯了，在休息室对着手机大吼大叫，片场的人噤若寒蝉。

夏以桐就是这个时候到的。

她的心情，有点……微妙。

片场在S市邻省的一个影视基地，开车过去不远。

夏以桐在保姆车上坐立难安，攥着手机的手松了又紧，紧了又松，汗都出了一层。

这么多年以来，她每次要和陆饮冰见面都紧张得不得了。她在心里演练好了无数个打招呼的方式，又被自己毫不犹豫地否定，继续设想，继续否定。

助理拿眼睛偷瞄她，见她不停地拿起桌子上的水喝，问道："夏老师，您是不是不舒服？"

夏以桐按按自己发抖的手，说："没事儿，天热，容易渴。"

助理默默地又给她打开了一瓶。

"谢谢。"

夏以桐看了一眼手机，还有半个小时到，她打开手机里缓存的一部电影，第十二刷，电影叫《捕风》，是今年上半年大火的一部谍战片，票房、口碑双丰收。

屏幕上陆饮冰饰演的女主穿着一领藏青色的旗袍，左手指间夹着一根细长的骆驼香烟，坐在椅子里，身段、姿态完全就是民国时候的名媛。她缓缓地抬眼看向军装笔挺的英俊男人，红唇慢慢吐出一口烟，嫣然而笑："你就是阿岚说的方队长？"

陆饮冰慵懒和略带调侃的嗓音通过耳机传入夏以桐的耳朵里，夏以桐不由得屏住了呼吸，小心翼翼地、全神贯注地看着，好像这样就能听清她幽微的呼吸声似的。

这是一个长镜头，没有音乐，只有彼此的试探。两分钟后，陆饮冰已经离男人只有不到十厘米，她绕到男人身后，轻言软语间将黑洞洞的枪口顶在了他的后颈上。

因为此时暗处有人，陆饮冰有一个仿佛看向镜头实则看向那个人的画面，露出一个妩媚至极又充满野性的笑容。她微微歪着头，薄唇微勾，眼里流淌着毒蛇般妖冶的光。

方队长低声说："你爱我，你不会杀我。"

陆饮冰微笑着扣下了扳机。

"砰"的一声。

枪响了。

那一枪仿佛射中了夏以桐的心脏。她瞳孔放大，胸口起伏了两下，立刻按了暂停键，双手用力地揉着自己的脸，第十二次觉得呼吸困难，急需缓解一下。

夏以桐深呼吸几次之后，心跳恢复了正常，抿了几口水，继续看。

片场到了，车停在外面，夏以桐在车停之前收起了手机，习惯性地戴好口罩，收敛起所有情绪，只带了一个助理走进去。

她是第一次接触大荧幕，凡事低调点总没错。

目光粗略一扫，大部分人都不认识，一眼望去都是剧组的工作人员，而且看起来都懒懒散散的。

还有近半个月才开机，演员没到齐是正常的。除了夏以桐以外，就来了三个演员，都是配角，其中一个是和她搭过戏的年轻演员余清言，是个阳光帅气的大男孩，两个人有点交情，他便主动过来打了个招呼。

夏以桐回了他一个笑容，客套了一下，说了自己的近况，眼睛一直没闲着，四处打量，貌似不经意地问道："陆老师进组了吗？"

余清言说："进组了，但是已经回宾馆了。"

夏以桐一听就皱紧了眉头，追问道："出什么事了？"

余清言左右望了望，压低声音说："我也不清楚，好像是因为来影老师罢演了，导演在里边骂娘呢，片场都没人敢说话。"

一部即将开机，资金已经到位，剧组也搭建好的大制作电影，关键时候女一号居然罢演了！闹着玩呢？

"那还开机吗？"夏以桐的心头一跳，立刻问，"导演进去之前有说什么吗？"

要是开不了机，她的小宫女角色怎么办？她和陆饮冰是有对手戏的啊，她会给陆饮冰端夜宵，肯定有一秒钟！说不定还不止！

"不知道啊。"余清言望着休息室的方向，也是一脸担忧的表情，他演的是男三号，是陆饮冰饰演的角色手下的一个亲信，戏份不少，经纪人为了给他拿下这个角色费了不少的劲，这要是黄了，他的损失比夏以桐大多了。

"应该会开机的吧。"他补充了一句，"我刚才听了一耳朵，秦导是想找人替上。"

"这一时半会儿也不好找人吧？我听说来影老师秦导都挑了很久。"

"可可不是？如果推迟开机又要撞上我下部片子的档期了。"

"我也是。"

两个人又说了几句，余清言想起来问道："对了，以桐，你演的什么角色啊？"

夏以桐坦然地道："哦，我演宫女，叫如意。"

"……"余清言一听，早就准备好的恭维话噎在喉咙里，呛了一下才道，"挺好的。"

夏以桐倒是无所谓，低头看了一下自己的脚尖，抬眼笑道："我也觉得挺好的，是真的好，陆老师的贴身宫女呢。"

虽然在戏里也就是个端茶倒水的。

但夏以桐已经很满足了，喜悦也是真心的。其他两个配角演员也过来了，等她和余清言说完话主动作自我介绍。

那两个人的年纪比她大，夏以桐提前笑道："千万别叫老师，叫名字就好了。"

四个人打了个照面，之后各自无话。

一个小时后，秦翰林和两个副导演从休息室出来了。为首的秦导脸色阴沉，头顶一团看不见的怒火，两个副导演跟在他的后面，眉毛都拧成了麻花。

夏以桐站了起来："秦……"

秦翰林是那种笑面佛类型的人，夏以桐在网上看过他的采访视频，还有拍摄电影的纪录片，觉得他是特别有亲和力的一个人。但是现在他目不斜视地路过了剧组所有人，自己一个人去外面抽烟去了，显然这件事让他非常生气。

夏以桐枯等了一个多小时，导演居然一个眼神都没给她。夏以桐把后面那个"导"字吞下去，无所谓地笑笑，她的助理方茵等导演走远后，才用很小的声音和她抱怨："这什么导演啊……"

夏以桐道："出这么大的事，导演生气，顾不上我们是正常的。"

方茵心疼她："生气也不能这样啊，您大老远来一趟，又新进组，总得来个人招呼你吧。"

"刚才不是来工作人员了吗？还给了咱们房卡。"夏以桐道，"没什么的，等会儿吧，反正也没事。"

方茵便不说话了，夏以桐性子淡，不在乎这些。

谢天谢地，一个副导演总算看见她了，那人揉揉眉心，攒出点笑意来："夏以桐老师吧，实在抱歉，让您久等了。"

"我也是刚到。"夏以桐谦逊地道，不但没有面露责备，反而宽慰副导演，"剧组的事儿我听说了，您辛苦了。"

副导演忍不住多看了夏以桐一眼，他跟着秦翰林，见过不少当红明星，这样谦虚、低调的还是少数。

"不辛苦，是我们的失误。"副导演脸上的笑容真诚了一些，"放心啊，我们会尽快找到合适的演员。"

"好的，您忙，我先回宾馆休息了。"

副导演有些愕然，这人居然没跟他多说两句，旁敲侧击一下新的女一号人选？本来嘛，他当时看到演员表的时候就惊讶得不行，这个宫女本来是个新人演的，忽然换成了正当红的夏以桐，还以为她进了组会要求加镜头什么的，现在居然什么话也没有？

副导演的心中莫名升起了一丝疑惑。

夏以桐坐在片场，屁股像涂了502胶水似的牢牢的黏在凳子上，其实心里急得像热锅上的蚂蚁，天知道她听到余清言那句"陆老师回宾馆了"以后有多想立刻就回宾馆。

没人看见的时候她几乎是飞着上楼的，进了房间她立刻催促助理，声音激动得发抖："你快帮我打听一下陆老师住哪个房间。"

方茼闻声出去了，回来告诉陆饮冰就住在她的楼上。

夏以桐从床上蹦了起来，拉开门一阵风一样冲了出去。

一分钟后，她又回来了，紧张地问方茼："我、我、我这样打扮可以吗？"

方茼看着她不住地点头。腰细腿长、唇红齿白，岂止是可以，简直可以得不得了。

"真的吗？"

"真的！"

夏以桐闻闻自己的肩膀、手臂，似乎感觉有汗味："不行，我去洗个澡。"

一个小时后，夏以桐喷了点陆饮冰提到过的喜欢的香水，浑身清爽地站到了楼上的房间门口。

她做了两分钟的深呼吸，敲开了门。

"你好，请问陆——"夏以桐酝酿了一个无懈可击的完美笑容，对着面前的人缓缓绽开，忽然笑容僵在了她的脸上。

她只做好了开门的人是陆饮冰助理的心理准备，并没有做好直接见到陆饮冰的准备！

陆饮冰只穿了件睡袍，一副没睡醒的样子，冷冷地道："你是谁？"

她根本不认识自己。夏以桐见到陆饮冰的那一刻，呼吸骤停，大脑一片空白，过了半晌才用颤抖的声音自我介绍道："我是夏、夏……"

冷静，你要冷静。她对自己说，你好不容易见到她，好不容易可以说上一句话。

但是越想冷静偏偏越冷静不下来，面对陆饮冰脸上越来越明显的不耐烦的表情，夏以桐又着急又气自己，眼圈都烧红了。

"夏以——"

"你打扰到我睡觉了。"

夏以桐的话还没说完，陆饮冰已经冷漠地把门摔上了。

陆饮冰闭着眼睛，把自己扔到了床上，一把抓过被子，从头到脚盖住自己。

五分钟后，她的眼珠在眼皮子底下转了几转，睁开，摸过枕头边放着的手机，找到最近的通话记录，打了过去。

嘟声响了七八声，那边终于接起来了。

陆饮冰一股火气从脚底直蹿到天灵盖："来影——"

"我错了，我真的错了，因为意外我这次不能再参演这部电影，我已经很痛心了，给你惹了麻烦，我错了。"电话那边来影声泪俱下地说道，"刚才导演已经骂过我一遍了，你要骂我的话就继续骂吧，我听着。"

国外某小岛的私人浴场，正在给来影涂抹防晒霜的英俊男人一脸纵容地望着她，她们演艺圈的人都能够这么面不改色的语带哭腔吗？如果不是看到她现在得意的样子，只听着语音，他怕是连心都能给她哭碎了。

陆饮冰猜到来影多半是在演戏，有心骂她一顿，良心上却过不去，问道："你出什么意外了？"

来影说："哦，车祸。"

男人面露不悦，气她胡乱诅咒自己，来影随即在他的脸上"吧唧"亲了一下。

陆饮冰："……"

这么明目张胆，当她是聋的吗？陆饮冰快控制不住自己体内的"王炸"之力了！

"你是不是和赵骏在一起？"

来影哈哈大笑："对啊，我们在国外度蜜月呢。"

陆饮冰皱眉："你结婚了？"

来影："结了，昨天领的证，他好不容易放假从家里过来。"

陆饮冰问："隐婚？还是打算公开？"

来影道："嗯。"

陆饮冰想问清楚："嗯的意思是隐婚还是公开？"

来影身边的男人动作一顿，他和来影是初中同学，青梅竹马，高中毕业后来影去了大城市念电影学院，他在家里的小地方当刑警，两个人一直"地下恋情"这么多年，他早就习惯了当她背后的男人。

赵骏望着她，摇摇头。

来影保养精致的手盖在他宽阔的手背上，那上面还有一条刀伤疤痕，像绵延的细小丘陵。她对着电话那头的陆饮冰说："我要公开。"

赵骏浑身一震，眼睛里顿时有了湿意。

"既然你已经决定了，我就不劝你了。新婚快乐，回来我给你们庆祝。"

"等蜜月度完了我再公开，免得有人在这段时间骚扰我们。"

"好，再见。"

"回国见。"

陆饮冰挂了电话，继续倒在床上，心情没来由的有些烦闷。她和来影是七年前认识的，那时候她们还在念大学，年龄相仿，彼此投缘，很快就变得无话不谈，她一直都知道来影有个青梅竹马的男朋友赵骏。

陆饮冰二十岁的时候已经拍过不少电影了，演了很多角色，平时的阅读量也大，对人生百态早就有了自己的体会，老实说她从来没有看好过这对地下恋人，觉着时间、距离、社会角色的差距一定会把他们分开，只是时间早晚的问题。

现在来影居然告诉陆饮冰，她和男朋友结婚了。她才二十七岁，去年刚拿了金衍奖最佳女主角，事业蒸蒸日上，选在这个时候结婚而且公开婚讯，她是疯了吗？还是没睡醒？

陆饮冰蒙头继续睡了一会儿，再次打开手机，十分钟之前和来影挂断的通话记录还在那里，她不是在做梦。

陆饮冰觉得十分费解，她拍了十三年的电影，演过的角色少说也有几十个了，爱情戏也不在少数，什么爱别离、怨憎会、求不得、放不下，统统体验了个遍。但是刨去这些角色，她本人没有谈过一次恋爱，连暧昧都没有，她从小对扮演别人的兴趣比做自己的兴趣大多了，有时候她看别人谈恋爱，喜怒哀乐都牵在另一个人身上，甚至要死要活的，都觉得实在是太可怕了。

是斗地主不好玩？还是想演的戏都演完了？没事谈什么恋爱？

拍戏使她满足，拍戏使她快乐。

陆饮冰从床上翻身而起，把睡袍的前襟拢了拢，坐到桌前翻看起剧本来。

电影《破雪》，采用的是架空的背景，是个皇权式微、群雄割据的时代，要说是春秋争霸也行，五代十国也可以，服装道具组是秦翰林自己带的，有专门的设计师。陆饮冰饰演的是男主角——楚国的六殿下荆秀，荆秀男生女相，样貌俊丽，因为身体羸弱，不善弓马骑射，从小备受冷落。一次宫廷宴会，西部小国姑臧进献了一个美貌的舞女，一舞惊天下，当即被楚王纳入后宫。然而这个舞女却在宴会后悄悄找上了六殿下，要帮助六殿下夺取君位……于是从大楚后宫开始，一只看不见的手搅动起这盘风云局。阴谋、诡局、信任、背叛，好戏一场接一场轮番登场。陆饮冰翻完剧本，把结尾看了两三遍，才意犹未尽地合上。

毫无疑问，这个舞女就是本来要由来影饰演的女主了。

陆饮冰重温剧本后，再次气愤来影丢下她一个人跑去度蜜月。

现在来影走了，还不知道要找个什么人跟她搭戏呢？要是人选不满意，她就撂挑子不干了，大不了三十斤肉白掉了！

……

话分两头，夏以桐在陆饮冰那儿吃了闭门羹，碰了一鼻子灰，下楼回房，也是照样把自己往床上一扔，瘫着不动，感觉做什么都失去了动力。

"方茴，你说我红吗？"夏以桐沮丧地问道。

"红啊，夏老师特别红。"方茴毫不犹豫道，"以前我就听人说演艺圈里看一个人红不红，不是看他在微博上的热搜指数是多少，而是看你妈妈认不认识他。夏老师，我爸爸妈妈、爷爷奶奶都认识你，每次看电视看到你都不舍得换台的，你不红那谁红？"

夏以桐一点都没被鼓励到，反而更伤心了，用手背蒙着睛："但那又有什么用呢？她都不认识我是谁。"她说着说着觉得自己的语气有点不对劲，赶紧先闭了嘴。

方茴没听出来夏以桐微弱的哭腔，问道："谁不认识您啊？"

"没谁。"夏以桐等自己的情绪调整好，坐起来，恢复了往常乐观开朗的样子，"你说陆饮冰红不红？"

方茴在帮她收拾行李，闻言张大嘴："啊？"

夏以桐："啊什么，你快说啊。"

方茜低头嘟囔了两句，大约是觉得这个问题问得特别没水平，但一时间也没办法简单地用红不红来概括，便说："好像没有人不知道陆饮冰是谁。"

如今的演艺圈，演员和明星好像逐渐异化成了两个职业。陆饮冰是演技和人气并重的实力演员、票房女王，而夏以桐只是个单纯的流量明星而已。

但夏以桐浑不在意，她往后一倒，仰躺在床上，无声地大笑起来。

方茜急忙问道："夏老师，你怎么了？"

夏以桐说："我开心啊。"她心目中的偶像那么优秀，她不开心难道还要哭吗？

陆饮冰现在不认识自己没关系，是因为自己还不够有名，站得不够高，总有一天她会认识自己的，以前自己还是个只能在台下远远看着她的小粉丝呢，现在都能和她搭戏了。

虽然这次只是个小宫女，那也够了，以后肯定会有机会搭更多戏的。

等等？小宫女？她为什么要拘泥于小宫女这个角色呢？来影罢演，现在有一个大好的机会摆在面前，虽然有百分之九十九的可能性被挑剔的秦导拒绝，但不试试怎么知道呢？不就是面子吗？她不要还不行吗？

时不我待，说干就干！

夏以桐从床上一跃而起："走，方茜，我们去找秦导。"

秦翰林不在片场，负责帮秦翰林选角的助手之一——方才那个副导演在，夏以桐鼓起勇气，落落大方地跟他说了自己的想法，副导演一脸果然不出我所料的表情，之前积累的一丝好感荡然无存。

副导演爽快地答应道："好。"

夏以桐喜上眉梢，不敢相信居然这么简单。

副导演翻翻手机里的备忘录，按着键盘："夏以桐，第十九号了。"

"请问，是什么第十九？"

副导演回答道："第十九个参加女主试镜的。"

夏以桐："……"

"我估计还有不少人，"副导演拍拍她的肩膀，用公事公办的口吻说道，"祝你好运。"

夏以桐："……"

片名
TITLE 《逐光》

卷号
ROLL 第二章 CHAPTER 2

镜号
SHOT 机会留给偏爱者

秦翰林非常着急，试镜时间就定在三天以后，地点定在片场的休息室里。据说陆饮冰可能要去当评委，毕竟是要和她搭戏的女演员，演员之间在现场的化学反应极其重要。

夏以桐回去以后，陆陆续续知道了要参与报名试镜的人选名单，不知道是消息走漏还是秦翰林特意放出去的风声，整支队伍几乎到了庞大的地步，足可见秦导的人气。或许，也不全是，毕竟这回的男主角可是由陆饮冰反串的，如果能进组担纲女一号，跟陆饮冰搭戏，很有可能在演艺生涯上有个大的跨越。

可谓千军万马过独木桥。但也不是人人都有试镜的机会的，不然秦翰林就算有一个月的时间也不够她们排队试镜。

夏以桐回来以后，坐在宾馆的床上越想越觉得虚得慌。

"以桐，我刚刚听说来影罢演《破雪》，女一号的位置空出来了，你赶紧去找导演，就说你想争取这个机会，别怕脸皮厚，一定要快！"这个消息自然传到了夏以桐的经纪人苏寒的耳中。

夏以桐担心地说："苏寒姐，我已经去找了协助选角的副导演了，但是我没想到要参加试镜的演员那么多，我怕我还没有上场就被刷下来了。"

"怕什么，试镜的机会我帮你争取，临阵磨枪，不快也光，你只需要想怎么才能通过试镜，加油！我相信你。"

苏寒永远对她保持十足的信心，哪怕在她自己都没有自信的时候。夏以桐这时候特别需要这样肯定的鼓励，她的心情振奋起来："我会努力的，苏寒姐，绝不会让你和公司失望！"

"我现在在 B 市有事要忙，明天我就去片场找你。"

夏以桐听话地道："好的。"

苏寒那边沉默了一会儿，严肃地问道："我是你的经纪人，小桐，来影要罢演的事儿，你是不是早就知道？你和她的交情那么好。"苏寒心想，要是夏以桐知道有这个机会，先去抢了个无足轻重的角色，再在剧组借着地利人和，增加拿下角色的把握，这样一来夏以桐奇怪的举动就顺理成章了，但苏寒还是提醒道，"下次再有这种事，你提早和我说一声，我好和领导报备一下，你也省了那么多事。"

谁知道夏以桐矢口否认道："我不知道啊，苏寒姐，你都不知道，我怎么会知道？"

苏寒一想到错失了一个大制作的综艺节目，依然不悦，皱眉说："那你怎么……"

夏以桐提前打断她："锻炼演技啊。"

这个借口说给鬼听鬼都不会信，苏寒不再问这件事，只是道："虽然我这边帮你争取着，但说实话，比较困难。你自己有什么办法吗？都用上。来影那儿，你打个电话让她帮你推荐一下，和秦导啊，陆饮冰啊，都推荐一下，比我这里活动管用。"

夏以桐一紧张，舌头差点打结："陆、陆老师？"

让来影向陆老师推荐自己？夏以桐光想一想，就觉得紧张。

苏寒道："还有秦导也别忘了，来影毕竟是秦导之前钦点的女一号，她的意见秦导会考虑。以你和她的交情，她不会不帮你忙的。"

夏以桐低声说："好。"

她挂了电话，摸一摸自己发烫的脸，长舒口气，切换到通讯录界面。面子和偶像，哪一个重要？毋庸置疑。

"来姐姐，我在《破雪》剧组，听说你罢演了，是出什么事了吗？……我身边没人，助理都出去了……结婚？你终于下定决心了，祝福你和赵骏哥有情人终成眷属，我一定包个大红包，回来就你，顺便请你们吃个饭啊……你要公开？挺好的，赵骏哥一定特别感动……"

夏以桐绕着床走了两个圈，说："其实我是有件事想拜托你帮忙，有点不好意思开口……"

也幸亏她豁出去了这个脸，否则连第一次试镜的机会都轮不上。

第二天下午，秦翰林抱着一堆资料敲开了陆饮冰房间的门。

陆饮冰提前得到了通知，知道他是为何而来。他手里是目前想要参与女一号试镜的人选的资料，本来选角这事不关演员的事，但是秦翰林是一个特别关注演员之间的互动的导演，来影就是他们俩之前一致同意的，现在临时要换人，出于对陆饮冰的尊重和对自己电影的质量要求，他需要陆饮冰和他共同决定。

资料有厚厚的一摞，两个人翻起来却很快："无脑剧"演太多的，不行；颜值达不到演艺圈标准线的，不行；达到了标准线，但是有明显整容痕迹的，不行；达到了标准线，但不符合秦翰林审美的，不行。他们偏好选作品不多但是精良的人，最好是有代表作的，拿过电影节最佳女配角，或者最佳女主角的就更好了。还别说，真的有一个拿过金衍奖最佳女主角的女演员要参与试镜，就是普通话有点着急。

秦翰林把这位演员的资料压下，没扔，翻到下一份：夏以桐。

知名流量演员，演过的"雷剧"不计其数。

两个人手都没动，对视了一眼。

陆饮冰微微一笑，说："那个……来影和我打过招呼，给她一次试镜的机会。"

秦翰林摸摸自己的小山羊胡，也笑眯眯地道："巧了，她也和我打了招呼。"

陆饮冰看着他："那就……"

秦翰林接上："先放着吧，试镜的时候我看看她演得怎么样。"说着，一只手拿起属于夏以桐的那本文件夹，放在某金衍奖演员的文件夹上面。

夏以桐就这样惊险地挺进了第一轮试镜。

秦翰林和陆饮冰把第一轮试镜选定到了下午四点，中午饭是助理给点的外卖。秦翰林抱着剩下的文件回去了，让副导演抓紧把试镜的那场戏的剧本发到各个演员手上。

夏以桐，原名夏桐，1993 年出生，今年二十三岁，代表作：《新倚天屠龙记》《如约而至》《窈窕君子》。

陆饮冰边翻着资料，边让助理小西找出来夏以桐这些年演过的作品视频资料。她一看列表直皱眉："她才出道多久，演的戏比我还多？这能有好作品吗？"

小西笑着说："人家现在是家喻户晓的小花旦。"

陆饮冰这两年修身养性，工作也挺忙的，没时间关注八卦，还真不知道这个人是何许人物。

听到助理这么说，她撇撇嘴，不置可否。

这种小花旦她见得海了去了，洪湖水浪打浪，不知道什么时候就会被拍死在沙滩上，如果拿不出代表作，也就这点出息了。她十几二十岁时也是小花旦，但她早早地成功转型，摆脱了花旦的名头，成了实力演员，和她并列"四小花旦"的其他三个却还是花旦，被很多优秀的年轻人超越了。

小西道："不过您比她红多了。"

陆饮冰眉峰微微地往上挑了一下，看了她一眼，腰板挺直了些，一努嘴，懒懒地道："这个吧，《丑小鸭的春天》，放给我看看。"

小西按了播放键。

金碧辉煌的欧洲古堡，一身运动装的男主角一脸冷漠地面对着夏以桐，道："不要仗着你是我从小一起长大的朋友，就尽对依然用些下三烂的手段！她才是我爱的人！你让我感到恶心！"

夏以桐"噔噔噔"如敲鼓点似的往后急退了三步，一脸震惊，仿佛被无形的一记重鼓敲上，她一停住脚步，眼珠立马瞪得溜圆，难以置信地道："尔昊，你居然为了那样一个贱女人，就对我恶语相向？"

陆饮冰差点笑出来。

"请注意你的用词！"男主角冷冰冰的声音里压着怒火，道，"再让我从你的嘴里听到那个字，别怪我翻脸不认人！"说完男主甩脸走人。

夏以桐慌了，去抓男主的西服袖子，男主甩开，她又抓，如此反复了三四次。然后她双膝一软，跪在男主身后，膝行过去死死地抱住他的双腿，干号道："尔昊！我爱你啊！我做的这一切都是因为我爱你啊！"

陆饮冰吓得往后一仰，眼角抽搐着。

小西试探道："小姐姐？"

陆饮冰的眼睛受到如此严重的污染，差不多要瞎了，她当即道："还不快给我关掉！"

小西连忙关了。

陆饮冰闭着眼睛，一脸心累的模样，小西欲言又止，自己是夏以桐的粉丝，有心想为她说几句话，这部电视剧是夏以桐刚出道的时候演的，现在的演技比那时要好多了，但是陆饮冰明显被雷得不轻，需要好长时间才能缓过来。

正纠结着，房门又被敲响了，陆饮冰以为是秦导去而复返，便揉着眉心叫小西开门。

门外，夏以桐精心地化了个淡妆，穿着 T 恤、短裤，笑盈盈地站在门口："您好，请问陆老师在吗？"

小西差点没忍住自己的尖叫，本能的眼冒红心，内心瞬间爆炸性地刷出了一排弹幕：好漂亮！好漂亮！好漂亮，好年轻啊！她笑起来眼睛真的会发光！好想要个签名！

夏以桐看她没反应，笑着又问了一遍："您好，请问……"

迷妹小西："在！"

她朝里面喊道："陆老师，有人找！"

有人的时候要正正经经地喊陆老师，没人的时候必须喊小姐姐。

陆饮冰问："谁？"

夏以桐的眼睛立马亮晶晶地望着小西，只听小西口齿清晰地道："是夏以桐。"

夏以桐差点感动得热泪盈眶，她终于把自己介绍出去了，虽然是经过别人的口。她局促地站在门口等着陆饮冰出来，两只手不知道往哪儿放，整张脸都为即将到来的见面涨红了。

她一定要亲口说出那句话。

三秒钟后。房间里面传来陆饮冰好听却略带一点困倦的声音："我躺在床上休息了，让她下次再来吧。"

陆饮冰现在满脑子都是夏以桐"尔昊，我爱你啊！"的干号，都快有心理阴影了，她怕自己一会儿忍不住对夏以桐恶语相向。

门外的两个人同时愣住。

小西为难道："不好意思啊，夏老师，让您白跑一趟，陆老师她今天有点累……"

夏以桐神态自若地道："没事，我先回去了。"

小西又说道："您好好休息。"

"谢谢。"

夏以桐转过身，慢慢地走回去，沉闷的关门声在身后响起。

夏以桐站住脚，抬起手指抹了一下眼睛，转过来对着房门的方向，面前空无一人。她努力扬起一个好看的微笑，微微鞠了一下躬。

"我是您的粉丝，喜欢您很多年了。"

"瞎了眼"的陆饮冰在房间内自行净化，夏以桐这个名字以一种并不那么喜闻乐见的方式在她的心中留下了印象。

嗯……演技"惊天动地"的当红小花旦。

夏以桐能不能称为"优秀演员"，陆饮冰不关心，她不明白的是来影为什么要跟她推荐这么一个人。

昨晚上来影打电话是这么说的："饮冰，你帮我个忙呗，我不是不演女一号了吗？有个小朋友想参加试镜，但是条件不大好，你帮我通融通融，给她进第一轮试镜的机会呗。"

"哪个小朋友？"

"名字叫夏以桐，性格不错的小朋友。"

陆饮冰翻遍了自己大脑中的储存信息，疑惑地问道："我怎么没听过这个人？"

"荧屏新人，你没注意也正常。"

"好吧，不过我说了不一定算数，人是秦翰林来选，要他拍板定案的。"

"总之你答应帮我这个忙就好啦。"

"行。"

陆饮冰百思不得其解，脑海中对夏以桐的恶劣印象始终挥之不去。她觉得不痛快了，那么让她不痛快的来影也别想痛快，一个越洋电话拨了过去。

这回对方倒是没磨蹭，语气轻松地接了起来："喂？"

陆饮冰说："你昨天不是叫我通融个人吗？她进试镜了，给你报告下这个好消息。"

来影笑道："谢谢你啊，就知道你人好。"

"我人好是一回事，但你推荐人之前是不是应该注意一下，都是什么歪瓜裂枣，你就说你自己的良心过得去吗？"

来影舒适地享受着身边男人从肩到背部的按摩，闻言奇怪地道："怎么了？新人里面小夏演技算好的了。你不能老拿你的标准来要求别人吧，你这个水平的，演艺圈拢共都挑不出一只手来。"

陆饮冰想反唇相讥"那你也不能没有标准啊"，想了想忍下了，问："你什么时候认识这么个小朋友的？这么帮她，你以前不是从来不干这种事的吗？"

来影听出陆饮冰方才一瞬间迸出的火药味，猜想对方大约对夏以桐有什么不好的看法，于是有意给夏以桐说好话："认识有一年了吧，拍戏认识的，这小朋友吧，啧，和圈里其他人不太一样，特别谦逊，又肯吃苦，性子纯善……"

陆饮冰语重心长地道："来影，知人知面不知……"

来影道："我知道你想说有些人的谦逊可能是装出来的，吃苦是必须的，谁没吃过苦？你吃过的苦比她们多多了是吧。"

行吧，陆饮冰柳眉一扬，把自己要说的话咽了下去。

"不说吃苦不吃苦这个问题吧，"来影说，"就说演戏拼命。"

陆饮冰垂下眼睛，手指搭在沙发扶手上，和剧里的角色荆秀平时的习惯一样敲击着节奏，道："你说说看。"

来影说："她是个孤儿，在福利院长大。"

陆饮冰手一顿，突然抬起眼。

"她曾经因为坠马头部缝了二十针，幸好没摔到脸，否则这条路就走不下去了；背部因为拖行意外大面积擦伤，整个背都快烂了，一个月不能躺下睡觉；肩胛骨骨折，天天一身跌打药水味；拍打戏韧带撕裂；肋骨骨折……"

"等等，"陆饮冰的嘴角往上挑了挑，带些嘲讽的意味，"她告诉你的？"

来影一听就知道陆饮冰误会了，连忙说："不是，她不是喜欢卖惨的人。是我拍戏的时候去她的房间找她对戏，不小心发现了她身上的伤痕，她遮遮掩掩地不肯说，是我自己问出来的，我知道的还只是冰山一角。"

陆饮冰的指节轻叩着，她懒懒地道："咱们是演员，这充其量叫敬业，不能叫拼命。我可以同意你说她敬业。"

"你这话说的，你知道有几个年轻人能做到像她这么敬业的吗？更别说像你这样的，更是无人能及。"

陆饮冰被她这通马屁拍得相当舒服，舔了舔血色单薄的嘴唇，沉默了一会儿，莞尔一笑，用那种近乎唱歌的语调饶有兴致地说道："行啦，心眼都歪到爪哇国去了。就算你说的都是真的，这些还不足以支撑你帮她通融的论点，演艺圈又不是没有比她还敬业的，尤其是那些打星，真刀真枪的，动不动伤筋动骨，你一个个都帮人家通融吗？"

来影被未婚夫抱着翻了个身，慵懒地"嗯"了一声，道："你以为我闲的啊？我不是说了嘛，小朋友招人疼。她之前待的福利院在 T 市下面的一个县，我去那拍过一回戏，特别喜欢那儿一种叫什么菇的特产，细的，长条形，别的地方都买不着，就跟她提了一嘴，馋啊，她说有空回去帮我带过来。大概过了一个月吧，她打电话给我，说正好在 T 市跑通告，下去县里找了十几家特产店才找到，让助理买她不放心，问我什么时候有空，她给我送过来。这话儿我自己都忘了，她倒记得。"

陆饮冰面无表情地扯了扯嘴角："你就这么被一包土特产收买了？"

来影笑道："不是一包，是两包，她怕我不够吃。对了，她还把店的位置告诉我了，吃完了方便再买。小朋友体贴不体贴？"

陆饮冰嗤笑道："这难道不是在'抱你大腿'吗？你还说人家单纯？"

来影不稀得搭理陆饮冰，道："行啦，你爱怎么说怎么说，反正接触久了你就知道了。是巴结还是真心，我又不傻，看不出来我也不用在演艺圈混了。看在我的面子上，你对她脸色好点。"

"就你能，度你的蜜月吧，你结婚这事她知道不知道？"

"知道啊。"

"哦，那她……"

来影快被她打败了，崩溃道："你能不能不要以最大的恶意来揣测一个小朋友？我罢演这事她绝对事先不知道，也没有处心积虑。是她打电话关心我，我才告诉她的，我不想跟你说话了，你爱睡觉睡觉，爱看剧本看剧本，要不然就斗地主，快走！"

"啪——"

来影把电话撂了。

摆脱了陆饮冰的质问，来影舒舒服服地享受着日光浴，身材高大的刑警未婚夫含笑望着她："怎么了？和朋友吵架啊？"

"没有，一个小朋友吃另一个小朋友的醋了，还试图抹黑另一个小朋友，不过以我看，要不了多久，这个吃醋的小朋友也会喜欢上另一个小朋友的。"

"这么自信？"

"我还没有看走眼的时候。"来影抬臂钩住未婚夫的后颈，精致的五官被阳光剪接得轮廓优美，她睁开眼睛，含上男人的唇角，妩媚地道，"……尤其是你。"

陆饮冰听见听筒里短促的"嘟嘟"声，脸色阴沉着。小西战战兢兢地抱着iPad上来，陆饮冰瞥了一眼，生气地说："不要这个号了，怎么负这么多分，换一个。"

"好的，小姐姐。"

这下助理B、C、D准备的斗地主号派上了用场。

"王炸。"陆饮冰抿了口水润嗓子，淡淡道。

她倒要看看这个演技"惊天地泣鬼神"的夏以桐要怎么通过严苛的试镜。

夏以桐在第二天晚上收到了试镜的剧本，离试镜只剩下两天时间，她关起房门，闭门不出，专心致志地研究起剧本来，哪怕她想见陆饮冰的欲望已经那么迫切了。

她一向沉得住气，分得清轻重缓急。六年都忍下去了，没道理这一时半会儿忍不下去。夏以桐攥着三页薄薄的剧本，指节发白，目光炯炯：她一定要拿下这次机会，这样才有靠近偶像的可能！

两天的时间转眼而过，夏以桐把手里的剧本都翻烂了，每一句台词她都字斟句酌，根据每一次的不同体会进行修改批注，哪里应该悲伤，哪里应该淡然，情绪的转折应该如何自然过渡。

试镜安排在上午。夏以桐全身心地沉浸在剧本里，第三天早上，临出门，她问早早来她房间里等她的苏寒："苏寒姐，你知不知道这次参加试镜的都有谁？"

"不管有谁，你马上就要去参加试镜了，还问这个干吗？放轻松。"苏寒不想说这些来扰乱她的心神。

"我就是想听听我有多少竞争对手，有压力才有动力嘛。"夏以桐笑道。

"有前年金衍奖最佳女主岑斯颖，去年金章奖的最佳女配杜若涵，还有李漾……"苏寒一连念了十几个名字，每一个都是有演技的实力派，不少还是已经有了代表作的大荧幕演员，夏以桐静静地听着，脸上一直挂着淡淡的笑容。

第一轮试镜的一长串名单中，只有夏以桐没有拿过电影方面的奖项，甚至没有任何大荧幕经验。

有一瞬间她都觉得自己能挤进这批人当中，是对其他人的侮辱。

木既已成舟，苏寒安慰道："这么多前辈呢，就算拿不到这个机会也不是你的问题，你好好把这部戏拍完，公司这边会给你安排新的工作。"

夏以桐抿抿嘴唇，回了她一个笑容："我们走吧。"

片场的休息室外已经来了十几个女艺人，花团锦簇，漂亮得各有特点，吸引了片场所有人的注意力。夏以桐由苏寒陪同着也到了现场，大部分人脸上都没有多少表情，她们都在酝酿试镜的戏，没有那么多闲心来客套。

夏以桐和相熟的演员打过招呼，不熟的便点头致意，自个儿找了个位置坐下。

试镜是抽签制，夏以桐抽的排位靠后，她从随身的包里摸出来那三页只有本人能看清原貌的剧本，嘴里无声地念着，虽然台词早就背得滚瓜烂熟，到了脱口而出的地步。

休息室的门紧闭着，像是一座未知的、封闭的神秘堡垒。

第一个人进去了。

夏以桐朝门的方向淡淡地望了一眼，垂下眼，手指不住摩挲着剧本。苏寒本想和她说句鼓励的话，看见她的样子，没开口，她在演戏的时候放得很开，但本质上却是一个非常文静的人，话不多。每次试镜之前都是她最安静的时候，哪怕已经拍板决定让她来演女一号，也没有哪一次试镜她不是全力以赴的。

她害怕失败，害怕错过每一个好机会，永远在拼命，一年三百六十五天无歇，只要有工作，随叫随到。

作为一个经纪人，苏寒是非常喜欢她这种性格的，但是抛开这个身份，苏寒心中一直有个特别大的困惑。不为名不为利，夏以桐竭尽全力的目的到底是什么？

苏寒若有所思。

第一个人出来了。所有要参与试镜的人都将目光投了过去，有人还站了起来。

那个女演员的脸有些红，还出了汗，好像承受了很大的压力似的，有和她关系好的女星凑了上去，问："里边怎么样？都有谁？"

那个女演员经验不多，有些紧张，道："秦导、副导演、监制、制片人……"接着她顿了顿，长出一口气，"还有陆饮冰。"

苏寒细心地观察到夏以桐听到这话后搭在腿上的手指猛然动了一下，同时闭上了眼睛。

"陆老师就坐在评委席上，我没料到她也会来的，而且全程面带迷之笑容，我一见她差点紧张得说不出话来，台词都忘了一句。"女演员还在说着，真真假假的却不知道了。

夏以桐看起来十分淡定，脑子里却一团乱麻。

陆饮冰来了，陆饮冰来了，陆饮冰真的来了！

夏以桐又紧张又期待，更多的却是害怕。她害怕自己发挥不好，更害怕自己发挥好了在陆饮冰眼里却还是一摊乱泥，她费心争取这个机会反而弄巧成拙。对见陆饮冰，她永远心怀忐忑。

夏以桐深吸一口气，站起来，把剧本交给苏寒："苏寒姐，我去趟洗手间。"

苏寒："注意时间。"

"我会的。"

夏以桐全身都在微微发抖，她双手撑在洗手池的台子上，望着镜子里的人，镜子里的人也在望着她，脸颊滚烫，白净的脸上绯红分外醒目。

怎么办？

夏以桐焦急地想着，迫切地想泼自己一脸水冷静一下，又怕弄花自己脸上精心化的妆。看过全部剧本的来影和她透露过："你的长相太过清纯娇俏了，传统意义来说，其实不是特别适合舞女这个角色，但是咱们也不是没办法……"

第一个办法就是鬼斧神工的化妆术。

只是她妆化得再好，现在脸红成猴屁股，也根本没法上去试镜啊！

十分钟后，夏以桐坐回了原位，苏寒看着她的脸，关切地说："热坏了吧？方茴，给夏老师拿瓶水来。"

"不用了。"夏以桐忙制止道，现在只是脸红，再喝水，怕是要紧张得当场尿裤子，那就更尴尬了。

"12号，夏以桐。"

"来了。"夏以桐抬起头，暗自压抑住内心的紧张，好不容易才没有同手同脚地进去。

休息室的空调开得很低，乍一进去有点冷，夏以桐感觉脸上的温度瞬间降了下来，外面的嘈杂声一并排除在外，她的心情逐渐平静下来。

但平静过后，待看清评委席上坐着的人，她的心脏又重重地跳了起来。

陆饮冰就坐在笑面佛秦翰林旁边，半侧着身子，身上披着一件外套，慵慵懒懒，嘴角微微地上挑着，像非洲大草原上趴伏着狩猎的豹子。

看见夏以桐进来，她的嘴唇无声地开合了一下，笑意更浓了。

夏以桐不争气地又脸红了，两脚并拢了些。

秦翰林眼前一亮，一反常态地没有立刻喊开始，而是细细地打量了她一下。在剧本里，舞女陈轻第一次登场的年龄是十八岁，她既有少女的青涩，又有惊人的女性魅力。夏以桐才二十三岁，模样还没有完全脱去青涩，但是她的眼角自然上挑，眼尾处好像扫着一片艳丽的桃花色，不笑也勾人。他喜欢这张脸。

陆饮冰的身子往前倾，单手抚着额角，她失笑地瞧向秦翰林："秦导，可以开始了吗？"

秦翰林收回目光，笑着说："开始吧。"

评委席上的灯光暗了下来，夏以桐所处的舞台灯光亮了起来，灯光板照得她的脸颊有些发烧。为了更好地看到拍摄效果，秦翰林在休息室架了台摄像机，手里拿着取景器看。

六殿下荆秀在陈轻的帮助下慢慢地夺取了大楚的实权，荆秀对陈轻的猜忌在日复一日的相处中逐渐消失，并且听从她的吩咐，一步一步地和父亲楚王走向了对立面。正当荆秀满心壮志，以为江山、美人都可以收入囊中的时候，大楚一朝城破，昔日王公贵胄统沦为了阶下囚。

荆秀发了疯似的想找陈轻问个答案，他放下所有的尊严和骄傲，向看守打听陈轻的消息。一个月、两个月过去了，戴着镣铐的荆秀，几近绝望时，却在敌营中偶然见到了衣着华贵的陈轻。

夏以桐要演的就是这个时候的陈轻。

夏以桐重新闭上眼睛，再睁开，眼睛里已经是一片平静。和她的眼神一同改变的还有她的站姿，她微微侧了一下耳朵，紧接着眉头微微一蹙，问："那边在吵什么？"

然后她眯了眯眼睛，似乎看清了是谁，才朝远处抬了抬手，高高在上地吩咐道："带过来。"

她望着前方，由远及近，眼神没有一丝一毫的波动。她和脚下的地板对视着，仿佛有人正跪在她的面前，她慵懒地抚了抚领口的狐狸毛，一笑，缓缓地开了口："你这么着急地喊我，有事？"

说完这句话不到半秒钟，她忽然整个人向后弹开两步，眼底闪过一丝明显的嫌恶，好像那个脏兮兮的、满脸尘垢的荆秀带着浑身恶臭真的朝她扑过来了一样。

"还不快拦住他！"夏以桐继续往后退，表现出被保护者的姿态，然后才微微探出头，喝道："连个犯人也按不住，你们都是干什么的？"

"你别过来，就在那儿跟我说话。你说你是六殿下？我看看……"夏以桐轻蔑地嗤笑着，"还真是。"

陆饮冰半眯着眼睛，直听得要打瞌睡，还指望着她给自己来一段惊天地泣鬼神的表演呢，谁知道这么中规中矩，没意思。

戏到最后，夏以桐解下了身上的披风，一边吩咐人把荆秀的头摁在地上，一边面带微笑地将披风盖在了对方的身上，从头到脚，像是盖住一个已死的人。

她站着，沉默着，空气中死一般地沉寂，地板渐渐褪色，空调的冷风吹着，将舞台刮成了一片金黄，敌营的黄沙地也悲寂地沉默着。

剧本上这里是空白的，最后三秒钟的自由发挥时间。

终于要完了，陆饮冰在心里冷漠道：毫不出彩。她不抱任何希望地望着舞台，在等着秦导喊"下一个"。

演到这里，夏以桐对自己的表现已经有了定论，她没可能了，她的水平就在这里，她没办法像陆饮冰那样一举一动都扣人心弦，令人们的目光情不自禁地追随着她。

她缓缓地蹲下身，掀开盖在荆秀头上的披风。

闭上眼睛，试镜结束了，一切都结束了。

心脏猛然一揪，她几乎感觉到彻骨的寒意。她真的不想失去和偶像陆饮冰接触的机会，哪怕自己从来没有拥有过。

太遥远了，她要放弃吗？以前，她以为她和陆饮冰是在同一条路上，只是隔了一点距离，路再远，她只要努力，一刻都不停，迟早会追上陆饮冰。

可她没想到，她们中间还有一道天堑，她能跑，却没有翅膀，不会飞。

取景器里，孤独地蹲下身的夏以桐背影单薄、脆弱，好像一瞬间失去了所有的伪装，她的骄傲、她的伪装、她的自欺欺人。

那是怎样的一种感觉？她闭着眼睛，眼角没有泪水，可在场的所有人都感同身受地觉得有一种难以言喻的悲伤，正缓缓地渗入骨髓。

不屑一顾的表情不知何时从陆饮冰的脸上消失了，她放下撑着额角的手指，慢慢坐正了身子。

评委席的灯光比方才明亮许多，夏以桐站起来，看到了他们的表情。

秦翰林冲她挑了挑眉，一脸的赞许，一个外形上非常符合他要求的演员，同时具有不俗的演技，应该算得上是理想的人选了。

夏以桐忐忑地看向陆饮冰。

陆饮冰察觉到她的目光，抬起眼回视着她，甚至带了一点调侃，好像在说"你出乎我的意料"。

陆饮冰在对她笑！

夏以桐后知后觉地意识到这个，腰背一下子挺得跟标枪一样直！

陆饮冰歪了歪头，奇怪地心道：她刚刚还萎萎靡靡地没出戏，怎么忽然跟打了鸡血一样？

打了鸡血的夏以桐忘记了试镜结束，在休息室站起了军姿。

秦翰林："……"

副导演、监制、制片人："……"

陆饮冰用手搭在额前，轻轻地遮住了自己的眼睛，掩盖了那点忍俊不禁的笑意。

"那个……"秦翰林轻轻咳嗽了一下，翻着手里的资料，没直白地叫她出去，只是笑着说，"以桐，我这样叫你不介意吧？你出去的时候麻烦帮我们叫一下下一位好吧？试镜的结果我们还要讨论一下，回头通知你。"

"哦……哦！"夏以桐脸色爆红。

评委们都是一脸失笑的表情。

"对不起！对不起！对不起！"

夏以桐急忙倒退着往外走，快到门口了便转过身出去，秦翰林刚抬了半只手，急忙提醒道："小心身后——"

"咚"的一声闷响。

夏以桐的脑门狠狠地撞上了门板。评委们哄堂大笑。

陆饮冰"扑哧"一声笑了。

夏以桐的耳朵敏感地捕捉到了这个好听的声音，她羞愤欲死地匆匆出去了。

她一出来，苏寒便迎了上来，看她满脸涨红，浑身虚脱，怕是紧张过分了，苏寒心里一沉，对试镜结果猜个七八分，露出笑容鼓励道："没事，下次还有机会。"

夏以桐觉得腿肚子发软，一把抓住苏寒的手，虚弱地恳求她："苏寒姐，你扶我一下，我我、我快站不住了。"

苏寒招来方茜，两个人一左一右地扶住夏以桐："走，我送你回宾馆休息。"

夏以桐立刻说："我不回宾馆，我要在这里待着。"

苏寒道："等试镜结果吗？回去也是一样的，要等电话通知。"

夏以桐动了动嘴唇，不吭声，步子也不迈了，铁了心要坐在这里等。苏寒拗不过她，把她扶到一边的椅子上，心里的疑惑却越来越重。

为什么？这个剧组是有什么神奇的魔力吗？让她这么一反常态？

等浑身无力的感觉过去，夏以桐舔了舔干燥的嘴唇，轻轻地道："苏寒姐，我觉得这次试镜我能过。"

苏寒："什么？"

四周还有人，夏以桐拿手指搓着自己的短裤，压低声音道："秦导看上去对我挺满意的，其他评委看着也还好，我感觉……能过。"

苏寒诧异地望着她，最终只说了一个字："好。"

接下来的半个小时极其难熬，无论是对于作为经纪人的苏寒——她要根据这次试镜的结果帮夏以桐规划之后的行程，过了自然是好，如果没过，公司不会轻易同意她仅仅因为一个无关紧要的配角封闭拍戏三个月不接通告的，她要和剧组这边协商；还是对于作为当事人的夏以桐，她现在已经是如坐针毡了，每一分钟都掰开了揉碎了，一秒钟一秒钟地往后磨。

偏偏最后出来的几个人也同样是一脸喜色，活脱脱跟内定了一样。

夏以桐："……"是她们的演技太好还是自己自作多情了？

剩下几个试完镜的女演员也离开了，休息室外只留下夏以桐她们，房门依旧紧闭着，安静着，藏着她的秘密和期待。

片场懒懒散散的氛围影响到了每一个人，盛夏的天气，强力电风扇也仅仅是让瞌睡来得晚那么一点点而已，从试镜开始到现在，已经有将近三个小时了，夏以桐昨晚睡眠就不足，这会撑着眼皮昏昏欲睡。

夏以桐坚持不走，苏寒看了下手表，招呼方茴，耳语道："去给夏老师买份盒饭来。"

"您需要吗？"

"我不饿，你也给自己买一份吧。"

"哎，知道了。"方茴出去了。

方茴刚走，迟迟没有动静的门口就响起开门声，一行人有说有笑地走出来，看样子是试镜结果讨论出来了，准备一起出去吃个饭。陆饮冰被一群人包围在中间，戴着副足以遮挡住半张脸的大墨镜，左手边是秦翰林，两个人边走边说着什么，陆饮冰没什么大的表情变化，但微微上扬的嘴角表明她心情不错。

苏寒刚想叫夏以桐，转头却看到她挺直了腰杆，一双亮晶晶的眼睛直勾勾地望着那边。苏寒皱眉，这样急切的目光未免有些太直白了，不像是夏以桐会做出来的事。她还没来得及提醒，夏以桐已经有分寸地、飞快地垂下了眼。

夏以桐听见身前逐渐传来脚步声。

难道是陆饮冰？她死死地攥紧了手机，好像溺水的人攥着一根救命稻草。这会儿没个东西给她攥着的话，她可能已经不行了。

陆饮冰一步步走近她，把电风扇的风挡住了，夏以桐正好落在她覆盖下来的阴影里。

夏以桐的心脏狂跳着，喉咙干得能冒出火来，她闭了闭眼睛，不动声色地调整呼吸，平复着心情。

"哎。"陆饮冰站在她的面前。

夏以桐手脚发颤，哆哆嗦嗦地低着头道："陆、陆前辈。"

怎么叫了陆前辈呢？明明叫陆老师更得体一点的！夏以桐在心里后悔着。

"夏以桐……"陆饮冰用她那独有的懒洋洋得像是哼歌似的语调吐出了她的名字，最后一个字在舌尖微妙地逗留了一下。

点点绯意从夏以桐的耳根迅速蔓延到整张脸。

陆饮冰又说："你长得这么好看，为什么要低着头呢？"

夏以桐顿时倒抽一口冷气："……"谁有速效救心丸！

陆饮冰伸出两根手指，略带笑意地抬起她的下巴，让她直视着自己，一笑："这样不就好多了？蠓首蛾眉，唇红齿白，真好看。"

夏以桐的反应神经齐齐断掉，两只眼睛直愣愣地盯住她，只看见她那像是用炭笔线条勾勒出来的、轮廓深邃的眉眼，比画中仙子还要精致、美丽，笑意将她的目光浸染得又明亮又温柔。

陆饮冰又说："你的铁头功练得更不错，哪天给我表演一下？"

夏以桐能听见自己胸腔里剧烈得快要爆炸的心跳声，体会到了心脏超负荷运行是一种怎么样的体验。深藏在心中多年的偶像近在咫尺，和她说笑，陆饮冰再不离她远一点，她原地就能把自己变成一朵烟花飞上天。

好在陆饮冰不过一时起意，笑一笑，便放开了手。

"你的试镜表现很好，不要放松。"陆饮冰收起轻佻，眉目清明地望着她，叮嘱道。

"好……好的。"夏以桐凝滞的眼珠微微动了动，下意识地答道。

"那我先走了。"

眼看陆饮冰快转过身了，夏以桐刚想松口气，陆饮冰又回头了，"扑哧"一声笑了，手在她的脑门上轻轻拍了拍，"是不是高兴坏了？回去吃饭吧，怪热的。"

说完陆饮冰捋了一把脑后的长发，走向在不远处等着她的助理。

陆饮冰离开很久了，夏以桐还是下巴微微抬起，保持着原来的姿势。

苏寒旁观这么久，感到震惊不已。

买完盒饭跑回来的方茴一脸茫然地看着僵在椅子上的夏以桐："……"

苏寒叹了口气，把方茴手里的盒饭接过来，道："方茴，你扶夏老师起来。"

方茴把手软脚软的夏以桐从椅子上搀扶了起来，夏以桐没走动，站了一会儿，放开她的手，得体地说道："我可以自己走了。"

她这么让人搀扶着出去，人多眼杂的，指不定传出什么奇奇怪怪的话呢。

夏以桐今日达成的成就在她二十三年的人生中可以说是"震古烁今"了，以至于中午她小小地膨胀了一下，把整个盒饭都吃下去了，在屋子里溜溜达达地消食。

手机铃声响了起来，方茴还没来得及给她拿手机，夏以桐已经一个箭步冲过去，屏幕上是一个陌生的号码，她连忙接起来，站直，那边一说话，她就听出来了，恭恭敬敬地喊了一声："秦导。"

秦翰林喝了点酒，乐呵呵地说："恭喜你啊！小夏，通过第一轮试镜了，今晚上副导演会把第二轮试镜的剧本发给你。"

"请问时间和地点？"

"这个……嘿嘿保密，另行通知，你下午好好休息，睡好了才有精力拍戏啊。"

"好的，谢谢秦导。"

"很少见有你这样能演戏的年轻人了，"秦翰林老怀甚慰，用带着一点港台腔的普通话道，"我中意雷呀，要努力，莫浮躁。"

"我会努力的。"

挂了电话，夏以桐轻轻地呼出了一口气，悬在喉咙口的心放回了一半到肚子里，另外一半仍然高高地吊着。她有几斤几两她自己心知肚明，这次算是走了狗屎运了，一路跌跌撞撞地进了第二轮试镜。更让她感到忐忑不安的是，秦翰林说的那句时间和地点另行通知，会不会要拍什么特定的场景。

来影于"百忙"的度假中抽了个空接了夏以桐的电话，刚接通她就忍俊不禁地道："我结婚的消息就告诉了你和老陆，别人都找不着我，结果你们俩倒好，一天两个电话，不知道的还以为多关心我呢。"

"老、老……"夏以桐的舌头打了个结，差点叫牙齿给咬了，"老陆？"

"陆饮冰啊，还能有谁？她昨天打电话跟我兴师问罪，说我推荐的什么人啊，嘚嘚儿嘚嘚儿的，忒烦人。"来影道，"试镜完了吗？结果怎么样？"

夏以桐说："过了。"

来影哈哈大笑："我就知道，怪不得老陆今天屁都没给我放一个。怎么样？怎么样？她的脸色是不是特别精彩，有没有生气啊？"

夏以桐回忆了片刻，抿着嘴唇道："没有，好像……还挺开心的。"

来影奇怪地道："不能够啊，老陆这人可不好相处，她要是被打脸了可得撒会儿气了。"

夏以桐眼睛眨了眨，在心里说：让自己表演铁头功算是撒气吗？

来影感慨地说："哎，你不知道，老陆以前脾气可暴躁了，曾经让媒体记者都下不来台，现在老了，倒是看开了不少。"

哪儿老了？看起来还是二十出头的样子。夏以桐在心里为陆饮冰小小地鸣了一下不平，然后满怀怅惘地想：她怎么能不知道呢？陆饮冰刚出道那几年，满心都扑在拍戏上，最讨厌媒体捕风捉影地八卦她，尤其是她的感情生活，她还小，有什么感情好谈？

有一回她下飞机赶着去剧组拍戏，有个什么娱乐星周刊的记者非得在机场追着她问当时的一个绯闻，陆饮冰忍无可忍地站住脚，劈手就夺了她的相机，冷冷地说："你就只关心这种话题吗？"

当时这件事闹得沸反盈天，有人指责陆饮冰缺乏教养，生气归生气，怎么能夺人家的相机呢？然而事情传出来没过一天，不少明星纷纷站出来力挺她，甚至有一些与这件事毫无瓜葛的老戏骨，也替陆饮冰说了几句公道话。

　　事情发展到最后，陆饮冰非但没有掉粉，反而收获了一个"真性情"的闪光点，媒体也不敢再问她一些无聊的问题了。

　　那时夏以桐还在上学，作为老牌粉丝，有幸目睹这场"偶像保卫战"，记忆不可谓不深。

　　夏以桐一笔带过，说："来影姐，我知道这事儿。"

　　来影笑道："你知道啊，我还以为过去了这么久，你们这些新人都不知道呢。你们俩搭戏的时候，有不懂的尽管问她，她就喜欢谦虚好学的。但是你要是太笨，学不会，她可能会着急，一着急就训人，你就忍着点，听她的对你以后演戏只有好处，没有坏处。"

　　当然了，就算训她，她也只会觉得开心啊。

　　"我会的。"夏以桐答应下来，道，"来影姐，我有个事儿要问你。"

　　"说吧。"

　　"秦导说，第二次试镜时间和地点另行通知，我总觉得有别的意思，你能不能给我参谋下？"

　　"……"

　　来影沉默了一会儿，用一副沉痛的语气说："你做好心理准备吧。"

　　夏以桐的心里咯噔一下。

　　这是怎么了？

　　"姐……你别吓我……"

　　"我没吓你，秦导喜欢看演员之间的默契度你还不知道？第二轮试镜多半会是和陆饮冰的对手戏。"

　　夏以桐一口气没上来，差点直接背过气去："……"

片名
TITLE
《逐光》

卷号
ROLL
第三章 CHAPTER 3

镜号
SHOT
尽人事听天命

秦翰林喜欢拍以女性为主角的戏，更确切地说，他喜欢拍美人，喜欢把美丽的女人展现到极致，尤其喜欢把美人和美人放在一起，拍让人感到惊艳的对手戏。

　　"早在秦导找我演女主的时候，我就和陆饮冰试过戏了，可惜那段试镜的视频不在我这里，不然可以发给你参考一下。"

　　"试过戏？"夏以桐忍不住心里羡慕了一下。

　　来影哈哈一笑："那可不？和老陆演对手戏可过瘾了。"

　　夏以桐："嗯。"

　　过了一会儿来影收起玩笑的口气，问道："小桐，你觉得我的演技怎么样？"

　　"很好啊，去年不还拿了大奖吗？"

　　"你跟我比怎么样？"

　　"差得远了。"

　　"你和我搭过戏，感觉怎么样？"

　　"很舒服。"

　　"但和陆饮冰搭戏你会觉得不舒服的。"来影道。

　　"啊？"夏以桐心下一紧。

　　来影严肃地说："我老实告诉你，我和老陆是多年的朋友，一起拍过三部电影，我这样的演技，有时候都接不住她的戏。不是说我演得不好，而是说，老陆的气场和代入感太强了，只要她一出现在镜头里，所有的焦点就全集中到她的身上，你会感觉到前所未有的压迫感和紧张感，以至于影响你的发挥。"

夏以桐握着手机的手指紧了紧，牙齿咬住了下唇。

"你还太嫩了，对上老陆只有乖乖被牵着鼻子走的份儿，我给你传授点经验。她气场强这件事有利有弊，弊我刚才给你说了，利就是她可以以最快的速度带你入戏，你不是一向入戏困难吗？和陆饮冰在一起几乎不需要担心这个问题。唯一要注意的是，保持清醒，千万不要在不该看她的时候看她，该收回眼神的时候要赶紧收回来，竭尽全力在她的气场中保持自己的一席之地，否则你会输得很难看的。你之前不是把第一轮试镜的名单告诉我了吗？进入第二轮试镜的三个人，除了你以外，应该还有金衍奖最佳女主角岑斯颖，和去年金章奖最佳女配角杜若涵，那两个人都是实打实的演技派。话说你能和她们参加同一次试镜，已经很不错了，记住我跟你说的话，尽人事听天命。"

夏以桐和来影通完电话，脸上的血色渐渐退了下去，来影的话无疑给她带来了巨大的压力。

第一次能凭运气，第二次还能凭运气吗？她前半生所有的运气好似都在第一次试镜时用完了，实在不敢奢求上天能再多给她一点好运。

夏以桐的性格中大约是带着那么一点悲观的，凡事都想好最坏的结果，而在两年前，每一次她也的确都得到了最坏的结果，比如片场受伤被替换，而她原本要出演的那个角色家喻户晓；比如戏份被一减再减，最终只露了个脸；比如为了生计必须接一些很烂的剧本进行夸张的表演。哪怕后来红了，她也事事谨小慎微，生怕哪里做得不好，或者不够拼命，很快就会被别人取代。加入《破雪》剧组是她这辈子除了放弃自己的音乐理想考入电影学院以外，最大胆的一次选择了。

夏以桐心想：万一第二次试镜没过呢？她接下来要怎么办？还去演那个小宫女，然后眼看着别人和她的偶像陆饮冰搭戏吗？

光是想想，她都要羡慕得发疯了。

夏以桐坐在床沿，眼眶泛红，胸口剧烈地起伏着，像是一头作茧自缚的困兽，在自己的牢笼里发狂，所有的隐痛和难堪，都只有她自己知道。

她的心态崩了。

夏以桐清晰地意识到了这件事，她用手捂住自己的脸颊，狠狠地抹了一把，几乎是有些跟跄地跌到了桌边，桌子的右上角放着一小罐五颜六色的星星，罐子是透明的玻璃瓶身，很小，十几个星星就已经占据了一半。

夏以桐抽出来一张叠星星的细长彩纸，静静地伏在桌子上，用圆珠笔在背面写了些什么，很快写好了，她灵巧的手指翻来折去，一个粉色的五角星便在指尖成了形。

她把五角星放进玻璃罐里，再抽出一张彩纸，写字，继续叠。

一连又叠进了七个星星，小小的许愿瓶顿时就有了将满的感觉，夏以桐看向那个瓶子，趴下来，将脑袋枕在手臂上，细长的手指在瓶身上下慢慢地划着，心情已经彻底平静了下来。

不知道什么时候，她趴在桌子上睡着了，手里还紧紧地攥着那个不过堪堪能躺在她手心的小许愿瓶。微风吹拂，瓶身上的蓝丝带被风吹了起来，又稳稳地落回到她掌心。

一如她深藏心底多年的梦想。

秦导是下午五点给夏以桐打的电话，如来影所料，进入第二轮试镜的果然是岑斯颖、杜若涵和夏以桐三个人，但是秦导带来了一个让人更加意外的"重磅炸弹"。

秦翰林说："试镜的时间在明天，地点就在宾馆的 4006 号房。没有剧本，不用准备，即兴表演。"

即兴？

一听说即兴，夏以桐先是心脏猛地跳了一下，然后居然神奇地释然了。只有一天时间，本就来不及准备，而没有剧本，更是让她无从准备。

另外两个人估计现在也和她一样，一脸蒙。

明天到底怎么样，她不要再想了，想也没用。

夏以桐洗了个澡，对着镜子整理了一下自己的妆容，上楼去敲陆饮冰的房门。

小西开的门，一见她眼睛就亮了，不等夏以桐说话，便朝里面喊道："陆老师，夏以桐找。"

接连两次将夏以桐拒之门外的陆饮冰施施然地出来了，看起来精神不错，容光焕发，估计睡醒挺久了。

没打扰到陆饮冰睡觉，夏以桐松了口气。

陆饮冰穿了件V领T恤和白色短裤，露出来的皮肤像雪一样白。

陆饮冰斜倚在门框上，目光有如实质地上上下下地打量了她一圈儿，冲她一笑，说："秦导跟你说了吧，明儿试镜。你来是找我提前对戏的吗？我先说一声啊，这事免谈。"

夏以桐立刻紧张地道："我、我不是。"

陆饮冰点了下头："不是就好，我这就是给你提个醒儿。说吧，找我什么事儿？"

夏以桐深呼吸了一下，说："我是想请您吃个晚饭。"

这一下捅到马蜂窝了。

一旁的小西脸色一僵，心里不住地哀号：完了完了，今天中午秦导和制片人那顿饭陆饮冰就没去吃，免得人家大鱼大肉，她吃得跟兔子似的。

陆饮冰轻轻挑了一下眉，没说话。

夏以桐提着口气，才把接下来的话囫囵说出来，道："我看您最近瘦得厉害，一定是工作太辛苦了，我知道这边有家私房菜特别好吃，陆前辈，不知道您……"她不动声色地咽了一下口水，接上，"肯不肯赏个脸？"

陆饮冰沉默了一会儿，才"啧"了一声，把撑着门框的手放了下来，饶有兴致地望着她。

"夏以桐……"

又是那种懒懒的语调。

"你看着我的眼睛。"

夏以桐依言抬起头，看陆饮冰深邃如古井的眼睛，心跳如擂鼓。

陆饮冰说："看出什么了没有？"

看出什么？青光眼？白内障？

什么都没有。

夏以桐摇摇头。

陆饮冰叹了口气："它是绿的。"

夏以桐："啊？"

陆饮冰继续柔声问："你知道它为什么是绿的吗？"

夏以桐喃喃着道："不知道……"

陆饮冰的脸倏地一下沉下来，冷冷道："饿的。"

夏以桐下意识地一闭眼睛，就听见"嘭"的一声，房门从里面重重地摔上了。

夏以桐呆呆地站在门口。

过了一会儿，她再次敲开房门，开门的是小西，小西警惕地往外挪了两步，才压着声音道："夏小姐，陆老师现在节食减肥呢，不能出去吃东西。"

夏以桐问："是因为角色吗？"

小西也不知道能说还是不能说，便没吭声。

夏以桐有些语无伦次地说："我刚才忘记说清楚了，这家饭馆有专门为节食人士准备的菜谱，不会长肉的，我自己去吃过。"

小西："啊……"

夏以桐软声道："小西姐，你能不能再帮我问一下陆老师。"

迷妹小西稳了稳激动的情绪，说："我进去帮你问一下，不过陆老师现在正在气头上，百分之九十不会答应你的，你做好心理准备。"

夏以桐说"好"。

小西进去了，里面的谈话声变得非常轻且细碎，夏以桐竖着耳朵，只能听见只言片语的"你""她"。

"陆老师说，谢谢你的好意，她今天不想出去吃饭，还说让你明天好好表现。"前半句是真的，后半句是小西擅作主张加的，她不忍心看到自己的偶像失落的样子，果不其然，前一刻还萎靡的夏以桐听到后一句话立马变得精神满满。

"那我先回去啦，谢谢小西姐。"

"夏老师，你千万别叫我'姐'了。"小西将房门往外推了推，确保里边听不见，才小声道，"我是你的粉丝，你要是不介意的话可以叫我的名字。"

"好的，小西。"夏以桐主动问道，"需要签名吗？"

小西摸摸身上："……"失策了，没带纸笔。

夏以桐从口袋里抽出手机，握在手里，冲着小西晃了晃："那我们就合个影吧？"

夏以桐一把搂过小西的肩膀，冲着镜头扬起一个足以迷倒众生的笑容，温柔地道："来，一、二、三。"

"咔嚓——"

夏以桐看过照片，说道："真好看。我们加个微信吧，我把照片传给你。"

小西手忙脚乱地掏出手机，打开微信二维码让她扫。

添加好友成功了。

夏以桐在手机屏幕上按了几下，显示照片发送成功："收到了吗？"

小西看着合照简直不敢置信："收到了。"

夏以桐挥挥手："那我先走啦，明天见。"

小西愣愣道："明天……见。"

她在门外足足逗留了好几分钟，回到房间的时候带着一脸笑意。坐在沙发上的陆饮冰看完手上的那页剧本，瞥了她一眼，淡淡地问道："在外边干吗呢？"

小西："啊……没什么，就回自己房间里上了个洗手间。"

"嗯。"陆饮冰道，"把我的白绫拿过来。"

小西从行李箱里翻出来一条干净的白绫，蒙在陆饮冰的眼睛上。陆饮冰把剧本递到她的手里，道："关灯。"

说完陆饮冰从沙发上起身，在房间里迈开步子。她根据之前对屋内摆设的记忆，犹豫着踏出了第一步，紧接着第二步、第三步，逐渐踏得熟稔，只是步履稍慢，与一般的盲人几乎无二了。白色的袖袍摆动得如行云流水，在黑暗中犹如一缕羽光。

陆饮冰饰演的荆秀在戏里有失明的戏份，而且不少，早在三个月前，她接到剧本的时候，就曾经在一个密闭的黑暗房间中待了十天，除了送饭，不准任何人跟她说话，像是坐牢一般，感同身受地体会了一个正常人突然失明的心情，也知晓了应该怎么逐渐适应黑暗里的生活。

为什么是十天，不是半个月？一个月？因为荆秀从失明到重新振作起来，正好用了十天。

十天后，陆饮冰从房间里出来，已经不再需要盲杖了。就算在一个陌生的地方，只要多走几遍，也能够完全避开障碍物。

小西看着陆饮冰绕着房间走了足足三遍，从一开始的磕磕绊绊，膝盖撞到茶几，被床脚绊得差点一个趔趄摔在地上，到后来终于一气呵成。

陆饮冰背后冒出一层细密的汗，停下来，喘着气摘下眼睛上的白绫丢向沙发。她顾不上洗澡，而是走到窗边，打了个电话给秦翰林，黄昏的夕阳给她的五官笼上了一层朦胧的暖光："秦导,你看是不是换成黑布比较好,白的虽然好看,但透光性太强了……"

小西走过去收拾好东西,望向正微微皱着眉和秦翰林打磨细节的陆饮冰。

祖师爷就算再赏饭吃,也要本身有那只能够装饭的碗。陆饮冰从入行开始便被称为天才,没人知道荣光背后她究竟付出了多少的汗水,甚至眼泪。对于细节近乎苛刻的要求,对于表演全身心的投入,如果陆饮冰不成功,小西都不知道谁能成功。

话说回来,她的偶像夏以桐也挺努力的啊,要是她们俩能一起拍戏就好了。小西一想到那个场景,浑身的血液顿时热了起来,不过……以陆老师的苛刻,她的偶像要是真的和她一起拍戏的话,大概会很惨吧……

明天还要试镜呢,小西为偶像点了根蜡烛,不敢再想下去了。

翌日,上午八点四十。

岑斯颖、杜若涵、夏以桐三个人在隔壁的4005狭路相逢。其中岑斯颖年龄最大,今年三十三岁,但保养得非常好,看起来不过二十五六岁,非常具有女性魅力,很适合电影中后期的陈轻,也只有她才能游刃有余地驾驭这个角色;杜若涵今年二十八岁,带有一点北欧血统,五官立体,从具体形象上来说更符合戏里陈轻的外形,演技尚可;夏以桐二十三岁,是三个人中年纪最小、资历也是最轻的,演技稍差,但秦翰林最中意她身上介乎于青涩和成熟、女孩和女人之间的气质。

三个人打了个照面,夏以桐主动上前问好:"岑前辈、杜前辈,你们好。我姓夏,你们叫我小夏就好。"

岑斯颖的工作重心是电影,她和夏以桐平素没什么交集,这时她握住夏以桐的手,笑容和煦地回应道:"小夏,久仰大名,我看过你演的电视剧,很不错。"

夏以桐将腰往下弯了些,诚恳地道:"岑前辈过奖了。"

岑斯颖拍了拍她的手背,一笑。

杜若涵是电影和电视剧都演,以前的"四小花旦"之一,这两年的人气不如夏以桐,此刻神色有些冷淡,虚虚地握了她的手一下:"你好。"

夏以桐坐在岑斯颖身边，她算是知道岑斯颖为什么对她这么友善了，原来岑斯颖家里有个小侄女喜欢她，每天守着电视看她。

岑斯颖笑着道："我有时候会看两眼电视，每回放的都是你，不认识也得认识了。"

夏以桐有些羞赧地道："也就讨些孩子喜欢，不值一提的。岑前辈那部经典的《群山之巅》，我每年都会重温一遍，每次都有新的感触。"

岑斯颖表现出好奇，问道："哦？你说说？"

"秀满这个人物其实很复杂，她并不是一个普通的农村老太太，她的丈夫死了，儿子杀了儿媳……"夏以桐是真看过好几遍，说起那部片子头头是道，对人物有自己的体会，眼睛也越来越亮。

岑斯颖认真地听着，没打断夏以桐，笑意一点一点漫上她的眼角。等夏以桐说完了，岑斯颖便笑道："别叫前辈了，都把我给叫老了，叫姐吧。"

夏以桐抿了一下嘴，不好意思地叫道："岑姐。"

岑斯颖这种戏骨演员，是很乐意带新人的，趁着时间还没到，教了夏以桐一点演戏的小技巧，夏以桐听过了，再用备忘录记下来，准备回去细细体味。

九点整，副导演亲自过来叫人。这次没有抽签，秦翰林那边有决定，第一个喊的是岑斯颖。

岑斯颖信步出去了。

不一会儿，副导演再次过来，叫走了杜若涵。

半个小时后，终于轮到了夏以桐。

房门虚掩着，但是什么也看不清，副导演握住门把手，朝里一推："请进。"

夏以桐深吸一口气，迈了进去。

4006号房间。

柔软的酒店大床，左右各架了两台机位，秦翰林和两位副导演、监制、制片人一个不漏，坐在一旁的椅子上，陆饮冰站在洗手间的镜子前，修长的脖子微微仰着，在整理着什么。

秦翰林笑着说："饮冰还没准备好，你先等一会儿。"

"滴答——滴答——"

夏以桐的脑海中如有实质的声音，把她放空的思绪和眼前的场景搭建起来。她不动声色地环视了一圈屋内的布置：首先，床是位于机器拍摄范围正中央的，周边又没有任何别的摆设，无疑这就是这场戏的主场……她的脑筋疯转，面上却带着微微的笑意，就这么不骄不躁地等着。

秦翰林看了夏以桐一会儿，托着下巴思考，过后才上来跟她说戏："这场戏是六殿下荆秀灭了姑臧，将你生擒囚在王宫之后，荆秀整日公务繁忙，一连个把月把你晾在一边，对你视如无物，一句话也没跟你说过，今天才有空过来和你解决那些旧事。"

夏以桐点点头。

"你要记住两个点：首先，你背叛过荆秀，但是你不能告诉荆秀原因，荆秀想问清楚，你就是不能说。"秦翰林偷偷看了一眼浴室的方向，压低声音道，"第二，你爱荆秀，这是毋庸置疑的，一会儿你要让镜头前的人感受到你的挣扎，像是那种陷入泥沼什么都抓不住、眼睁睁地看着自己往下沉的感觉，但是不能直白，要注意表演的层次感，感情的递进。懂了吗？"

夏以桐备感压力，说："懂了。"

秦翰林看夏以桐的神色顿时紧张起来，拍拍她的肩，道："我知道这对你来说要求比较高，但要当一个出色的演员，必须迈过这一步，我相信你。"他贴着夏以桐的耳朵说道，"其实今天来的三个人中，我最中意雷啦。"

夏以桐看向秦翰林，秦翰林冲她真诚地笑了一下，道："给你十五分钟，去隔壁4007房间酝酿感情，可以吗？"

"可以。"夏以桐依言过去了。

陆饮冰从洗手间出来，脖子上还有水渍，一边擦着手一边望向门口的方向，对秦翰林道："我刚才都看见了，你是不是又说你最中意她？"

秦翰林夸张地"哎呀"一声，然后哈哈大笑。

陆饮冰暗暗啐了他一口，这个老狐狸。

秦翰林招呼陆饮冰坐下，提醒道："人家小姑娘年纪小，演技生涩，你一会儿演的时候记得克制下，收着点儿，别把人家吓坏了。"

陆饮冰给了他半个白眼，摆手道："知道了。"

趁着夏以桐酝酿感情的时间，屋里的人放松地聊起了天，主要是秦翰林和陆饮冰在聊。

秦翰林感慨地说："要找个接得住你戏的人真不容易。"

"是你死乞白赖非要我来演女主，不，男主，"陆饮冰大大方方地收下了他的夸奖，问，"前两个你满意谁？"

"岑斯颖勉强还行，配合得基本上可以说天衣无缝了，但就是缺了点感觉。"秦翰林"啧"了一声，手舞足蹈地比画道，"就是那种……噼里啪啦冒火花的感觉。岑斯颖的表演技术性太强，观众看没问题，我看嘛，就有点刻意了，永远恰到好处、收放自如，总给我一种在表演的感觉，我要的是情不自禁，情不自禁到真实的地步。"

表演有技术吗？当然有。什么时间点做出什么样的神态，都有讲究。观众是视觉动物，更是善于脑补的视觉动物，他们会根据你的面部神态结合上下文自动脑补出一出虐恋情深的大戏，然后把自己虐得眼泪汪汪的。演艺圈里同样有天才和凡人，有技术流和感情流，他们都在竞相奔跑。

陆饮冰又问："杜若涵呢？"

秦翰林道："情不自禁的感觉是有了，就是……"

陆饮冰替他接上，凉凉地道："就是有点过了。"

秦翰林点头："那就 pass（淘汰）杜若涵，在岑斯颖和夏以桐中间选一个。"

陆饮冰耸耸肩，表示赞同。

秦翰林又去找副导演和制片人、监制聊了两句，说了他的看法。

监制方面表示中意岑斯颖，他是出于对这部戏口碑和票房的考量，流量明星再有人气，也撑不起票房，非但如此，一个流量明星担纲女一号，放到这部全是演技派的片子里，在非粉丝的观众眼中，只会拉低这部电影的档次，使其口碑受损，而一些原本能够支持票房的路人甚至会因为流量明星的加盟而放弃这部电影。

两个副导演听过监制的话，也表示看好岑斯颖，夏以桐的演技不可能有岑斯颖好，陆饮冰、岑斯颖，只要主演名单一放出来，再加上导演秦翰林的名字，基本上在路人眼里这就是一部盖章了的优质电影。而事实上按部就班地拍下去，这也的确会是一部精品，没必要为了虚无缥缈的感觉去冒险选择一个新人。

秦翰林没想到会是这样一个局面，当下就怒了："你们有这么多意见当时第一轮试镜的时候怎么不说？现在人家都在隔壁房间了，还没试镜呢，你们就一个两个把人否掉了！"

三个人面面相觑，监制站出来不急不缓地道："当时你觉得她的演技还行，要放她进第二轮，我们就没考虑这么多，好在现在及时止损。"

"你还好意思说及时止损？"秦翰林向监制征询道，"那我现在就去4007号房间让她离开？"

监制无端端地觉得背部一冷，说道："这样未免太明显了，让她随便演演，到时候刷下去就是了。"

"随便演演？"秦翰林猛地挺直腰背，一拍桌子，骂道，"老子字典里就没有'随便'两个字！我告诉你们，老子是在选演员，什么票房、口碑都没有老子的感觉重要！"

监制的脸一黑。

"你们要随便可以啊，这破片子老子不导了！"

"秦导……"

"别叫老子秦导！"

秦翰林说着就要拂袖而去，一直没言语的秦翰林的好友兼制片人开口了，他用手指扶着额头，一脸头疼的表情："行啦！都别吵了，我相信翰林的眼光，万一结果不如人意，所有的损失由我们恒天集团一力承担。"

有人罩着，监制自然没了意见。

秦翰林骄傲地挺了挺板正的胸膛，环视房间，谁还敢有异议吗？

他看了一圈，发现少了一个人，便问副导演："陆饮冰呢？"

副导演抬起头："刚才就出去了。"

隔壁，4007号房间。

陆饮冰倚在夏以桐锁在房间门边的墙上透气，她是一个演员，只挑合适的剧本和合适的搭档，票房和口碑是制片方需要担心的问题，继续待在里面只会让铜臭味影响她的心情。

摸出手机看看，到时间了。陆饮冰刚打算敲门，房门便从里面打开了。

前三次，都是陆饮冰在房间里，夏以桐在房间外。

这一次，是陆饮冰在房间外，夏以桐在房间里。陆饮冰的手还悬在半空，离夏以桐的脸仅有十厘米的距离。

两个人四目相对，夏以桐感觉自己心跳骤停了，刚刚酝酿好的感情消散得一干二净，眼前只余下那张眉眼精致宛如谪仙的脸。

陆饮冰神态自若地收回手，略一点头，让开一步，在前面引导她，用她清冷而不失温和的声音轻轻地说："来，我们要试镜了。"

夏以桐手扶着门框，朝陆饮冰挤出一个自然的笑容，没动。救命！她腿软走不了了！

"我……腿忽然抽筋，陆前辈，您能不能……扶我一把？"

陆饮冰看了她一眼，眼神中看不出什么明显的情绪："……"

夏以桐："……"

两个人各自站在原地沉默了三秒钟，陆饮冰的嘴唇微动，夏以桐有如神助地立刻把自己从门框上撕了下来："我，好了。"

陆饮冰转回去，在前面先走了，夏以桐忙迈着小碎步跟了上去。

敲门。

秦翰林："请进。"

"秦导。"陆饮冰带着夏以桐进来了。

夏以桐神色平静，目光却贪婪地看着前面的陆饮冰。

秦翰林随意地一抬头，眼睛就没从她俩身上挪开过。面前那两个人一前一后，隔着不远不近的距离，显得有些疏离，却有一丝难以言喻的感觉涌动在其中。他几乎要就地拍一下巴掌了，这就是他要的那种感觉。

多么像孤高清傲的六殿下，领着落入如此境地、明知绝无可能，却又忍不住心存希望的陈轻，只是与她几步之遥的六殿下对此却一无所觉。

他先前还担心十五分钟不够夏以桐酝酿情绪的，没想到还没开始试镜，她已经进入状态了。

秦翰林一句废话也没说，生怕那种感觉不见了。

荆秀灭了姑臧以后，重新建立大楚，登基为帝。谁都知道他在未央宫囚禁了一位特殊的犯人，那个人曾经是他父王的妃子，是他的谋士，抑或是他曾许诺要封其为后的人，但如今都不存在了，陈轻现在的身份只是犯人。她没有受到任何虐待，宫人细心侍奉，唯独一件事，荆秀从来没来看过她。

陈轻受的皮外伤渐渐愈合，这年冬天又下起了大雪，门窗被风声摇得吱呀作响，宫人在屋内四角烧起了火炉。

荆秀是这时候冒着风雪来的。

"Action（开拍）！"

夏以桐化身陈轻，不断地搓着自己冰凉的手指，火炉烧得再暖的屋子也抵不住她身体内透出来的寒气。最近越发地畏寒，她实在有些坐不住了，站了起来，在屋子里不住地走动着。

陈轻边走动边吩咐宫女，说话依然是素来的高贵："给我拿件袍子来，要最厚的。"

宫女应声往外走，门却从外面被推开了，陆饮冰出现在门口，神情冷淡，进门前在门槛上先蹭了蹭靴子上不存在的雪和泥，身后没带一个侍卫宫女，回身关上门，一个人慢慢走了过来。

随着陆饮冰缓缓走动，四周的景色仿佛变了，变成了一座富丽堂皇的、温暖的宫殿，四面的火炉都燃着熊熊的火焰，炭火烧出噼里啪啦的声响，她也变成了荆秀。

荆秀解下领口系着的大氅，像常年养尊处优的贵族那样随手往旁边一递。

宫女如同潮水般退下去。

夏以桐的神经紧绷起来。

"我这些天都在处理政事，冷落你了，你不会怨我吧？"宫女退下以后，荆秀就像是变了一个人，表情立刻变得温柔、生动起来，他快步上前，用自己的双手包住了夏以桐的双手，在她的手心哈了一口气，抬起头关切地问道，"是不是很冷？"

夏以桐愣住了。不是说好的背叛、决裂吗？这是怎么个意思？而且来影说的陆饮冰的强大气场，她都没有感觉到啊。她沉默了大约一秒钟，摇头，轻轻地说："不冷。"

"不冷？"荆秀缓缓皱起眉头，用一种忽然不认识她了的目光紧紧地盯着她，"可……你以前不是说你很怕冷吗？"

夏以桐刚想说话："我……"却看见陆饮冰的眼圈毫无征兆地红了，像个孩子一样控诉道："你又骗我。"

夏以桐和很多人搭过戏，从来没见到有人上一刻体贴温存，下一刻便眉头紧锁，紧接着立刻流露出彻骨的悲伤，这一切不过发生在三秒钟以内，感情转变却丝毫不见突兀。

"我怎么会骗你？"夏以桐不由自主地伸出手指摸上荆秀漂亮的眼睛，声音放得低低的，有如低语，"我永远都不会骗你。"

以你为前行路上的光这么多年，怎么会舍得骗你？我舍不得的。

荆秀依赖地将下巴枕在了陈轻的肩膀上，后者睁大了眼睛，身体有一瞬间的僵硬，紧接着抬手轻轻地拥抱住了荆秀，像是拥抱一片轻飘飘的鸿羽。

夏以桐几乎忘了自己是在试镜现场，她的手指微微颤抖起来，抑制不住，激动地感受着这个拥抱。

荆秀闭着眼睛，手垂在身侧，眼泪渗出眼角。

镜头外，秦翰林目不转睛地盯着。这三次试镜，每一次陆饮冰的表演其实都不一样，她会根据搭档呈现出来的不同感觉来进行演绎。

"够了。"荆秀将自己一步一步，慢慢地抽离陈轻的身边，同时将脸上流露出来的悲伤和眷恋一点点地收回，到最后，居然缓缓展露出一个讥讽的笑容。

夏以桐看着这个笑容，心口没来由地感到一窒，下意识抓住了荆秀的袖子。

"戏演得很逼真。"荆秀抬手拍了两下手掌，冷冷道，"但到此为止了，你以为我还会信你吗？"

陈轻没有露出任何惊讶的表情。

"陈轻。"荆秀歪着头问，"你是叫这个名字吗？还是连名字也是骗我的？"

陈轻终于脸色一变。

"我是不是又猜对了？你以前那么聪明，现在怎么变傻了？"荆秀嘲弄地撇了撇嘴角，"什么都是假的，嫁给我父王为妃是假的，替我出谋划策是假的，对我……罢了罢了，这些事不提也罢。哎，这殿里的酒放在哪里了？"

陈轻默默地替荆秀取来酒，放在炉子上温着，问道："要我陪你喝吗？"

"你先告诉我你是谁？"

"我是陈轻。"

"哪家的陈轻？"

"殿下的陈轻。"

镜头里，荆秀的动作一顿，眼底飞快地漫上一层水雾，酸楚得险些立刻落下泪来，同一时间他的牙关立即紧紧咬住，用力得口腔里几乎感觉到了血腥味。荆秀垂着眼，浓密的睫毛打下一片不祥的阴影，淡淡地道："这宫里已经没有殿下了。"

陈轻说："但我心里还有殿下。"

"以前的陈轻愿意为我死，你呢？"

"依然。"

很长时间的沉默。

陈轻忽然感觉到殿里的气氛不对，好像一瞬间所有的暖意都被吸尽，她觉得很冷。她望向殿门的方向，是门开了吗？不是。然后她错愕地望向面前坐着的人，才发现屋内所有的寒意都是从对方的身上散发出来的。

荆秀低着头，看不清是什么表情。

然而夏以桐已经发自内心地感到恐惧起来，她不知道下一刻会发生什么，无论是作为夏以桐，还是作为剧中人的陈轻。她只能静观其变，这估计就是来影说的，陆饮冰演戏时的代入感和强大的气场了，的确是很容易带人入戏。然而她并不知道，这还只是陆饮冰刻意收着的演技。

荆秀抬起头，勾起唇角笑了，露出一个极度美丽，又极度危险的笑容。

那个笑容让在场的所有人感到不寒而栗。

夏以桐的后背猛然激起一层鸡皮疙瘩，身体远于大脑反应之前，条件反射地就往后退。然而已经来不及了，荆秀的一只手伸过来紧紧地扼住了陈轻的喉咙，荆秀单薄、瘦弱的身体不知怎么有那么大的劲，单手就将她从原地拎了起来。

一阵大旋地转以后，夏以桐被按在了床上，喉咙上死死地压着荆秀那只冰冷得如同铁钳般不可撼动的手掌。

这一下兔起鹘落，仅仅发生在半秒钟以内。

即便已经演过两次了，秦翰林还是为荆秀的突然暴起由衷地吓了一跳。秦翰林不合时宜地心想道：这万一陆饮冰要拍个恐怖片，大约可以成为"中国贞子"了。

夏以桐没料到有此着，本能地奋力挣扎起来，两手向上抓着荆秀的手，却挣不开，紧接着就不断地拍打着荆秀的胳膊，荆秀细嫩白净的皮肉上很快就留下一道又一道鲜艳的红痕。

由于演戏的原因，荆秀的手劲一直保持在同一个力道，但是手指做了一个巧妙的收缩的动作，看起来就像是要把陈轻置于死地一样，她不但骗过了镜头外的人，还骗过了躺着的夏以桐。

本能的反应过后，夏以桐自以为经过了一段漫长的时间，但其实只有短短的两秒钟，她想起来自己是在试镜，并不是真的面临生死存亡。

然后她就看到了荆秀的眼睛，她呆住了。

荆秀双目通红。

愤怒的表情很多人都能演，但是很少有人像陆饮冰这样，连眼白都透出来鲜红的血丝，整双眼睛都像是被浸在了血水里，通体泛红，目眦欲裂。

此时的荆秀是一位绝望的帝王，他就像一只众叛亲离的野兽，张开那血淋淋的牙齿，给往日最亲密如今最痛恨的人一个致命的了断。

接下来的一段戏没有台词，只有荆秀的眼神在不断地变化着。

他朝朝暮暮想念的、盼望的人，就在身下，怎么忍心？荆秀眼中的暴戾慢慢消失，逆鳞被空气中的沉寂抚平，取而代之的是无言的悲伤和压抑着的缱绻。

无法摆脱的绝望的气息笼罩在周围。

陈轻先是呆呆地看着她，然后觉得鼻子有些泛酸，眼角也微微地红着。

荆秀按着她的脖子，却不再让她感觉到疼痛，而是细细地、安静地凝视着她，把伤口藏在深不见底的心湖之下，说："给我一个理由。"

夏以桐张了一下嘴，没发出声音。

荆秀望向自己扼住陈轻喉咙的手，动作停滞了一秒钟，然后手像是触电般松开，急忙向后退开了两步，惊慌失措得好像方才死死地掐着人家脖子的人不是他一样："我，我，我不是！不是我！"

陈轻的脖子上还有被掐出来的红印，她轻轻笑了，用沙哑的声音温柔地道："我知道不是你。"

陈轻的笑容那么美，一如当年初见，那么地令人心动。曾经那场盛宴，宫中灯火通明，来了好多好多贵客，有楚国的贵族，还有外邦的使臣，她那么高高在上，夺目的五官、曼妙的舞姿皆成了宴会最浓墨重彩的一笔。

多少王公贵族对她趋之若鹜，荆秀坐在无人问津的角落里自斟自饮，偶一抬眸，便于无涯的人群中对上了她那含笑的双眼。

从此勾连不清了半辈子。

荆秀辛苦铸就的精神防线在她的笑容下濒临崩溃，他顺着十数年来的肢体记忆慢慢俯下身，躺在她身边，支起脸颊，一只手抚摸她的脸颊，小心翼翼地道："你给我一个理由，好不好？"

此刻荆秀不是一个帝王，也不是什么殿下，表现得更像是一个害怕受到责备的孩子在卑微地祈求大人：你给我一颗糖，好不好？

但陈轻不能给。

秦翰林的话就响在耳畔。

——你背叛过荆秀，但是你不能告诉荆秀原因，荆秀想问清楚，你就是不能说。

她不能说。

她紧咬牙关，一声不吭。

"陈轻……"

一滴泪从荆秀眼里毫无征兆地掉了下来，落进陈轻的眼睛里，同时灼伤了两个人。透过朦胧的视线，陈轻看见荆秀充满哀戚和难过的眼睛。

她的胸口突然涌起一阵剧烈的疼痛，比以往的每一次都要剧烈。

为什么？

陈轻猛然攥住身下的床单，用尽生平所有的力气，牙关处淡淡的血腥味在口中弥漫。

镜头外，秦翰林差点跳起来拍手叫好，左看看右看看，监制和副导演都盯着镜头里的两个人没空理他，只有制片人含笑望着他，给了他一个肯定的眼神。

到这里差不多就可以结束了。

但是秦翰林还想继续往下看，看美人演戏是他的爱好，如果陆饮冰自己不主动中止的话，他鸡贼地打算不喊"卡"了。

陈轻没说话，荆秀一动不动地注视着她。

长久的沉默。

没有说一句话，荆秀的眼神又逐渐变了。

陈轻凝望着荆秀的双眼，她伤荆秀至深，却仍旧渴望从对方的眼睛里得到一星半点她希冀的感情，她曾经真切拥有过的感情。

"陈轻。"荆秀的胸口激烈地起伏了两下，咬牙切齿地叫出她的名字。

陈轻的嘴唇轻轻地蠕动，极轻地唤他："殿下。"

"别叫我殿下！"荆秀被戳中了痛脚，握住她的肩膀，将她狠狠一搡，推开自己身边，像是发泄又像是发狂，"你不是陈轻，她已经死了！"

"我不准你穿她的衣服！"

"刺啦"一声——陈轻的外衣被荆秀粗暴地撕开。

"我不准你用她的声音！"

陈轻的咽喉重新被禁锢在对方的手掌中。

"我不准你长成她的样子！"

陈轻的下巴被对方一只手用力地捏住，被迫对上那双发红的凶狠的眼睛。

下巴被捏得生疼，陈轻微微皱了一下眉头。

荆秀的眼神继续变化着，松开了陈轻的下巴，接着将她的一只手腕攥住，狠狠带向自己的方向，陈轻攥紧的手颓然松开，放弃了抵抗。

陆饮冰从床上坐起来，嘴角噙着笑，替秦翰林喊道："卡。"

秦导："……"

秦翰林恨恨地跺了一下脚。

好气啊！他还没看够呢。

"试镜结束了，"陆饮冰才不管他这个老不修，帮夏以桐拉好被撕坏的外衣，拉她起来，道，"改日我再赔你一件一样的。弄疼你了吧？不好意思啊。"

"不疼不疼。"夏以桐忙否认道，她顶着一张上白下红的脸，问，"你怎么知道我里边还有件背心的？"

陆饮冰说："我看见了啊。"

夏以桐上半张脸也一起红了。

两个人一起去洗手间整理衣服，陆饮冰端起漱口杯喝了口水，咕嘟咕嘟吐出来一口带着血丝的水。

夏以桐也接了杯水，漱口后吐出来的水也带着红色，她有些不好意思地看向陆饮冰，眼神分明在期盼着什么。

陆饮冰看了她一眼，笑道："可以啊你，咬牙都咬出血来了。"

夏以桐谦虚说："前辈才敬业，陪着试了三次镜还这么认真。"

陆饮冰道："不，我是最近牙龈出血。"

夏以桐顿时想找个地洞钻进去。

陆饮冰望着她尴尬的样子，倚着门框笑出声来。

夏以桐一眼瞧见陆饮冰穿着短袖的手臂上一大片一大片的红印子，陆饮冰的皮肤过于敏感，看起来有点触目惊心。都是刚才自己情急之下打的。

陆饮冰随着她的视线往下看，提前开口制止了她的道歉："我掐了你，你也打了我，扯平了。"

夏以桐也不好再说什么。

陆饮冰和她一起从洗手间出来，秦翰林说他们五个人要讨论一下，大概需要半个小时，夏以桐如果愿意等的话就去 4004 号房间稍等一会儿，如果有事的话可以先走，晚点会电话通知。

夏以桐没走，去了 4004 号房间等着，进去了之后才发现杜若涵也在里面，岑斯颖估计是忙，提前走了。

两个人各自无话。

大约二十分钟之后，夏以桐在杜若涵异样的注视下被单独叫走了。

重新回到试镜现场 4006 号房间。

床铺已经被整理好，整洁干净。监制和两位副导演已经走了，只剩下秦翰林、制片人和陆饮冰，前两位坐着，陆饮冰站在阳台窗户那儿，低着头看手机，身后洒落一片金黄。

夏以桐手脚规正地站着，喊："秦导。"

秦翰林望一眼制片人，然后才看着她轻轻叹了口气，道："我很遗憾……"

夏以桐脑中"嗡"的一声，顿时一片空白。

秦翰林后来说了什么她一句话也没听见，直到他焦急地从上衣口袋里摸出一条干净的手绢递给自己，夏以桐才发现自己原来已经哭得满脸是眼泪。

片名　　《逐光》
TITLE

卷号　第四章 CHAPTER 4
ROLL

镜号　如愿以偿
SHOT

秦翰林没料到自己的一时起意，会惹出这么大的祸来。

"我很遗憾……你不能参演你原先的角色了，通过你的表现，我们决定让你来担任这部电影的女主角……哎，你哭什么？喜极而泣也不用哭得这么伤心吧？"

夏以桐出乎他意料地，甚至都没有"哇"的一声，就真情实感地哭了出来。

秦翰林连递手绢都来不及。

"其实你哭也可以理解，我选定你也费了不少的心思。"秦翰林也没反应过来。

陆饮冰在窗边露出一脸牙疼的表情："……"

陆饮冰和制片人对视了一眼，制片人耸肩，表示由他们去吧。

时间倒退回半个小时以前。

夏以桐出去之后，秦翰林和监制又吵了一架。一般来说，监制是一个剧组用来镇场子的人物，身份往往不一般，对电影的拍摄进程包括选角都有很大的发言权。不巧的是，这位监制看完了夏以桐的表现，并不太满意。

他抬手扣着胸前解开的扣了，理性地把自己从刚才的场景中抽离出来，说："秦导，抛开票房和口碑，单单考虑这部电影本身的质量，我认为夏以桐的演技达不到标准。"

秦翰林嗤笑道："刚才不挺好的吗？不然开这么低的空调你还把扣子解开干吗？还不是热的，你入戏了吧？"

监制："……"

秦翰林问他："一部好电影的标准是什么？"

监制皱眉道："你该不会说是入戏吧？不少床戏还能让人入戏呢，也没见哪部好片子非要加的。"

"我没这么说。"秦翰林道，"夏以桐的演技是不够好，但是她能够配合饮冰，接上戏啊，她当不了一个掌控者，总能当一个协调者吧，我可以请编剧稍微改一下剧本。"

监制紧接着道："岑斯颖和饮冰在一起，就不会被她的气场所控制，剧本可以维持原样不需要改动。明明有更好的选择，你为什么不用？还是说你和她有什么不能告诉外人的关系？"怕引起误会，监制又好声好气地补充，并且退让道，"譬如沾亲带故？假如这样的话，那就用她吧。"

秦翰林多光明磊落的一个人啊，一听这话还忍得了，当场就炸了："黎光！你出去打听打听，我秦翰林什么时候选人要看和我的关系怎么样了？"

监制是制片人那方联系的，和秦翰林是第一次合作，不了解他的脾气，被他吼得吓了一跳，不悦道："你会不会好好说话？"

制片人去劝秦翰林，没劝住，秦翰林扯开嗓子骂："什么抛开票房和口碑，呸！骗鬼去吧，我还不知道你们，成天掉进钱眼里钻不出来，为了票房和口碑就要牺牲艺术感觉？我告诉你，老子才是导演，老子爱选谁选谁！"

监制也发怒了："你的艺术感觉是感觉，我的艺术感觉就不是感觉？别把谁都说得满身铜臭！"

监制的主要职责就是平衡导演的艺术创作和电影的商业属性，选角是其中最重要的一环，眼下这个导演明显就是想搞一言堂，那要他这个监制还有什么用？

监制第一次见这么不讲理的人，气疯了。

制片人见这火花四溅的情形，忙出来劝道："都别吵了。"

监制暴躁地扯松了领子，一把推开制片人的胳膊，冷笑道："行，你爱选谁选谁。老子不干了行吧！谁爱干谁干！"

监制摔门出去了。

全程旁观的陆饮冰："……"假如她现在嘴里有瓜，那么瓜已经掉在地上碎成了七八瓣了。

秦翰林不仅把监制气走了，自己还气得不轻，制片人想去追监制，又放不下秦翰林，刚掏出手机，被秦翰林一句"你是不是想给他打电话"给堵了回去。

制片人朝陆饮冰投去求助的目光，陆饮冰转过脸，没有说话。

制片人望着气呼呼的秦翰林说道："算了，这部电影咱不要监制了，我给你多安排几个助手，忙不过来再跟我说。"

商量的半个小时里，吵架吵了十分钟，剩下的二十分钟是秦翰林的顺毛时间。秦翰林选定的人，监制发表完不同意见就被气跑了，两位副导演自然也没有意见了，于是女一号陈轻的人选便是夏以桐了。

夏以桐哭了有两三分钟，眼泪流得秦翰林的手绢还不够擦的，把桌上的一包纸巾也用光了。好笑的是，夏以桐自始至终都以为自己被淘汰了。秦翰林在一开始说完那句话后也没有再解释，一直觉得她是喜极而泣，还感叹：这么真性情的小朋友在现今的演艺圈也不多见了。

秦翰林喜欢扶植年轻人，尤其是没有名气的年轻人——夏以桐虽然在电视圈和微博上的人气超高，但是在秦翰林眼里依旧相当于没有名气，一旦经由他的镜头发掘而爆火后，带来的成就感远非启用一个名满电影圈的演员能比。真正厉害的导演，是能够化腐朽为神奇的，况且夏以桐还不是腐朽呢。

这是他对自己眼光的一项挑战，他拍了太多的电影了，要有一点新的追求，这次恰好有这个机会，他想试试。这也是他这次这么坚持要选夏以桐当女主角的原因之一。

两个人一个哭，一个擦眼泪，忙得一团乱。

制片人先看不下去了，忍无可忍地打断秦翰林。陆饮冰把手机装进口袋里，牙龈又开始隐隐作痛，她决定结束这场莫名其妙的误会。

陆饮冰走到夏以桐身边，手搭上她的肩膀："哎。"

夏以桐看清面前的人，慌忙抹了一把自己的脸，然后……打了个响亮的哭嗝。她的脸上全是泪痕，妆都哭花了。

陆饮冰忍着笑道："怎么？和我搭戏就这么让你难过？"

夏以桐压着自己的哭腔道："我还是会好好演宫女的，您放心。"她转头对秦翰林说，"秦导，您也放心。"

秦翰林："……"他刚才是这么说的吗？

制片人也露出茫然的表情。

陆饮冰把夏以桐的脸扳过来，让她看着自己的眼睛："谁说让你演宫女的？秦导说让你演陈轻，你试镜通过了。"

夏以桐的视线又模糊了。

陆饮冰眼睁睁地看着她越哭越凶："……"这小朋友听不懂话是怎么的？怕不是智商有问题吧？

秦翰林也面露隐忧，怕不是耳背吧？

陆饮冰："你听见我说什么了吗？"

夏以桐猛地点点头，哽咽得说不出话，眼泪溅了陆饮冰一手。

"对不起！对不起！"然后她用手里擦过眼泪的纸巾去擦陆饮冰的手，吓得陆饮冰如避洪水猛兽，忙往后退开一米远。

陆饮冰用手指指她的脸："你……"

夏以桐朝秦翰林鞠了一躬："谢谢秦导。"又朝制片人鞠一躬，"谢谢詹总。"

她还要朝陆饮冰鞠躬，陆饮冰伸出一根手指按在她的脑门上，这个躬就没鞠下去。

夏以桐直起腰，吸吸鼻子："有点失态了，对不起，我回去调整一下，会以最好的状态进组的。"

中年大叔秦翰林露出父爱如山般的笑容："去吧去吧。"

夏以桐一边抹着眼泪一边笑得像朵花似的回房间了。

然而不出监制所料，电影还没开机，人选问题带来的差评已经纷至沓来。

就在《破雪》电影官方微博发布夏以桐替换来影，担任女一号的消息当天，原本看好这部电影的粉丝全都"炸"了，众口一词地指责夏以桐不够格，担心一粒老鼠屎坏了一锅粥。粉丝们纷纷痛心疾首地评论："心疼陆老师""心疼小磊哥""心疼佩姨""心疼我言言"，片中但凡能在大众口中叫得出名的演员全都心疼了一遍，好像和夏以桐同台，是那些演员莫大的耻辱。

苏寒待在夏以桐的房间，开门的时候看见面前一张哭得梨花带雨的脸，心顿时凉了半截：这怕是被淘汰了，才哭成这样的吧。

但是脸上的笑容看着又不像那么回事，难道是傻了？

"夏……"

还没等她询问，夏以桐就一个虎跃扑到了苏寒怀里，呜呜哭着道："苏寒姐……"

苏寒更加证实了自己的猜测，心里长叹口气，时也运也，她已经很努力了，人家导演没选中她却也是情理之中。苏寒摸着她的头发："没事啊，乖，姐去给你找别的资源。"

夏以桐嗷地哭了一嗓子，忽然低低地笑起来，从苏寒怀里抽出来，一双泪眼蒙眬的眼睛定定地望着她："告诉你一个好消息，我要演陈轻啦！"

苏寒："……"

夏以桐握着她的双手跳啊跳："是真的！秦导选了我了！"

一股不知道是激动还是什么的感觉直冲苏寒的天灵盖，她差点也跳了起来，幸好控制住了，不然她一向端庄自持的形象就全毁了，苏寒立即拉着夏以桐出门，走到门口，忽然想起来，止不住眉开眼笑地道："你快去洗把脸，然后换身衣服，饿了吧？我请你吃午饭。"

夏以桐惦记着助理，说："还有方……"

苏寒笑道："方茴在隔壁，我现在去叫她。"

夏以桐这才应声，拿衣服进了浴室，出来的时候换了件圆领 T 恤，墨蓝色的牛仔裤，对着全身镜看了遍，点点头，再用手指戳一下自己的脸，嫩得都能出水。

夏以桐满意了，拿了副墨镜，连口罩都没戴，和苏寒一起去了上回她想邀请陆饮冰去的那家餐厅。这家餐厅保密措施做得相当完备，有单独的隔间，隔音效果也非常棒，很多明星都乐意在这里就餐。

餐厅管理也比较严格，对服务人员有规定，不许要签名和合影，前台是个二十出头的小姑娘，一见夏以桐立刻认出来了，声音都卡顿了一下："你、你好，欢迎光临。"

直到夏以桐被工作人员领进包间，前台的心情还很激动，今天是什么日子，先是见到了实力巨星陆饮冰，紧接着又见到如今人气最旺的花旦夏以桐。

这两个人前后脚进来，如果不是身边跟着别人，倒像是约好的一样。她更没想到的是，这二位还就真撞到一起了。

说来也巧，试镜结束后，正好到了中午饭点，制片人要赶下午的航班，得提前去机场，没办法陪秦翰林吃午饭，秦翰林就死乞白赖拽着陆饮冰出来陪他吃饭。

正在节食的陆饮冰推脱不过，一脸生无可恋的表情跟秦翰林到了餐厅，她在包间坐着，等着上菜。中途秦翰林出去接电话，接完电话，后面浩浩荡荡地跟进来好几个人。

陆饮冰："……"

包间里的温度好像瞬间就高了好几摄氏度，大夏天的，还是中午，她一点儿都不想和人说话，甚至不想见任何人，只想在房间里吹空调。

说是好几个，其实只有三个人，夏以桐、苏寒和夏以桐的助理方茴，但在陆饮冰看来她们每个人都化身了五个，把屋子里挤得满满当当的，喘不过气来。

秦翰林见状道："哈哈哈，正好碰到了就一起吃个饭，接下来的半年你们都得在一起待着呢。"

夏以桐心中一动：原来这场电影主角戏份要拍足足半年，比小宫女足足多了三个月。她就差把"兴奋"两个字写在脸上了。

苏寒和秦翰林认识，只是相交不深，免去了互相介绍的环节。她看出陆饮冰并不欢迎她们，识趣地只提了自己的名字，并请陆饮冰在以后的日子多关照一下夏以桐。陆饮冰淡淡地点了一下头表示自己知道了，换了个坐姿，眉宇间是压不住的烦躁。

陆饮冰的助理小西在一边看得战战兢兢，生怕陆饮冰觉得不爽起身走人，只有她知道陆饮冰是因为正在节食期，而且心里想着戏，烦闷着呢。

大家都传陆饮冰是个难相处的人，苏寒心道，现在一见，果不其然，夏以桐以后在剧组的日子估计没有那么好过了。

天气热，大家也没什么心思吃大鱼大肉，点的都是清淡口的菜，夏以桐来了后，秦翰林叫来服务员，让她再点几个菜，陆饮冰有一耳朵没一耳朵地听着，发现那几个菜名都没听过。

菜陆陆续续地上来了，陆饮冰面前放的是一盘凉菜，碧绿中衬了一点红，看着就解暑，她瞧不出来是什么，便没动筷子。

夏以桐的身体微微前倾，她介绍道："这是这家餐馆专门为需要节食的客人准备的特色菜，挺好吃的，一会儿还有别的，您放心吃。"

陆饮冰狐疑地问道："你吃过？"

夏以桐道："以前拍戏的时候吃过。"

陆饮冰就夹了一筷子送进嘴里，清凉爽口，顿时不说话了，安心地对付着盘里的菜，安静乖巧得像是一只刚被顺了毛的猫咪。

夏以桐的视线不着痕迹地扫过陆饮冰，看陆饮冰喜欢吃，心里也觉得开心起来。

秦翰林话多，坐下来就没停过嘴："小夏，我跟你说。"

"秦导，我听着呢。"夏以桐忙收回心绪，恭恭敬敬地答应了一声，做出洗耳恭听的姿势。

陆饮冰在心里"嗤"了一声。

"今天上午的试镜啊，"秦翰林嘬了一口二锅头，吐真言了，直拍大腿，"陆饮冰下手真的太狠了！"

夏以桐面带微笑，端坐如禅，内里却痛心疾首地嘶吼：可不是吗？

秦翰林说："你不知道吧，你是上午试镜的时候唯一一个被掐喉咙的，岑斯颖和杜若涵都是主动把脖子送上去的，那个词叫什么来着……找找……"

夏以桐脱口道："找虐。"

秦翰林哈哈大笑起来："对对对。"

陆饮冰的脸色一黑，这两个人当她是死的吗？

夏以桐的筷子不小心掉到地上，苏寒帮她捡起来后，从一旁的立柜上拿了双新的过来，意味不明地看了她一眼，低声提醒道："小心点。"

日后在片场，小心点。

夏以桐心头一跳，垂眼说："知道了。"

秦翰林没注意这里的小动静，对陆饮冰道："刚才一直没空问你，第三次试镜你为什么要这么演？"

毫不顾忌当事人在场，陆饮冰随口道："哦，她太弱了。"

胸口中了无数箭的夏以桐："……"

夏以桐忍不住摸了摸自己的胳膊，硬硬的一块，她经常去健身房锻炼，不说徒手撂倒大汉，撂倒个把陆饮冰还是没问题的吧？但是一想到陆饮冰试镜时手上的力度，夏以桐又感受到了深深的绝望。

更令人感到绝望的是，秦翰林深以为然地点了点头："你说得对。"他转头对夏以桐说，"我待会给你发剧本，你先熟悉一下剧情，先不用急着背台词，我请编剧改过再给你新的。"

夏以桐说"好"。

秦翰林一会儿问问这个，一会儿问问那个，就着小酒，这顿饭就他一个人吃得乐呵呵。夏以桐有点明白为什么他的绰号叫"笑面佛"了，他心真不是一般的大，自然，情商更不低。

几次陆饮冰都要被他烦得炸毛，秦翰林一个四两拨千斤又把陆饮冰的毛给顺了下去。

陆饮冰今天穿了一件蝙蝠袖的条纹上衣，腰上还有个蝴蝶结，显得更加年轻，平素有些冷淡的眉眼因为情绪波动生动了不少，在头顶的海豚吊灯下华光流转，五官的每一处都是极致的美丽。

夏以桐的脑子中却不合时宜地出现了一幅画面，面前的陆饮冰不见了，取而代之的是一只毛发柔顺的白猫，匍匐在桌子前，小口小口地叼着盘子里的食物，旁边的秦翰林刺她一句，陆饮冰就炸起浑身的毛，冲他龇牙咧嘴，完了继续回头吃东西，咬着咬着，皮毛又渐渐顺下来。

炸毛、顺毛，炸毛、顺毛，如此反复。

夏以桐叼着筷子，自己一个人脑补得欢快："扑哧。"

屋里五双眼睛一起望了过来。

陆饮冰的脸色阴沉，不巧正被秦翰林逼到了炸毛的边缘。

夏以桐："……"

最后是怎么打了圆场，怎么吃完这顿饭从包间出来的，夏以桐已经完全不记得了。她现在已经确定自己在陆饮冰心中的印象分肯定是负的了。

怎么就管不住自己的脑子……还有那张嘴呢？

夏以桐在心里甩了自己个巴掌。

出门的时候，秦翰林还故意往旁边走，让她们俩走在一起，以便早日熟悉起来，更有利于搭戏，但两个人没有挨得太近，陆饮冰是不想，夏以桐是不敢。

这时候意外出现了。

有狗仔。

陆饮冰一出来就感觉到不对，像她们这种常年生活在摄像头和聚光灯下的人，对于镜头格外敏感，她目光淡淡地扫向左前方的一所小房子，一个笑容都吝啬。三百六十度无死角的陆饮冰可能是罕见的不怕狗仔偷拍的明星，她根本不屑于在媒体面前装腔作势。

但是夏以桐以一种极快的速度朝陆饮冰靠拢过来，同时搂住了陆饮冰的肩，佯装亲密但其实小心翼翼地，只是虚虚地挨着她，说道："有狗仔偷拍。"

然后她就冲陆饮冰绽出了一个漂亮得将近晃眼的笑容，她本来就年轻貌美，这一下更是青春气息逼人。

陆饮冰定定地看着她。

夏以桐生怕陆饮冰误会，急忙解释说："我怕狗仔炒作我们不合，对你有影……"她突然停住，知道自己哪里失言了。她刚刚接下这部全是演技派阵容的电影的女一号，一旦官方放消息出来，她用脚趾头想都知道会是一片骂声，怎么说都是自己"高攀"陆饮冰，话题正热时，再爆出她们俩不合，旁人会觉得是陆饮冰受了委屈，更多的人会来骂她自己。说一千道一万，影响的只有她一个人，和陆饮冰一毛钱关系都没有。

她以前合作电视剧的同龄人，很少有比她人气更高的，为了不让自己的粉丝无端猜测、误会别人，她有意无意地都会注意在媒体面前表现出来的关系，习惯性地多照顾别人。

她忘记了，陆饮冰不需要她的照顾，自己反而成了陆饮冰的拖累。

夏以桐慢慢松开了手："对不起，陆老师。"

陆饮冰点头："嗯，回吧。"

苏寒看夏以桐的举止异常，忍着到了宾馆房间才问，一听说是被狗仔拍了，便恨恨地拍了一下桌子。

夏以桐倒是不太在意，一些无聊的娱乐新闻而已，她从来不放在心上。

她无所谓，她的经纪人苏寒不能无所谓，当天便赶回了公司。

苏寒所料果然没错，狗仔拍到了照片当时根本没放出来，而是等到《破雪》官方微博发布新的女一号人选，粉丝们开始热烈讨论，并心疼电影中其他一众演员时，某娱乐营销号才爆出来路透图，只见夏以桐在餐厅门前揽着陆饮冰的肩膀，貌似亲密地低声耳语，然而有心人还是能发现陆饮冰脸上的僵硬和不自然。

陆饮冰、夏以桐两个名字第一次并排列在一起，空降热搜榜第一位。

两个人的粉丝讨论的热情变得更加高涨了。

陆饮冰在沙发上看剧本，见小西一个人对着手机"啪嗒啪嗒"地掉眼泪，眼眶红红的，奇怪地问道："你干什么呢？"

小西回答道："刷微博。"

"看到什么感人的视频了，哭成这样？"

"不是，看八卦。"

陆饮冰"哦"了一声，低头重新看剧本，随口道："有我吗？"

"有，但主要不是您。"

陆饮冰又道："那是谁？"

"是夏以桐夏老师。"

陆饮冰没打算自己看，说："念给我听听。"

"好。"小西仰头看天花板，让眼前的视线清晰一点，念道，"心疼我陆。"

陆饮冰等了一会儿，诧异地问道："没了？"

小西闷声道："有，但后面的话都太难听了。"

陆饮冰懒洋洋地将手一伸："来，我看看。"

陆饮冰盘着一条腿坐在沙发上，另一只脚光着，不知道随着哪个时空的旋律在半空中晃啊晃，手指往下拉，一行一行地看过去，哑然失笑："我的脾气好？这人肯定是个假粉。"

她又看了一会儿，把手机还给小西，手却没收回去。

"我的手机呢？"

小西愣愣地待在原地。

陆饮冰深深地看了她一眼，小西意识到什么，破涕为笑，忙不迭地去给陆饮冰拿手机了。

朝楚娱乐，经纪人办公室。

苏寒盯着网络上的风评，神情严肃，手机一直保持通话状态中。这时经纪团队一个工作人员连门都没敲，跌跌撞撞地冲到她面前，举着手机露出欣喜若狂的表情："哈哈哈，苏寒姐，有反转！"

什么？

苏寒等不及他大喘气完，自己劈手夺过手机屏幕看了一眼，顿时惊呆了，转忧为喜。

宾馆夏以桐房间里。

从昨天开始，夏以桐就没上微博了，她知道网上关于自己的评论肯定会很难听，她只能自己憋着消化。

突然，方茵"啊"的一声叫了出来，差点从原地跳起来了。她刚毕业两年，和夏以桐年纪相仿，只比夏以桐大几个月，对外显得沉稳，对自己人有时候会咋咋呼呼的，夏以桐早就习惯了，随口问道："你又怎么了？"

"啊啊啊……夏老师！"

"到底怎么了？"

"你快看微博！啊啊啊！"

"不想看。"夏以桐丧气地说，肯定都是不好的评论，有什么好看的？

方茵快激动死了，主动帮她拿过手机："解解、解锁！快解锁。"

夏以桐慢吞吞地伸了个手指解了锁，方茵迫不及待地抢过手机，在她的手机屏幕上唰唰唰几下，还给她，差点把手机怼到她的嘴上。

夏以桐把手机从脸上拿下来，不紧不慢地道："冒冒失失的，没有个……"

她的视线落到微博页面上，声音突兀地消失在喉咙里。

陆饮冰的微博转发了造谣的营销号，用她独特的怼人方式做了澄清。

@陆饮冰V：故意扭曲事实，心肠这么恶毒，嘴巴这么脏，日子一定过得很苦吧？ //@娱乐星七天

"我就是见不惯一些无良的营销号故意扭曲事实，以中伤他人来博取关注度的嘴脸。"陆饮冰单手抱臂，站在窗户边，对着电话那头的人义愤

填膺地说道。

"人家又没中伤你，你就不能安分一点吗？"电话那边的人道，"你当你是演艺圈小斗士啊？"

"但是他们提到我了啊，借着我的名义骂人，你看这不等于是中伤我？"陆饮冰理直气壮地道。

"你倒是爽了，有没有想过我们？"

陆饮冰毫不走心地道："我相信你能搞定，么么哒。"

"哒，就这一次，下不为例。"

"好，我保证。"陆饮冰答应得痛快，转头就把经纪人薛瑶的话抛在脑后。

陆饮冰当年放弃出国留学，打定主意要进演艺圈，家里的长辈一声没吭，从当时国内最有名的传媒集团把薛瑶挖了过来帮助她，在陆饮冰主演的第一部电视剧火了以后，又给她收购了一间运行完备的工作室，也是薛瑶在负责打理。

陆饮冰的那条微博刚发不久，粉丝就纷纷转发并评论："我陆霸气""我陆又美又帅""不愧是我陆！啊啊啊"，陆饮冰后援会发出呼吁，要理智对待和陆饮冰合作的艺人，并规劝大家去夏以桐的微博下面道歉。《娱乐星七天》也在舆论的压力下，公开表示道歉。

隔日，微博上粉丝逾百万的剪辑大神发了赵敏×夏翩翩的剪辑视频，制作精良，不少人纷纷转发。

夏翩翩是陆饮冰曾经演过的一个电影里的女主，出身名门，师从当时武林的第一侠客，悟性极高，没多久便超过其师，一个人行走江湖。陆饮冰古装扮相尤其俊美，她那时才十八岁，又嫩又水灵，手握长剑，打戏拍得干净利落，一双眼睛自带电光，是至今提起陆饮冰必定会提起的一个角色。

赵敏更不用说了，夏以桐就是靠这个角色走红的，电视剧制作良心，她又扮相讨喜，人设更是拥趸众多，女装娇俏，男装清贵，吸粉无数。

两部片子相差近十年，画面色彩都不一样，但在剪辑大神的妙手下那都不是事儿，剪辑出来的效果浑然天成，台词衔接毫无缝隙，就像两个人真的合拍了一部电影一样。

更绝的是，这两个人物有相似之处，同样大气果断，巾帼不让须眉。

视频放出来的当天，就在微博上吸引了很多人的关注。

夏以桐和陆饮冰，又一次冲上了热搜榜头条。

"你这次被蹭了不少热度。"陆饮冰的经纪人薛瑶给她打电话，"需要我帮你解决吗？"

陆饮冰指挥着小西按了暂停键，停顿了一会儿，问："解决什么？"

薛瑶回答道："你不是不喜欢被蹭热度吗？尤其是没有经过你允许的。"

"啊！算了吧，电影快开机了，多一事不如少一事。"

"OK，有事给我打电话。"

陆饮冰挂了电话，不知道想到了什么，嘴角微微一翘。

关于蹭热度的事情，夏以桐已经向陆饮冰道过歉了，也不知道是怕她还是怎么的，夏以桐每次跟她说话好像都很紧张，碰一下就恨不得把自己缩成一团，跟含羞草一样。

"含羞草"本人昨天为了狗仔偷拍的事道了一回歉，今天估计还得来一次。

趁着等"含羞草"的时间，陆饮冰对小西道："继续看。"

小西按了播放键。

iPad 屏幕上赫然是某弹幕网站，赵敏 × 夏翩翩的剪辑视频，陆饮冰用金贵的手指在屏幕的"+"上戳了一下，面带微笑地发送了一条弹幕："赵敏好可爱啊！啊啊啊……想逗她！"

想逗的对象此时正手足无措地站在陆饮冰的房间门口，忧心忡忡。

……怎么办啊？网上放出来这种视频，陆老师一定很生气，肯定都不想理她了。

小西："……"她看到了什么？陆老帅竟然发了弹幕！她使劲揉了揉眼睛，屏幕上飘过一条用白色框框围着的"赵敏好可爱啊！啊啊啊……想逗她！"

千真万确是陆饮冰本人发了的。

小西深吸一口气，她需要冷静一下。

正在她控制不住自己体内的洪荒之力的时候，有人敲门了。

陆饮冰把视频关了，拿起一边的剧本正襟危坐。

小西去开门，是夏以桐。

"请问陆老师在吗？"门口传来彬彬有礼的询问声。

"在。"

还没等小西开口征询陆饮冰的意见，房间里面已经传来一个听起来有些疏离的声音："夏以桐吗？让她进来。"

夏以桐一听这个语气，心想：完了，肯定是生气了。她冲小西投去一个可怜兮兮的目光，硬着头皮走进去，想着待会儿怎么道歉才显得诚恳。

洞察一切的小西表示她已经看穿一切，问题不大。

陆饮冰低头翻阅着剧本，没看夏以桐，淡淡地问道："找我什么事儿？"

夏以桐："我是来道歉的。"

陆饮冰还是低着头，一副心不在焉的样子："嗯？昨天不是来过了吗？"

夏以桐心塞地道："今天又出了一件新的事。"

"哦？什么？"

陆饮冰一直不抬头，夏以桐根本看不到对方的表情，心里愈发没底，她咽了口口水，喉咙发紧，忐忑不安地道："网、网上有人用您和我拍过的戏的素材剪了一段视频，现在微博上很多人都转发了，我虽然还没有找我的经纪人确认过，但确实是蹭了您的热度。"她深深地鞠了一躬，"对不起。"

还没和经纪人确认，就跑上来道歉了。陆饮冰从她的话里提取了这么一个关键信息，莫名其妙地被小小地取悦了一下，再抬头看她一本正经的样子，觉得有点好玩儿，于是逗她道："那你看过那个视频吗？"

"咳……咳咳……"夏以桐被自己口水呛了一下，幅度极轻地点点头，"看、看过。"

"都讲的什么？"陆饮冰一脸"我这种大忙人肯定没空刷微博，没空看那种视频"的老干部表情。

"……"夏以桐的脸以肉眼可见的速度慢慢变得涨红，耳朵根也没办法幸免。

陆饮冰差点忍不住笑了，她这是又是缩成一团变成含羞草了吗？陆饮冰板着脸发出了一声表示问询的含糊的鼻音："嗯？"

"就是讲富家千金女扮男装出外游历，正好遇到了另一个女扮男装的江湖侠客，两人一见如故，索性结伴同行，可是两人的家国立场是敌对的，最后悲剧结尾。"

挺虐的，把她都给虐哭了。

陆饮冰听她说完许久，才恍然大悟地"哦"了一声："这样的故事啊。"

夏以桐松了口气。

陆饮冰继续问道："那你觉得怎么样？"

夏以桐一口气没喘出去，又提了回来，觉得自己能把自己吓死。她还能觉得怎么样？她觉得好棒啊，剪辑的人简直技术和审美都一流。

夏以桐假装矜持地抿了一下嘴，口是心非地道："鬼畜视频嘛，我不太喜欢这个。"

陆饮冰合上剧本："鬼畜是什么意思？鬼的畜生？"

"噗……"

陆饮冰淡淡地看她一眼。

夏以桐尴尬得要钻进地洞里，脸颊通红："对不起！我又没忍住。"

陆饮冰换了个坐姿，本性暴露出来，一只手撑在沙发扶手上，一副慵懒的样子，像是只睡饱了的猫咪，懒洋洋地道："我忘记问你了，前天中午你为什么笑得那么开心？"

就是因为你现在这个样子啊，夏以桐不动声色地做了一次深呼吸，道："因为要和您一起拍戏了，我控制不住内心的喜悦。"

陆饮冰应了声："哦。"……才怪。

夏以桐的眼神四处乱飘，不知道该往哪儿放，再看陆饮冰这副乖巧的样子，她怕她会忍不住上去顺毛，到时候就不是两三句话能解释的事了。

好在陆饮冰很快主动打开了话匣子："'含羞草'，你还没告诉我什么叫鬼畜呢？"

"……"含、含羞草？夏以桐有些疑惑是在叫她吗？

"对，我是在叫你。"陆饮冰淡淡地道。

这是陆老师给她的专属称呼吗？

"含羞草"本人藏在凉鞋里的脚趾害羞地蜷了蜷，心跳也快了几拍，她小口小口地调整着自己的呼吸，大有要就地成精的架势。

"鬼畜的意思就是……把两个毫不相干的剧的人物剪辑在同一个视频里，风格比较夸张……"说完"含羞草"的头已经快低到地里去了。

"我和你是毫不相干的吗？"陆饮冰的声音带着点幽怨。

夏以桐猛地抬起头："……"完了，又说错话了！

陆饮冰眨着她那双深邃、美丽的眼睛："我们难道不是同一部电影的主角？"

"……"夏以桐觉得自己如果现在死了，那一定是死于心动过速。

小西叹了口气，连忙去一边给夏以桐倒了杯水端过来压惊。

顾不上形象了，夏以桐接过水杯，咕咚咕咚就往下灌。

陆饮冰皱了皱眉："你把那个视频找出来，我也看一下，那个叫什么……"她露出回忆的神情，"鬼畜，对吧？"

夏以桐欲哭无泪地把那个视频从自己的视频收藏里打开，开全屏，把手机递给陆饮冰。

"你不和我一起看吗？"

夏以桐哪儿敢，干笑了一下，道："我看过了，真的不太感兴趣。"

陆饮冰低头看着手机，在她看不见的角度撇了一下嘴。

不知道是不是夏以桐的错觉，她觉得身边的气压一下子低了很多。陆饮冰面无表情地看完视频，把手机还给她，给了三个字的评价，干巴巴地道："还行吧。"甚至带着一点隐约的嫌弃。

夏以桐其实是有一点心存期待的，陆饮冰随便评价点什么也好，然而这一点期待也被她毫不留情地击毁了，她果然是生气了。

夏以桐再次诚恳地弯下腰鞠躬："对不起！前辈。"

陆饮冰逗完"含羞草"心情好了，面上依然淡淡地道："知道了，还有别的事儿吗？"

"……没有。"

"那你先回吧，好好看剧本。"

夏以桐答应一声，一颗心悬着，老实出门去了。

视频的播放量与日俱增，没有任何人知道其中一个正主，不，或许是两个人都曾经轻轻地来，又轻轻地走，动一动手指，留下了条弹幕。

随后网上的热度或起或浮，二人都没有太多的余力去关注了。

七月七日，《破雪》剧组正式宣布，如期开机。

片名
TITLE 《逐光》

卷号
ROLL 第五章 CHAPTER 5

镜号
SHOT 电影《破雪》正式开拍

《破雪》的开机仪式当天，来了许多媒体记者，闪光灯闪得人的眼睛都快瞎了，好在太阳本来就刺眼，多一道闪少一道闪并没有多大区别。

夏以桐穿着 T 恤热裤，在盛夏的烈日炎炎下，一身都是汗，全身都黏糊糊的，她动了动胳膊，感觉整个人跟泡在水里似的，看向站在她身边的陆饮冰。

陆饮冰也是一身清凉的夏季装扮，嘴角勾着一抹淡淡的笑，形状优美的薄唇突然轻轻地动了一下。

"该死的。"

一声低低的骂声钻进听力远胜常人的夏以桐的耳朵里，她愣了一下，以为自己听错了。

"到底还要多久，人都要中暑了。"

夏以桐努力竖起耳朵。

"换个有凉棚的地方会死吗？完了完了，这次又要晒黑了，昨天刚做的保养。最讨厌夏天开机了。秦翰林这个老东西不是告诉我很快就好吗？又骗我！"话语渐渐变成咬牙切齿的声音。

"多久了？现在肯定有一个小时了。"

夏以桐抬手看了看自己的手表：才过了十分钟。

"热死了，热死了，我要着火了。站不下去了，不干了！"

夏以桐以为陆饮冰要去跟秦翰林说要暂时休息一下，秦翰林在夏以桐的左手边，陆饮冰要过去必须绕过她，于是她便往后退了一步，给陆饮冰让路。

谁知陆饮冰一点要离开的意思都没有，夏以桐诧异地望了陆饮冰一眼，陆饮冰也诧异地回望着她，按照正常情况，陆饮冰那么小的说话声音是不会被夏以桐听见的，陆饮冰也根本没料到她会听到自己的吐槽。两个人互相看了一眼，夏以桐冲陆饮冰露出微笑，陆饮冰出于礼貌也回应了一下，笑容特别好看。笑完后陆饮冰将目光继续对准下面的媒体记者和粉丝们，时不时冲粉丝们招一下手。

夏以桐的心思完全不在开机仪式了，她的耳朵努力地在四面八方传来的声音中辨别着她最想要听见的那一道。

秦翰林讲完话了。

陆饮冰吐槽道："两个小时了，您老人家可下来了，怎么不站到地老天荒？"

陆饮冰在一边默默地吐槽，夏以桐在旁边笑得格外灿烂。

台下的粉丝们再次爆发出一阵热情的表白："陆饮冰，我爱你啊……"

陆饮冰招手示意，嘀咕着："那个地儿好像比我这儿还要热，剧组都不给安排水喝的，也太抠门了，一会儿让小西叫人去买点。"

听完这句夏以桐的身体狠狠地一震，紧接着心中一块地方软软地塌陷了下去，她再次转头望向陆饮冰，眼睛里有东西亮晶晶的。

很早很早以前，她也是底下众多粉丝中的一个，喊得口干舌燥的时候，正巧有剧组人员给他们送水，说是"陆老师让买的，怕你们口渴"，陆饮冰被人簇拥着走出去老远，还不放心地回头看他们，让他们早点回去，很多粉丝当场就感动坏了。

那时的情景似乎还在眼前，夏以桐看向台下热情澎湃的粉丝，在里面看到了无数张和以前的自己一样年轻的脸，心中百感交集。

陆饮冰冲台下的小西隐晦地勾了一下手，时刻注意着的小西小跑着过去，陆饮冰对着她的耳朵嘱咐了几句，小西点点头离开。

几大袋矿泉水和冰镇的绿豆汤被剧组的工作人员拎着送去了粉丝中间，剧组的工作人员低声说了句什么，粉丝们一个一个朝着台上陆饮冰的方向看过来，眼底分明有晶莹的泪光在闪动。

那不是简单的一瓶水，也不单只是一碗绿豆汤，而是代表着心意的被接受和被珍重。

夏以桐低了一下头，把突然汹涌的泪意忍了回去，无声地跟着台下的粉丝念着同一个名字："陆饮冰。"

被许多人喜爱着的主人公一无所觉，还在疯狂地吐槽着这个无聊的开机仪式怎么还不结束。

香案上早就摆好了烧猪，点上香，剧组成员按照电影里角色的序列站好，秦翰林站在中间，二位花容月貌的主角分列他左右，他笑得春光满面，才四十多岁的人满脸愉快的包子褶。

开机祈愿是演艺圈一个不成文的风俗，就像过生日要吃蛋糕一样，重在仪式感，为的是表达对顺利拍摄的美好祝愿。

至于烧猪，多半是仪式结束后剧组人员自己吃，不过这只约莫是吃不成了，大夏天的放在外面这么久，晒都晒坏了。

接下来是媒体采访时间，是在室内进行的。

陆饮冰跟脱水的鱼一样飞快地闪进了室内，助理给她拿湿毛巾擦擦手臂解暑，小西给她看手机里有没有要紧的消息。

夏以桐已经去了一边，在媒体面前提前接受采访了。

夏以桐本来就是微博上经常上热搜的话题人物，最近更是火爆，记者都希望能从她嘴里撬出点什么独家新闻，七嘴八舌地一拥而上问各种问题。夏以桐失笑不已，她做出一个暂时中止的手势，推开就差戳在自己脸上的话筒和录音笔，笑着道："一个一个来，你们这么问我也听不清啊。"

她的目光在记者们的脸上扫过，忽然她眼前一亮，道："你先来吧。"

被点中的正好是前阵子在机场被她扶眼镜的那个女记者，女记者做好了万全的心理准备，心说这次不会重蹈覆辙了，听完这句，便沉稳地开口道："我是《超新星娱乐》的记者，请问以桐，作为大荧幕的新人，你对网上说你'高攀'《破雪》剧组有何看法？"

"高攀啊？"夏以桐看见她个子矮小，从人群中举着录音笔挺费劲的，便主动将录音笔接来拿在手上，紧接着很认真地思考了一下，对着咔嚓咔嚓的镜头道，"我觉得网友们说得挺中肯的，也感谢大家为我找好了台阶，我作为一个新人，第一次参演电影，就能主演秦导的电影，可以和这么多老戏骨合作，的确是高攀。不瞒大家说，通过秦导的试镜有很长一段时间了，我现在都觉得像是做梦，觉得自己并没有那个资格。总之，我会努力的，不会让支持我的人失望。"

这段话说得四两拨千斤，避重就轻，既表达了自己的谦虚，又无意中透露她是通过秦翰林的试镜才得到角色的，骂她就等于骂秦翰林眼瞎。

女记者还想要继续往下问，却被其他人挤开了。

陆陆续续又有人问了一些关于电影的话题，都被夏以桐以"秦导不让我说"卖萌糊弄过去了。关于绯闻，更别想从她那张嘴里挖出来一星半点的料，装傻、卖萌、打太极，一番采访下来，记者们也筋疲力尽了。但还是得问啊，而且要继续和人抢，万一问到了呢？

陆饮冰朝这边走过来了，因为按照惯例，男女主角是要一起接受媒体采访的，女主夏以桐已经一个人接受采访好一段时间了，反串男主的她再不来就失礼了。

陆饮冰刚喝了碗冰镇绿豆汤，心情还不错。

谁知方才还问得热火朝天的记者们一见到陆饮冰就像被点了哑穴似的，集体失了声。眼珠子转来转去，你看看我，我看看你，都想着有谁不要命第一个去蹚雷。

一秒钟后，大家一起将目光投向了角落里恨不得把自己遁进地里的《娱乐星七天》的记者。

《娱乐星七天》的记者："……"

陆饮冰："……"

场面顿时陷入了微妙的尴尬当中。

陆饮冰距离媒体记者还有三米的距离，夏以桐见势不对，主动迎了过来，用一种既热情又不显得谄媚的声音道："陆老师，你可算来了，大家都等你好久了。"

陆饮冰难以察觉地轻轻挑了一下眉，"含羞草"今天怎么不害羞了？

记者们跟着涌过来，话筒、录音笔对准陆饮冰，《娱乐星七天》的记者如蒙大赦，赶紧矮下身子把自己缩进人群中间。

沉默。

依旧沉默。

夏以桐在一边打圆场，笑着问道："陆老师很忙的，再不问可就没时间采访了哦，难不成还要我帮你们问啊？"

记者们在心里说：那敢情好，你倒是帮我们问啊。

某家媒体的记者一咬牙，先站了出来，问道："陆老师，您和来影是圈内好友，官方通告说来影由于个人原因单方面罢演，现在都还联系不上她，您知道内情吗？"

陆饮冰目光犀利地朝这位记者看去。

记者莫名开始发抖："……"

陆饮冰答道："对于这件事的发生我也很意外，来影有自己的生活，我干预不了。"

这件事，指的就是结婚吧，夏以桐心想。

记者不依不饶地继续追问道："意思就是您知道出什么事了？对吗？"

陆饮冰点头："对，我知道。"

"方便给我们透露一点吗？"

"不方便。"

记者："……"

陆饮冰冷淡地道："来影已经罢演了，和《破雪》剧组没关系，今天的采访如果你们想围绕她提问题的话，我想没必要再进行下去了。"

记者："……"

这天聊不下去了。

"陆老师，请问你对来影的替补夏以桐怎么看？她是你满意的演员吗？"

"秦导觉得满意，我还不太了解，需要磨合。"

"那您对她的印象怎么样呢？"

"印象吗？"陆饮冰思考了一下，将目光落到身旁安静地微笑着的夏以桐身上，眉头微蹙：奇怪，她为什么不害羞了呢？

陆饮冰继续盯着夏以桐看，夏以桐的耳根仿佛被陆饮冰的目光灼伤，渐渐地红了起来。

"陆老师？"

陆饮冰回过神，用戏谑的语气道："哦，还不错。"

还是那朵含羞草。

夏以桐觉得心脏扑通扑通直跳，脑子里一片"嗡嗡"声：陆饮冰说她还不错，还不错还不错还不错……四舍五入就是……不行，现在是在采访，她不能再想了。

记者话锋一转："请问以桐觉得陆老师是什么样的人呢？"

夏以桐的笑容温暖："陆老师很敬业啊，为了拍戏瘦了好多斤不提，表演上也给过我很多指导，让我明白这个行业里面有更多需要我去学习的地方。"

陆饮冰在心里吐槽道："小小年纪，场面话一套一套的，我什么时候指导过你表演了，瞎话张口就来。真指导你表演，你可有的苦头吃了。"

"网上最近在疯传一个赵敏 × 夏翩翩的剪辑视频，不知道二位看过没有？"

夏以桐回答道："没有啊，最近都在看剧本，没空上微博。"

对于这种问题只要一口咬定没看就好了，问这个问题的记者多半也是个脑子缺根弦的，多傻的人才会老老实实地回答啊。夏以桐脸上带着精致的微笑，心想。

谁知陆饮冰比记者还傻："嗯，我看过，还看过好几遍。"

夏以桐："……"

好的，她收回那句话。

眼看着采访时间快要结束了，已经破罐子破摔，压根没指望会得到正面回答的记者忽然得到回应了，连忙紧张地追问道："那、那您对这个视频有什么想法吗？"

夏以桐屏住呼吸，比记者还要紧张。

这时陆饮冰忽然扭头看了她一眼，夏以桐猝不及防地正对上陆饮冰浸染着笑意的目光，愣住了。

有记者"咔嚓"一声把这一幕拍了下来。

陆饮冰转过头，莞尔　笑，笑容带着不羁的顽皮："赵敏很可爱啊。"

……

"由秦翰林导演，陆饮冰、夏以桐主演的《破雪》近日在 × × 开机，开机仪式结束后，我们的记者在后台进行了采访，现在让我们跟着记者看一下现场采访……"电视里一袭长裙的主持人正在播放电影的相关新闻。

夏以桐趴在宾馆的床上，把自己团在被子里，房间里的空调开得很低，也只能给她激动的内心降下一点可以忽略不计的温度。

记者提问："网上最近在疯传一个赵敏 × 夏翩翩的剪辑视频，不知道二位看过没有？"

电视里的夏以桐神色淡定地否认道，电视外的夏以桐却一个鲤鱼打挺坐了起来，两只手捂住自己的脸颊，心情又紧张又激动：要来了要来了要来了。

"赵敏很可爱啊。"陆饮冰的笑容耀眼。

"啊啊啊……"夏以桐忽然尖叫起来，整个人蒙进了被子，床单被滚得一团乱。然后又是一阵"哈哈哈"，仿佛疯魔的笑声从被子底下传出来。

电视里的陆饮冰说完那句话后，记者瞅准机会连忙打趣夏以桐，相比陆饮冰来说，她好说话、也好开玩笑太多了。

"陆老师说你可爱，以桐你怎么看？"

谁知道一向伶牙俐齿的夏以桐居然卡壳了，对着镜头什么也说不出来，最后才双手自然下垂，像个小学生一样拘谨地望着陆饮冰道："谢谢陆老师夸奖。"

陆饮冰对着 iPad 屏幕"啧"了一声：没脸红，不开心。

微博会自动播放下一段视频，小西在她开口之前就退出了播放，这段视频的标题写着"陆饮冰首谈与夏以桐合作感受：她很可爱"。

看起来中规中矩，但依旧是断章取义，她说的是赵敏可爱，对合作表示需要再磨合。不过对于某些无良媒体来说，这个标题已经够良心了。

明天电影才正式开拍，秦翰林给剧组继续放了一天假。两个主演一个激动地在房里尖叫，一个无所事事地刷着微博。

闲散的时光很快到了头，七月八日，早就组建好的《破雪》剧组终于投入了电影的开拍与制作中。

夏以桐这天起了个大早，对着镜子好好梳洗了一番，没穿花哨的衣服，还是一身简单的 T 恤七分裤，已经染回了黑色的长发垂肩，瞧上去清纯可人、落落大方。她有点紧张，被选中饰演女一号已经有十几天了，她这还是第一次去见剧组的所有人员。

真的太早了，天刚蒙蒙亮，她到的时候片场只有工作人员，有的人抬头看她一眼，热情主动地打招呼，几个场务安静地穿梭其中，一直在低头搬东西，没空理会她。

大风扇呼呼地转着。

夏以桐环顾四周，休息室的门还没开，询问过后，她带着助理坐在了灯光师旁边的小马扎上。

灯光师是个四十出头的中年男人，虽然一脸络腮胡子，却和和气气的，见她在那委屈着手脚坐着，道："你来得太早了，秦导起码还要一个小时才过来。"

夏以桐听他似乎很熟悉秦翰林，问道："您一直跟着秦导吗？"

灯光师说："我们是他的御用队伍。"

夏以桐真诚地道："原先就听说秦导拍戏有一支私人的灯光团队，今天终于见到了，师傅您贵姓？"

"免贵姓倪。"

夏以桐一通夸，她长得甜，嘴更甜，说起话来真的像真的，假的也像真的，逗得倪师傅哈哈大笑："哪里哪里，我们跟习惯了，知道秦导有什么需求，他对这些很挑剔，一般的打光满足不了他。除了我们这几个以外，"倪师傅指指用帷幔围起来的一大块区域，有人进进出出，手里拿着各样的工具，"喏，那儿就是秦导的服装道具团队。"

"我可以去看看吗？"

"当然可以，但是没有经过允许，不要乱碰。"

"知道了，谢谢。"

夏以桐趁着早来的时间把片场逛了个遍，灯光、场务、统筹、场记、化妆、摄影师认了个七七八八，副导演到了片场给她打开了休息室的门，她也没去，就在外面闲逛，和人聊天。

陆饮冰来的时候，夏以桐正好在帮工作人员推摄像机，两个人有说有笑的，讨论着在片场打杂的辛酸事，一点都没有自己是个当红明星的架子。

陆饮冰将脸上的墨镜拨下来一点，露出一双诧异的眼睛，问身边的小西："那个人是不是夏以桐？"

小西仔细地辨认了一下，说："是的。"

陆饮冰简直不相信自己的眼睛看到的："她在干吗？"

小西沉默了一下，回答说："……在推摄像机。"

"……"陆饮冰戴好墨镜，"行吧。"

"2011年的时候我在这边干过，有时候鼓风机一吹，脸上全是土，糊得眼睛都看不见，别说看机器了，只能凭着本能感觉。"夏以桐说。

"对啊对啊对啊，没弄好还要被骂。"工作人员深有体会，感叹道，"没想到你们明星也干过这个。"

"明星也不是从'地'里长出来的啊，都是慢慢来的。"

"那我也有机会当明星了？"

"当然有啊，你看你这一天天在片场待着，有个机会上去当群演什么的，万一火了呢？"夏以桐说，"星爷不也是跑龙套起来的吗？一切皆有可能。"

"说得有道理，哈哈哈。"

工作人员也就是随口一说，夏以桐随口一答，两个人就都笑起来。

夏以桐眼睛往四周一扫，笑容顿时僵住了，她搓搓手上的灰，道："陆老师来了，我去打个招呼。"

"去吧去吧。"

陆饮冰和助理、化妆师一起进了剧组替她准备的大化妆间。

夏以桐一边擦手一边小跑着过去，看她冒冒失失的，几个刚和她混熟的工作人员在背后笑，夏以桐回头冲他们吐了吐舌头瞪了瞪眼睛，脚步却一点没放缓。

敲门。

小西开的门。

陆饮冰坐在椅子上，墨镜还没来得及取下来，挡住了半张脸，好看的曲线从侧脸一直延伸到修长的脖颈。陆饮冰转过头，透过墨镜静静地看向在门口站着的夏以桐。

夏以桐捏了捏手指，说："陆老师。"

陆饮冰这才开了金口，声音寡淡："在房间里就听到你的声音了，很活泼。"

"谢谢陆老师的夸奖。"夏以桐眼底闪过一丝喜意。

"推摄像机好玩吗？"

夏以桐的笑容逐渐消失，她抿着嘴唇道："……还，还行。"

"洗手没有？"

夏以桐低头看看自己的手："擦过了，还没洗。"

"小西，带夏老师去洗个手。"

"好的。"小西走到夏以桐身边，"夏老师，跟我来。"

夏以桐被引到洗手池边，挤了洗手液，揉得满手的泡沫，她轻轻地皱了一下眉，小声问道："小西，陆老师是不是心情不好啊？"

"没有啊，今天早上起来心情挺好的，好像刚刚才突然变坏的。"

"为什么？"

"大概就是在进入片场以后吧。"

"啊？"夏以桐一脸懵懂的表情，"是片场的环境不好吗？我看还可以啊。"

"可能是在酝酿拍戏的情绪吧，我也不清楚。"

待夏以桐洗完手，陆饮冰已经坐好了，梳妆师先给她梳头，她听到响动，却没有转过脸，径直对着镜子问："你的化妆师呢？"

夏以桐回答道："秦导说今天没有我的戏。"

"那你来这么早？"

"来看看，熟悉一下环境。"

"那你继续去外边熟悉环境吧。"

夏以桐："……"

小西转过脸憋笑。

被下了逐客令的夏以桐低头出去了，化妆间的门暂时虚掩着，隔音不太好，外面又传来了夏以桐和其他工作人员的笑闹声。

"梳个头怎么要这么久？一会儿还拍不拍定妆照了？"陆饮冰问道。

梳妆师加快了动作："马上马上。"

"我的手机呢？"

"来了来了。"小西赶紧把手机递过来。

"手机壳不好看，换一个。"陆饮冰道，"小西，去看秦导来了没有？顺便把门关上。"

小西出去一趟回来，说："秦导已经来了，在外面等你呢。"

门关上了，门外烦人的声音也一并消失了，陆饮冰的语气平和了许多："行，让秦翰林找人把我要穿的衣服拿过来，宝贝得跟什么似的。"

小西马上去办，回来的时候后面跟了个抱着服装的助理。

架空的时代以玄色为尊，所以准备的衣服是一件玄色的长袍，前心四爪银麟，肩、腕处绣以同色麒麟暗纹，下摆则是一大片水云纹，配玄色腰带，悬双螭龙纹玉佩，华贵得不可方物。叠好的衣物上方，放着一枚小小的束发玉冠，灯光下有光泽流转，如远山苍翠，一看就不是街边摊能买到的。

这是电影中期的装扮，是荆秀身为监国，一生中最风光的时候。

一个小时后，化妆间的门被推开了，有环佩相撞的声音，"叮琅——"

灯光师停下了手里的动作，抬起眼睛，愣住了，旁边的人顺着他的视线看过去，忘了手里的笔，人们仿佛被一个接一个按下了暂停键，十秒钟后，嘈杂的片场都安静下来，只有机器运转的嗡鸣声。他们静静地注视着眼前的人，一口大气也不敢出。

夏以桐站在导演的身边，呆呆地望着陆饮冰，她听见自己的心跳，重重地"扑通"一声过后，好像就此停了似的。

陆饮冰从化妆间里面信步出来，仿佛穿越了千年的时光，站在城楼上望着远方的万里河山，着锦衣，戴玉冠，两旁束朱色缨带，勾勒出一张俊美如玉的脸庞，那么意气风发。

只一个眼神，荆秀就在众人的面前活了过来。

编剧在剧本总纲里写：秀者，雅言昳貌。

如果之前还有人质疑秦翰林为什么要找陆饮冰反串荆秀，那么他见到现在陆饮冰的样子一定再也说不出反对的话。只有陆饮冰才能完美地诠释什么叫作"芝兰玉树，俊美无俦"。

男人太硬朗，女人太柔弱，陆饮冰正好介乎二者之间，有女儿的柔软，也有男子的坚韧。辛苦三个月控制出来的身材既单薄得飘摇如纸，又挺拔得如松如竹。

容貌更不用提了，陆饮冰的样貌不是大众眼里的精致无可挑剔，却具有极大的可塑性。有一种美貌，能够让人忽视年龄，忽略性别，忽略一切，只要出现在人群中央，就必定会成为焦点，这说的就是陆饮冰。

陆饮冰穿着荆秀的衣服，在嘈杂的片场之中，将千年前的那个人物的灵魂带了回来。

佳人已绝代。

秦翰林面色红润，手舞足蹈，指着陆饮冰"啊啊啊"地说不出话来，下一刻便立刻冲了上去，绕着她转了五六个圈，状若癫狂，口中不停地重复着："就是这样！就是这样！"

陆饮冰拉起秦翰林的手往化妆间里走，低声道："可别丢人了。"

夏以桐身为主演，趁此机会赶紧跟着蹭了进去，刚才她远远地就被陆饮冰的扮相惊艳到了，离得近了更发现陆饮冰实在是再适合这个角色不过了。

陆饮冰的妆容并没有像平常的电影电视剧反串那样刻意化成男人的模样，只是稍微修饰了一下眉毛，让她属于自身的那种英锐更加鲜明，甚至还涂了一层口红，越发显得粉面朱唇，俊秀可人。

第一眼看到的人，会想：这千真万确是个女人。但若说她是个漂亮的男人，却也未尝不可。很奇特，但这两种截然不同的感觉，在陆饮冰的身上却毫无违和感。

九十年代的香港电影不乏反串，其中有一个女星反串的经典角色众人皆知，她是夏以桐的演艺圈女神之一，英姿勃发，大气爽朗，口能吞日月，手可摘星辰。但陆饮冰和她还不太一样，陆饮冰单单坐在化妆间的沙发上，就仿佛是那个角色本身了，并没有演的感觉，清瘦、高傲，也会对人露出柔软的一面。

陆饮冰突然出声："秦导，你知不知道你刚才的样子特别丢人。"

"我这不是激动嘛，我选你真是选对了，就你这副装扮，站出去票房就值两个亿。"

陆饮冰朝秦翰林笑了起来，含蓄却从容，是荆秀的笑法："你有谱没谱？你是个导演，知不知道？"

如果按部就班说，演技分为循序渐进的三步：第一步，角色变成了你，这种人演什么都是他自己；第二步，你变成角色本身，这是目前很多演技派的做法，把自己代入角色；第三步，在你和角色中找到一个平衡点，把二者切割开，又重新融合在一起，成为一个全新的属于你自己的角色，角色是你，你也是角色。

夏以桐不知道陆饮冰是第二步还是第三步，只知道自己正在向第二步前进，而且离真正代入角色还差得很远。"瞎猫撞上死耗子"的忧虑再一次像阴影一样笼罩在她的头顶。

秦翰林招呼夏以桐过去坐，夏以桐强打精神，在旁边坐了下来。

"前几天小夏都没什么戏，饮冰，主要是拍你的，但是小夏，你也得来看着，你们俩刚刚合作，还要多磨合磨合，你的经验不足，多看看总没有坏处。"

夏以桐虚心地点点头。

秦翰林和陆饮冰说了会儿戏，两个人就散了，陆饮冰去摄影师那儿拍定妆照。摄影师拍得舍不得放下机器，又让道具师把龙渊长剑拿来，悬在她的腰上。陆饮冰一手按住剑柄，望向镜头的眼神满是征服天下的野心。

紧接着背箭囊，持硬弓，张弓搭箭，摆出射箭的姿势，微扬的唇角充满了志在必得。

剧组里的女孩儿不管是不是第一次见陆饮冰的，都纷纷围过来，一个个眼冒红心，小声叫着："好帅！"

男人们端着一点，远远地看着，一个个恨不得脖子抻得三米长。

夏以桐用力地攥着自己的衣服，才忍住不和那些女孩儿一起叫出来。陆饮冰，世界上怎么会有这么美好的人！

摄影师提醒道："那个手……"

陆饮冰立刻心领神会，稍微调整了一下握弓的姿势。

"腿……"

陆饮冰的左腿稍向前迈了一步。

摄影师："……"他咔嚓几下拍完了，心里却空落落的，第一次对配合得这么好的艺人心生不满：就不能慢一点，让他多看一会儿吗？

拍完了定妆照，摄影师把底片交给助理修图，这个定妆照是要做宣发以及给各大网站配图用的，陆饮冰扫了一眼就走了，似乎不太在意自己在镜头里是什么样的，当然更大的可能是她对自己充满了信心。陆饮冰不看，夏以桐却想看，她刚走过去，修图的助理就站了起来："夏老师。"

夏以桐忙说道："你坐你坐，我就随便看看。"

"夏老师对修图感兴趣吗？"小姑娘嘛，谁不爱修个图美化一下自己，摄影助理用眼角的余光看了夏以桐一眼，称赞道，"不过凭夏老师的长相，不用修图，已经很好看了。"

"谢谢夸奖。"

"那有什么不懂的您随时问我。"

"好。"

摄影助理抱着笔记本，用 PS（修图软件）打开照片，调了一下光，犯起难来，除了换背景加个电影的名字，好像没什么好修的，但是佳人在侧，不修又显得他没水平。

那就磨个皮吧。

摄影助理刚准备给照片上的陆饮冰磨皮，却没地方下手，夏以桐忽然道："不用磨了吧？这样挺好的。"

见有人和自己意见一致，摄影助理愉快地放弃了磨皮，道："其实我也觉得，陆老师的皮肤真好。"

那不磨皮了，干点什么呢？

摄影助理把目光瞄准了陆饮冰的眼睛，夏以桐又道："眼睛也很好，眼神到位，不用修了。"

"对，我也觉得。"

摄影助理将鼠标移到陆饮冰的手上，夏以桐连忙道："你不觉得这个姿势特别帅吗？角度刚刚好，有那种睥睨天下的气势。"

"……"

来来来，电脑给你，你来修。

近距离看照片的冲击力更大，夏以桐心想：啊啊啊……陆饮冰怎么能这么优秀，真是天生为银幕而生的……

最后摄影助理一点也没修，只是把绿幕换成了纯黑的背景，一滴银痕印着"破雪"二字，凌厉地镌刻在背景之上。

夏以桐在这儿坐了一刻钟，终于犹豫着把自己的真实意图说了出来："这些照片的原版，能不能发我一份啊？"

摄影助理露出为难的神色，显然这不符合规定。不是他不放心夏以桐，而是不能冒泄露的风险。

夏以桐怎么会让摄影助理难做，道："我不是现在要，等官博宣发了你再给我，你方便记一下我的邮箱吗？"

"您说。"摄影助理摸出手机。

夏以桐把自己的邮箱地址报给他，道了谢，放在身前的两手握在一起，喜上眉梢，就差蹦起来走了。托摄影师的福，那套定妆照多拍了一半，加起来有四五十张，够她观摩学习一阵了。

陆饮冰不在片场，大热天的穿着厚厚的戏服，早跑去休息室吹空调了。这一上午，什么戏也没拍成，秦翰林跑来跑去确认了几个重要配角的定妆照，明天上午还有包括夏以桐在内的一拨人的定妆照要拍。

中午大家伙吃的是剧组定的盒饭，菜式有荤有素，方茴要去给夏以桐单独买饭，被她制止了："又不是没吃过盒饭，别折腾了，你也坐下来吃吧。"

大夏天的，谁不热？

夏以桐边吃盒饭边望着陆饮冰休息室的门，门自始至终都关着，一点缝隙都没有。

休息室内。

陆饮冰急吼吼地道："快，给我再喷点香水。"

小西在她周围喷了一点，陆饮冰使劲闻了一下，很好，终于闻不到外面盒饭的香味了。

一向娇生惯养的陆老师，没想到也有被盒饭馋得口水直流的一天。

陆饮冰吃过了，旁边的便当碗里还有残余的绿色的汤汁，纯天然，无污染，自然也是没有任何味道的，还不如吃草，简直和盒饭的"芳香"没得比。

陆饮冰在休息室里走来走去，口中生津，肚子却已经麻木了。小西问："小姐姐，要打牌吗？"

陆饮冰停下来："打！"

玩了五分钟，陆饮冰就按捺不住地从沙发上站起来："香水。"

没饿过的人没办法理解饥饿的感受，陆饮冰在心里说：现在最好不要让她看见食物，否则她能吞下整整一头牛，顺便把给她看食物的人揍一顿。

谁知正好有人不怕死，秦翰林想起个事儿，急着要和陆饮冰说，端着吃了一半的盒饭就过来了。于是在开机第一天，全剧组人都听见了陆饮冰和秦翰林的吵架声。

"我不拍了！"陆饮冰拍着桌子，呼吸急促。

欺人太甚!

"你不能不拍啊。"秦翰林急了,把盒饭往桌上一放,那股饭菜的香味就一直往陆饮冰的鼻子里钻,痒得让人难受。

"秦翰林!"陆饮冰馋得……不,气得眼带泪花。

"哎,祖宗哎,我错了。"秦翰林连忙哄道,显然他并不知道自己错在了哪里。

"小西!"陆饮冰怒吼。

"到!"小西电光石火间抄起了桌上的盒饭扔进了垃圾桶,并且以迅雷不及掩耳之势将垃圾桶带离了休息室,紧接着以百米冲刺的速度跑回来,关上了门。

秦翰林无语:"……"

这是弄啥呢?

陆饮冰气得说不出话,小西负责解释道:"陆老师正在节食,不能闻见饭菜的味道,否则会很……"她想了想,说,"……暴躁。"

秦翰林:"……看出来了。"是特别暴躁。

他拿着手里的剧本:"我就是想起个事儿,下午不是有你的戏吗?你看这句台词……"

陆饮冰听完了秦翰林的话,点头说"知道了",秦翰林这才离开,离开之前诚恳地道个歉,因为他忘了这件事,此时陆饮冰的情绪也调整好了,说"没关系"。

秦翰林一出来,夏以桐就迎了上去,问出什么事了,怎么吵起来了。

秦翰林蔫头耷脑的:"饮冰不是在节食吗?我给忘了这茬,刚才端着盒饭就进去说戏了,把她都给气哭了。"

夏以桐一听,立即扭头望向休息室的方向,关切地问道:"那她现在怎么样?"

秦翰林:"心情有点低落,其他还行。"他边叹气边走开了。

夏以桐站在原地,没有转过头,手指用力地揪着自己的裤缝,看着看着眼睛就红了。

减重三十斤,简单的一句话,背后需要多么反人类的自律。

夏以桐低下头,慢慢地踱步回到自己的助理身边坐下,沉默下来。

吃完午饭，灯光、摄像和道具进摄影棚开始干活。拍电视剧和拍电影有很大的区别，电视剧和电影的制作周期其实差不多，有时候电视剧制作周期甚至比电影还要短，一部四五十集的电视剧三个月就能收官，成品的时长却相差甚远，电视剧几十个小时，电影两个小时。因为电视剧一天能拍十几场，而电影一天能拍一场就谢天谢地了，有的导演一个星期才能拍完一场，特别磨人，比拍电视剧要辛苦多了。

　　夏以桐也第一次见到了真正的拍电影。

　　秦翰林有意带她赶紧适应拍电影的节奏，在开拍前跟她说了一段话："电视剧通过台词展现人物性格，电影却是镜头语言的艺术，这两者有很大区别，一会陆饮冰表演的时候你一定要多注意观察。"

　　夏以桐认真地点点头，睁大了眼睛看。

　　今天下午拍的是一场群戏，南方大旱，开仓赈灾，赈灾银却不翼而飞，天子震怒，群臣簌簌。荆秀身为六皇子，站在几位年长的皇子身后，有心避开是非，却没人愿意饶他，非要将他置于死地，无奈，他只得接受任命，调查此案。他一个不问世事的皇子，在虎狼环伺的境遇下，该如何才能打消对方的疑心？

　　"Action！"

　　"陛下驾到！"

　　朝堂之上，忽闻人声。

　　文武百官，黑压压的一片，同时俯首，衣袂擦动的声音整齐划一。

　　身着玄色长袍，头戴九毓冕的楚王从台阶的一边缓缓上来，威严庄重，额前的珠帘随着他的动作轻轻摇晃，楚王近来身体微恙，扶着侍官的手臂，步子放得轻缓。

　　"愿大楚千秋万代，陛下福泽绵长。"百官齐呼。

　　楚王平抬起左手："起身吧。"

　　"谢陛下。"百官皆起。

　　站起来的声音和跪下的声音相比，没那么整齐，有些年迈的老臣，动作不利索，颤巍巍地起身，比其余人慢了不少。

　　摄像机推进，镜头先定格在楚王脸上，他的脸色略有些苍白，露出淡淡的疲惫，眼下有两片青黑，显然是昨夜通宵处理政事所致。

楚王道："寡人昨夜收到加急奏报，说运往南方的赈灾银在吴江水道离奇地消失了，可有哪位爱卿愿意为寡人分忧？"

众臣皆低着头，你看看我，我看看你，互相递送眼神。每排站在首位的都是楚国的皇子殿下，镜头前浮现出一双又一双野心勃勃的眼睛。

夏以桐一眼就看到了站在左数第二位的陆饮冰，她穿了一件青色长袍，身段如青竹，束冠，垂手而立，一副与世无争的样子。

朝堂中这么多人，无论其他人的气场多么强，荆秀藏在人群里，也始终是被人第一眼看到的那个。

秦翰林皱着眉头："卡。"

夏以桐："……"

秦翰林拍拍手："重来一次。"

秦翰林走到饰演楚王的演员跟前，说："太平了，感觉不对。"他负手而立，给楚王演了一遍，"这样，再来一遍。"

场记打板，第二次。

楚王先是环视了一圈台下的朝臣，嘴角露出一点微妙的讥讽："寡人昨夜收到加急奏报，说运往南方的赈灾银在吴江水道离奇地消失了，可有哪一位爱卿……"他停顿了一下，手掌漫不经心地摩挲着自己的御座扶手，问道，"愿意为寡人分忧啊？"

秦翰林："卡，眼神不对。"

场记打板，第三次。

"可有哪一位爱卿愿意为寡人分忧啊？"

秦翰林眼睛一眨不眨地盯着镜头，举手比了个"OK"。

楚王并非对朝中势力一无所知，相反，他心知肚明，更想借此机会看看他那几个儿子都打的什么主意。

镜头前，大臣们按兵不动，皇子们心思各异。镜头短暂地在大皇子脸上定格了一下，他愁眉紧锁，似乎是真的在为赈灾一事感到担忧，但嘴角在无人看见的地方，却是轻轻地勾起来的。

夏以桐盯着镜头里的景象，不断地琢磨着别人的表演技巧。如果这个角色让她演，她会怎么演？演得会比对方好吗？

当镜头推进到陆饮冰的眼睛时，夏以桐莫名地心跳加速，看向秦翰林，秦翰林搓着手，面色红润，比她还要兴奋。

俗话说，人比人得死，货比货得扔。

饰演大皇子的演员只有脸部肌肉在动，眼睛是死气沉沉的。

而荆秀一开始没有表情，好像他并不是在朝堂之上，而是放空在林间的院子里养花种草，澄澈的眼睛里永远映着一方清潭。当听到楚王的话时，他的眼睛"活了"，流露出感同身受的悲悯、无奈和哀伤，但这些情绪并没有停留太久，他微微垂了一下眼，无奈淡去，又表现出释然，变成了对世外桃源的追求和向往。

今天早上鸡下的蛋还没有捡呢，不知道会不会被什么黄鼠狼给叼去。

敢在早朝的时候开小差，六殿下也是独一份儿的了。

秦翰林道："卡，NG（不好），重来。"

"这就是好演技。"秦翰林感叹说，"从荆秀的眼睛里表露的情绪转变能看出来，站着的几个皇子没一个好鸟，只有他才是真心忧百姓所忧，感同身受地理解百姓的痛苦，但是他天性不爱争，势单力孤，也争不了，无奈地改而追求内心的安宁世界。如果说这片河山要交到一个明君手上的话，那肯定是他。"

夏以桐："……既然演得这么好为什么要喊卡？"

秦翰林说："大皇子没演好。"

夏以桐心直口快地道："不能剪吗？"

秦翰林用眼睛死死地盯着她，夏以桐立马道："我错了。"

小西上去给陆饮冰擦汗，陆饮冰朝秦翰林那个方向奇怪地看了一眼，这回夏以桐没再犯错，注意力惊人地对上了偶像看过来的一瞬间，立刻双手竖起了大拇指，神情激动，那股劲头就差跳起来摇旗呐喊："陆饮冰！我挺你啊！"

陆饮冰感觉非常受用，心情大好。她收回视线，想笑出来，但又不想被夏以桐发觉是因为她，于是两手握住小西的肩膀，深情凝视着她，忽然绽出了一个灿烂得无与伦比的笑容。

小西："……"

……瑟瑟发抖。

片名 TITLE 《逐光》

卷号 ROLL 第六章 CHAPTER 6

镜号 SHOT 对手戏

陆饮冰明媚的笑容刺痛了夏以桐的眼睛，夏以桐将举着的手放了下来，轻轻地叹了口气，低落地垂下头。陆饮冰用眼角的余光看着夏以桐，心里没来由地浮上一丝内疚。她是不是做错了？老捉弄"含羞草"干什么？

场记拿着场记板过来对着摄影机，小西快步出镜。

"《破雪》第二场第二镜第四次，Action！"

这次大皇子的眼睛稍微活了一点点，但秦翰林还是喊了卡。其他人原地待命，大皇子单独来了一条，勉强过了。荆秀垂手立在人群中，抬一下眼又垂下，继续做闲散皇子。

楚王面带薄怒："偌大朝堂，竟无一人可与朕分忧？"

几位皇子蠢蠢欲动。大皇子抢上前去，伏地便拜，站出来朗声道："儿臣愿为父皇分忧，亲自前往南方赈灾，并查明赈灾银去向。"

楚王神色稍霁，想了想道："梧儿军机在身，不便久离，心意父皇领了，合该另行派遣个合适的人才是。"

大皇子面露愁色，忽然眼睛一亮，道："父皇，儿臣心中倒有一个合适的人选。既身份尊贵，可以代表皇家威严，又没有要事在身。"

"是何人？"

"儿臣的六弟、父皇的六子——阿秀！"大皇子落字铿锵。

满朝哗然，谁不知道六殿下身体羸弱，连上朝都要三不五时地请个假在府中休养，更遑论长途跋涉了，那副身子骨颠簸两天，怕不是要直接倒在路上。

荆秀抬起头，如玉的小脸上露出一副如梦初醒的懵懂样子：我是谁？我在哪儿？你们都在说什么？

剧组的其他人都在窃笑，夏以桐没笑，她捂着扑通直跳的心脏，在心里尖叫：啊啊啊……陆饮冰居然也会露出这种呆萌的表情，而且还演得一点都不让人讨厌。

楚王犹豫着："如此……"

大皇子步步紧逼道："六弟贵为我楚国王室，虽然眼下身体欠佳，但到底是继承了父王英勇的血脉。剑不用不强，枪不磨不利，将来……"

荆秀缓慢地眨了一下眼睛，嘴唇动了一下，好像是嘟着嘴"哦"了一声，又微微撇嘴，明白这是要坑他了。

"荆秀好可爱啊，"有女孩儿双手握拳，抵在胸前，兴奋地小声叫道，"萌帅萌帅的，世界上怎么会有这么可爱的殿下！"

"是啊！是啊！我也觉得。"

夏以桐在心中怒吼："哪里是可爱，简直是可爱炸了！啊啊啊……"

"卡，重来。"秦翰林转过脸，良好的教养让他没有对刚才议论的两个女孩儿当面大发雷霆，但隐隐能看出他眼里的愤怒，"有话可以出去说，不要打扰到拍戏。"

那两个女孩儿顿时露出惧怕的神情，噤若寒蝉。

秦翰林把陆饮冰叫过来，嘱咐道："你的存在感太强，收一下。"

陆饮冰点头："好。"紧接着看向站在秦翰林身边的夏以桐，夏以桐立马捧场地鼓起掌来，一脸诚恳地道："陆老师演得好棒啊！"

陆饮冰被她鼓掌鼓得有点蒙，一时也忘了自己到底想要说什么，也只是轻轻地一点头，承情，走回到朝臣中间，嘴角来回抿了几下，忍不住弯了起来。

场记敲板，第五次。

"Action！"

"如此……"

大皇子再次上前："六弟身为我楚国王室……将来若起战事，遍地狼烟，也不能永远龟缩在宫墙之中，让天下人笑话我大楚赫赫悍名，居然有个肩不能挑、手不能提的'女皇子'，或文成，或武就，六弟总要会一样，才不损我王室英名。"

楚王听后道："众位爱卿意下如何？"

一位头发、眉毛都白了的老臣一动身子就咳嗽了两声，伴随着他缓缓跪下的动作，咳嗽也跟了一连串，这是位老戏骨，虽然年逾七十，精神却矍铄，他抬起头，目光依旧老辣："陛下，臣以为不可。"

"为何不可？"

老臣道："六殿下年方十五，不及弱冠，又自幼体弱，经不起长途奔波，若要文成，留在延京亦可，其他几位殿下都有自己的职务，为何不给六殿下一个机会。"

荆秀朝老臣感激地拱了拱手，亦推拒道："儿臣实在是病体不堪，不能远行。"

大皇子眼中飞快地闪过一丝恶毒，一瞬即逝，道："刘阁老此言差矣……"

老臣分毫不让地回击。然后就是朝中中立派和大皇子派吵了起来，得势的另外两位皇子派系和大皇子派互相揭短，好好一个朝堂，吵嚷得活脱脱像个菜市场。楚王大怒，最后还是决定派荆秀前去赈灾。

"卡，NG，重来。"这段自然重拍了无数次，秦翰林喝掉了半瓶水，嘴里那口还没来得及咽下去，就吐了出来。

此时，陆饮冰等人已经拍了两个多小时，室外温度接近四十度，室内……只有大风扇，还不能对着正在拍戏的演员吹。被长袖长裤的戏服捂着的演员们浑身湿乎乎的，跟泡在水里似的，汗水擦得不如流得快。

秦翰林换了条短裤，短袖花衬衫，扣子就扣了两颗，一手叉腰，另一只手疯狂地摇扇子："先歇会儿，先歇会儿。"

陆饮冰的另外一位小助理带了冷气扇，一听到导演这话赶紧把陆饮冰带了下来，将冷气扇对着她吹。陆饮冰把戏服领口解了，仰着头，几滴汗珠从修长白皙的脖颈一直淌进衣服里。

秦翰林摇着大蒲扇走过去，一个接一个地又开始说戏，夏以桐跟屁虫似的跟在他的身后，美其名曰积累经验，轮到陆饮冰时，秦翰林深吸了口气，说："啊，你没什么好说的，还按之前那么演。"

一副特别嫌弃的模样。

陆饮冰也和他玩笑道："秦导，你这个表情什么意思？要是嫌弃我，我就不这么演了。"

"哪能啊，你演得特别好。"秦翰林摸着自己脖子上的汗，在她的身边坐下，冲小助理道，"小姑娘，你把冷气扇借我使使呗？"

夏以桐也借机寻了个位置坐下。

陆饮冰给秦翰林让了个位置，自己用湿毛巾擦脖子，她抬起手指摸了摸自己的脸，担心地自言自语道："这天热的，妆没花吧？"

夏以桐的目光就没从陆饮冰的身上离开过，她脱口道："没有，还是很好看。"

陆饮冰玩心又起："我好看还是你好看？"

"您好看。"

"您啊您啊，整天您您的，我看你跟秦翰林都你、你、你的了，跟我一直您，我有秦翰林那么老吗？"陆饮冰把湿毛巾缠在手上，佯装不耐烦地皱眉。

躺枪的秦翰林扭过头，不服气地道："我怎么了？男人四十一枝花，我这开得正艳呢，别以为说我的坏话我不知道。"

"吹你的冷气扇去。"陆饮冰道，"以后再动不动您、您、您的，我就要欺负你了。"

夏以桐脑中瞬间开过无数辆呜呜呜鸣笛的托马斯小火车，她小心翼翼地吞了一下口水，低声问道："您……"

陆饮冰瞪她。

夏以桐改口："陆老师打算怎么欺负我？"

陆饮冰："……"让你别您了，你就陆老师，行，那就永远陆老师下去吧。

"含羞草"终于又脸红了，陆饮冰的脸上掠过一丝恶作剧得逞的笑意，意味深长地说："你希望我怎么欺负你？"

夏以桐脑袋里一阵空白，不知如何作答。

陆饮冰又用手在她的眼前挥了挥："你发什么呆啊？"

夏以桐说："我……在想，您、陆老师，你不是问我希望你怎么欺负我吗？"

"怎么？"

"就是……"夏以桐低头不敢看陆饮冰的眼睛，嘴唇开合几次，"就是……"

第六章 ✦ CHAPTER 6 ✦ 对手戏

"就是什么啊？"陆饮冰催促道，"我最不喜欢拖泥带水、磨磨叽叽的了。"

夏以桐灵机一动，隔着戏服抓起陆饮冰的手腕，作势要抽自己的脸，欲哭无泪地道："陆老师，我下次再说错话，你就直接打我吧。"

陆饮冰如同受惊的兔子一样立刻把手抽了回来，目露慌张，眼睛睁得圆溜溜的。

夏以桐看呆了："你……"

陆饮冰缩着手，紧张地往后撤，道："你……意欲何为？"

"啊？"

这怎么还说上古代白话了呢？

"我可是楚国的六殿下，是我父王的儿子。"

"……"

陆饮冰看着她，语气恢复正常的波澜不惊，带了一点不悦："你没背台词？"

"……背了。"

"那你怎么不接我的戏？"

"……一时没想起来。"夏以桐抱歉地道，一滴汗从她的脖子一直流进了后背。

这猝不及防的对戏。

"正好闲着没事，我们再来对一段，这回别再忘了。"

夏以桐心中一紧，面色却如常："好啊。"她深深地望了陆饮冰一眼，垂下眼帘。

陆饮冰接过小助理递来的水喝了一口，说："开始吧。"

"你……意欲何为？我可是楚国的六殿下，是我父王的儿子！"

"我自然知道你是六殿下了，"瞧着荆秀眼神躲闪、惊慌失措却不得不强装镇定的样子，陈轻离他近了些，轻声道："……我的殿下。"

陆饮冰退开一段距离，说："不对。"

夏以桐强压住心中的忐忑，镇定地道："台词是、是这样的。"

陆饮冰说："神态、感情都不对，你太主动了。"

被定性为主动的夏以桐："……"

"算了，"陆饮冰道，"现在我是陈轻，你是荆秀，我给你演示一遍。"

"好。"

夏以桐念完荆秀的台词，陆饮冰开始了。

"我自然知道你是六殿下了。"陆饮冰的声音得天独厚，平日说话慵慵懒懒的总像唱歌，饰演陈轻的时候却声音清脆，如玉珠落盘，好听得紧，也不知道是不是为了饰演各类角色特意训练过。陆饮冰慢慢靠近她，并没有立刻开口，而是一眨不眨地望着她的眼睛，像是要一直看进她的心里。

周围的世界忽然就变得黯淡下来，只剩下陆饮冰一双又黑又亮的眼睛，里面盈盈的似乎荡漾着水。

恍惚间夏以桐觉得自己要陷进陆饮冰雾蒙蒙带着湿气的眼睛里无法自拔了，正欲挣脱，陆饮冰在她的耳边柔声细语地说了一句："……我的殿下。"

仿佛羽毛轻轻地刮擦而过，夏以桐的心跳不可控制地漏了一拍。

一直旁观的秦翰林拊掌大笑："我看你们俩换一下角色也挺好的嘛，你看小夏脸红得特别自然，看不出来啊，小夏的演技这么好，我低估你了。"

夏以桐尴尬地笑了两声。

陆饮冰知道夏以桐不是演出来的，但是她只是看了夏以桐一眼，并没有戳穿她，而是转头盯着秦翰林："老头子，你再说一遍试试？你对得起我掉的三十斤肉吗？"

秦翰林感觉被"老头子"三个字侮辱了，吱哇乱叫起来，挽胳膊，撸袖子……哦，并没有袖子，于是做了个亮家伙的手势："来战吧。"

陆饮冰穿着戏服，撸起袖子，露出一点瑕疵也没有的、白生生的两条胳膊，道："来战！"

二人齐声道："五魁首啊六六六！"

秦翰林："对二！"

陆饮冰："王炸！我赢了！哈哈哈！"

秦翰林："你赖皮！"

陆饮冰："我不管。"

秦翰林："对三！"

陆饮冰："王炸！Over（结束）！"

秦翰林："王炸！"

陆饮冰："王炸！"

秦翰林："一副牌哪有两个王炸？"

陆饮冰："这把是两副牌的！炸了炸了，你输了！"

夏以桐全程有点蒙，眼珠子都快瞪出眼眶了，这两个人在干什么？她似乎、好像需要好好消化一下。再看看旁边的小助理一脸淡定的表情，她开始怀疑是不是自己的问题了。好在周围没有别人，听不到他们俩在说什么。

两人特别无聊地玩了一会儿，众人补妆、整理衣服，重新开始拍摄。

"Action！"场记打完板，快步出镜。

"陛下驾到……"

文武百官皆俯首。楚王说话，大皇子上前，镜头给到陆饮冰，朝堂吵成一片，楚王震怒，派遣六殿下前往南方赈灾，荆秀无奈应下。整段戏一气呵成，一镜到底，秦翰林道："卡，过了。"

喜悦绽放在每个人的脸上，这种努力多次终于被认可的感觉真是再好不过了。夏以桐出了口气，也觉得高兴，在心里说，这段总算拍完了。

秦翰林："好，记住刚才的感觉，我们再来一次。"

夏以桐："……"

秦翰林："卡，这次比刚才更好，大家都很棒。灯光，A组撤掉，我们再试一次。"

一场群戏反复拍了一个下午，最后一遍拍完的时候大家都累得瘫在地上不想动弹。晚饭时间，场务买了盒饭过来，陆饮冰把自己关在休息室里，夏以桐跟大家一起吃盒饭，她看见秦翰林站在摄影机前面，一边扒饭一边看，于是跟过去一起看。

秦翰林正在看回放，听见响动没回头，招呼了一声："来了。"

夏以桐："嗯。"

每一个镜头都起码拍了十几条，秦翰林一条一条地重复看每一个镜头，问夏以桐："你看出什么区别没有？"

夏以桐不好意思地摇头："没有，演得好一点了？"可陆饮冰每次都演得很好啊，发挥稳定，还有那些老戏骨，不至于还要秦翰林教怎么演戏吧？

秦翰林哈哈大笑。夏以桐被他笑得更不好意思。

秦翰林说："你要是能看出来，我不是白混导演圈这么多年了？"

夏以桐止不住好奇，问道："有什么区别？"

秦翰林挺起胸膛，道："要是一遍过岂不是显得我没有水平？"

夏以桐："……"

"你信不信我说的。"

"不信。"

"为什么？"

"您不是这样的人。"

秦翰林又笑了，他把摄影机前的位置腾给夏以桐，道："再仔细看看！有什么区别？"

夏以桐认真地看了看，说："光……色调……声音……嗯……"

"怎么样？"

"不知道。"夏以桐摇头，果断地道。

秦翰林露出一脸怪叔叔的笑意，诱导道："是不是更好看了？"

夏以桐一看，果真是，连忙点头："对！"

"对嘛！"秦翰林道，"我跟你说怎么把人拍得好看是需要技巧的……"说到最后，秦翰林说，"你有没有兴趣当导演啊？我培养你，我有很多干货的。"他的表情认真得就像是天桥底下给手机贴膜的：走过路过不要错过，十元一次，只此一家。

夏以桐干笑："……那什么，我现在只想好好拍戏，以后再考虑贴……不，改行当导演。"

她连演员都没当好呢，不能眼高手低，吃着碗里看着锅里。

陆饮冰倒是在采访里说将来考虑转行当导演。

夏以桐揉揉脸，舒口气，暗自嘲笑自己，好在秦翰林并未把注意力放在她身上，而是聚精会神地看回放。夏以桐看着他时而皱眉，时而托腮，连饭都顾不上吃，心生感慨：能把美追求到这样一种境界的人，挺值得人尊敬的。

两个人过了许久都没说话，场务来收走了凉掉的盒饭。

"今天你和陆饮冰对戏我看到了，你可以学她，但是别都学她。"耳旁响起秦翰林漫不经心的声音。

夏以桐正出神，冷不丁地听到句话，茫然抬头："啊？"

秦翰林淡淡地说道："一部电影最重要的不是演员，而是导演。演员当然也非常重要，但如果导演的能力不够，就算给他一个林青霞，他也只能拍出李莲英，拍不出东方不败。"

夏以桐以为他要说些"每个人有每个人的表演方法，一味地模仿容易画虎不成反类犬"之类的，乍一听到这个比喻忍不住笑了出来。

秦翰林接着说："毫不谦虚地说，导演是一部电影的灵魂，他有故事要诉说，有情感要表达，能够通过镜头里的人物表现出来。所以你看一部戏的时候，也能够察觉到导演内心的偏好，他是喜欢柔和的《致爱丽丝》还是喜欢壮烈的《黄河大合唱》，你都能感受得到。比如汪庭树导演，他导演的电影基本都是爱情片，喜欢隐晦地讲述爱情，他把爱情故事讲到了极致。比如我，所有看我电影的人都知道，我这个人很肤浅，我就喜欢美，喜欢表达美。"

夏以桐看着他，又觉得，他反复拍那么多遍镜头，一遍一遍地雕琢，追求的不仅仅是美，还有别的什么，她心中有一股说不上来的陌生的感觉在涌动，洗涤着她的灵魂。

她诚恳地道："您不肤浅。"

秦翰林笑了一下，道："我让你别都学陆饮冰，是因为她虽然非常优秀，但也是电影中用来讲故事、表达感情的演员之一，你也是如此，你有你独特的美丽，不要抹杀了它。"

夏以桐似懂非懂地点头。

秦翰林转过脸，正经不过三秒钟，一脸期许地望着她，问道："怎么样？怎么样？一般人我不告诉他的，这干货干不干？"

正巧陆饮冰又成功地"渡劫"，挺过了一顿晚饭，从休息室出来。她身材高挑修长，容貌艳丽，边走路边埋头和助理交谈，时而往四周瞧一眼，整个人如同清晨穿透树林的第一缕阳光，所到之处，周围的一切忽然就变得五彩缤纷起来。

夏以桐定定地望着陆饮冰，慢了半拍才答道："……干。"

"那就来当导演啊！"

夏以桐摇头笑道："别，我可没那个本事。陆老师不是想当导演吗？你怎么不教她去？"

秦翰林看了陆饮冰一眼，低头嘟囔着道："该教的都教过了，没什么好说的了。"

"啊？"

"啊什么啊？我和你没话好说了。"秦翰林气呼呼地走了，不知道是不是少了一个入室弟子的原因，夏以桐望着他的背影哑然失笑了一会儿，莫名觉得他有点像下午和陆饮冰斗地主时候的样子。两个大傲娇怪，怪不得能玩到一起去。

不，夏以桐用力地摇摇头，驱散了脑子里这个想法，陆饮冰那不是傲娇，是可爱。

"可爱"的陆饮冰晚上有场夜戏，是她一个人在书房写信以及心理活动的展现，通常这种戏都是摄像机给一个亮着烛火的古色古香的宫殿远景，一个人影在里面，然后再切到剧组搭建的书房内景。不需要和别人搭戏的陆饮冰在秦翰林那里过得特别快，一个小时拍了七八条，秦翰林反复看完，拍拍手，心情愉快地说："收工。"

"啪——"夏以桐将一只蚊子一击毙命，雪白的手臂上顿时开出一朵鲜红的花。她是招蚊子体质，基本有她出现的地方蚊子都不咬其他人，非常让人绝望。因此她特意换了条长裤，但看这场戏拍下来，腿上还是哪哪都痒，长裤也防不住蚊子的嘴。

陆饮冰仰头喝了半瓶水，回休息室脱戏服，卸妆，一出来就听见一声清脆的"啪"，听着就让人肉疼。她闻声看过去，夏以桐在休息室外的小马扎上坐着，穿着T恤长裤，似乎是为了躲蚊子，减少被攻击的面积，整个人蜷缩成一团，像一团不带刺的柔软的刺猬。

陆饮冰禁不住弯了一下眉，上前问道："你在这儿干什么？不是收工了吗？"

夏以桐像被班主任点到了似的，"啪"的一下站起来："我……"

"嗯？"

夏以桐道："秦导说我一个人回去不安全，让我等会儿你，你这儿人多。"

"哦,是这样。"只有助理随行的陆饮冰似乎信了,问,"你的助理呢?"

夏以桐面不改色地道:"我晚上没戏,让她先回去睡觉了。"

正在摆弄机器的秦导和被特意提前支使走的方茴忽然齐齐地打了个喷嚏。

"好吧,"陆饮冰歇了三四个月,这是第一天拍戏,需要适应一段时间,脸色看上去便有些冷,道,"那你和我一起走。"

夏以桐心怀忐忑地跟上去,忍不住忖度着:"我是哪句话说错了吗?她怎么看起来又不开心了?"

秦翰林要等机器收完,一直对着拍摄的片段琢磨着,陆饮冰走过去跟他打了一声招呼:"秦导,我先回去了。"

秦翰林沉迷于看回放无法自拔,头也没抬:"晚安,明天见。"

突然他抬头看了一眼跟在陆饮冰身边的夏以桐,随口道:"我说你怎么一直不走呢,原来在等饮冰。"

打脸来得太快就像龙卷风。

"……"夏以桐捂着生疼的脸转过头。

陆饮冰先是微微睁大了眼睛,消化了一下秦翰林的这句话,然后眉尾轻轻地跳了一下,看了一眼羞愤得要钻到兔子洞里去的兔子:"放心吧,我会护送她回去的。"

两个人从片场出来,不过晚上八九点,有路灯,还有影视基地的工作人员在巡视,压根不存在什么走夜路怕鬼以及不安全的隐患。

安静的街道上,只有陆饮冰、夏以桐和小西三个人。

"你在等我?"

夏以桐还是没看她,脸偏向一边,路灯在她的脸上落下轮廓好看的剪影:"嗯。"

"为什么?"

"秦导让我多跟你学学演戏。"夏以桐道,其实是她自己想跟陆饮冰学学演戏——不得不说,秦翰林真是一个好挡箭牌,反正他现在不在。

陆饮冰并不打算轻易放过她,毫不留情地戳穿道:"可秦翰林一般不让人学我的,他信奉他自己那一套,要发掘每个演员自身的独特的闪光点。"

"是、是吗？"

"是啊。"

"那、那……"

"嗯？"

"那和跟你学表演也不冲突啊，虽然说每个人是不同的，但演技是互通的吧，怎么更快地代入人物，入戏，"夏以桐一本正经地说道，"怎么用眼神来表达情绪，怎么酝酿感情，都是要学的，对、对吧？"

陆饮冰点头："对。"

夏以桐认真地说："还有陆老师对于工作认真负责的态度，都是我们这些后辈需要学习的。"听着虽然像拍马屁，但其实是真心的。

两个人并肩走着，中间隔了有一米的距离，陆饮冰看着那条"鸿沟"，忍俊不禁地心道："这人果真瞎话张口就来，偏偏我还不怎么讨厌，真是中了邪了。"

"你是不是采访接多了？经常说假大空的场面话。"陆饮冰问。

"什么？"

"没什么。"陆饮冰摇摇头，觉得这话有点逾矩了，她和夏以桐还没熟悉到可以开容易引起误会的玩笑的地步。

夏以桐一阵懊恼，她居然因为紧张耳朵里嗡嗡响错过了陆饮冰的一句话！那可是一句话啊！从陆饮冰的嘴里说出来的！她仿佛错过了一个亿。

"我方才没听见，您方便再说一遍吗？"她终于转过脸，露出绯红的面颊，借着夜色的掩映，看不分明。

陆饮冰的眼睛危险地眯了眯，她一步跨过去，依仗身高优势屈指在夏以桐的脑门上狠狠地弹了一下，夏以桐"啊"了一声捂住了自己的额头，眼泪一瞬间飙了出来："你干吗？"

"你不是说如果再说您，就让我打你吗？本殿下不乐意听这个字。"陆饮冰理直气壮地道。

"对不起！"

"也不乐意听。"陆饮冰将头转向另一边。

"我错了。"

"还是不乐意听。"

"陆老师……"哀求的，带一点微颤的尾音。

"这还差不多，不许再犯，下回我要拿鸡毛掸子了。"

"不会再犯了。"

宾馆里灯火通明。进电梯，陆饮冰先走，夏以桐跟上，小西最后。进去以后，谁也没按电梯，电梯停在原地。

夏以桐看向陆饮冰，陆饮冰催她："按啊。"

按了，一个五楼一个六楼。

五楼到了，夏以桐先出来，身后传来脚步声，她惊讶地回过头，发现陆饮冰居然跟上来了，陆饮冰单手插在裤兜里，耸一下肩："送你回房间。"

出于礼节。

酒店走廊里的灯光比外面亮多了，夏以桐低头走在前面。

陆饮冰表情玩味地打量着她的背影：个头不高，比自己矮半个头，一米六五左右，腿还挺长。

小西跟在最后偷偷欣赏两个大美人的背影。

到了房间门口，夏以桐掏出房卡"哔"的一声，还没等她推门，她的助理方茜就从里面把门拉开了，人没见到声先出来："夏老师，您可算回来了，你不是让我去便利店买完东西回来等你吗？这么久不回来，我还以为出什么事了呢——啊啊啊……陆老师！"

方茜尖叫着跳了起来，立刻闭嘴。

夏以桐："……"

好了好了，知道你们能了，不要都上赶着拆穿我好吗？

陆饮冰一副辛苦憋笑的表情："好了，人安全送到了，我回去了。"

"陆老师晚安！"夏以桐忙道别。

"晚安。"陆饮冰点点头，转身离开。

"您……"

陆饮冰没走远，听见这话，皱着眉头回身走过来，在她的脑门上又用力地弹了一下，呵斥道："不长记性。"

"下次真的不会再犯了，晚安！"

这回陆饮冰没接话，朝电梯口走去。

夏以桐拉着方茴赶紧进门把门关上，摸着脑门眉开眼笑地问方茴："你看我的额头红了没有？"

"红了。"白色的皮肤，红色的痕迹，特别醒目。

"快快快，给我拍张照，要近景特写。"

她要裱起来！开玩笑，这可是她偶像亲手弹的！

"开工了，感觉怎么样？"远隔万里重洋，造成如今局面的"罪魁祸首"——来影打来电话诚挚地问候陆饮冰，两个人隔了十个小时的时差。

"你在外面浪得怎么样？"陆饮冰勾唇，不答反问。

"哈哈哈……浪奔浪流啊。"对面传来一阵放肆到夸张的笑声，十分讨打。

"哈哈哈……"陆饮冰突然仰天长笑，来影踩着十五厘米的高跟鞋，差点从坡上滚下去，身旁的男人在千钧一发之际捞住了她的腰，将她带了回来。

来影咆哮着："哇，你神经病啊，要吓死我吗？"

陆饮冰不耐烦地道："早知道你在欧洲逛街，我就怕吓不死你。"

"……"

陆饮冰又道："有话快说，有屁快放。"

"你对我越来越残暴了，嘤嘤嘤……"来影挽着老公的手臂，道，"以前和人家看星星看月亮的时候叫人家小甜甜……"陆饮冰不知道说了句什么，来影立刻结束了虚伪的哭唧唧，"其实我就是想问你对小朋友的感觉怎么样？"

"哪个小朋友？"陆饮冰明知故问。

"就是姓夏名以桐的小朋友。"

"还可以吧。"

"她今天和你演对手戏了吧？演技是不是没有你想的那么糟，我之前就说过你以前对她有误解，演戏时就知道了，小孩儿可认真了。"

"我还没和她对戏。"

"啊？那我听你的这个语气，怎么不太对头？啧，依稀听到了一丝愉悦啊。这半个月一定发生了什么我不知道的事，难道她对你这个颜控施展了'美人计'吗？"

陆饮冰嗤笑道："我要是会中美人计，每天对着镜子就中计了八百遍，还轮得上她？"

"我从未见过如此厚颜无耻之人，你起码得说'我要中美人计也是中你的'，这样我会特别开心。"

"你开心了我就不开心，我为什么要让你开心？"

"老陆！"来影变得气急败坏。

"老来！"陆饮冰深情地呼唤。

"哎！你别打马虎眼啊！本来我是随口一问的，现在倒是特别好奇，到底发生了什么事？"

"真没什么事。"陆饮冰道，"就是看她在片场挺乖的，不耍大牌，不惹事，经常虚心请教，安分守己，自然就印象好点了，我在你眼里是那么刻薄的人吗？"

这话说得有理有据，也的确符合陆饮冰的性格，来影姑且信了，就此揭过。她看向身侧有些寡言的男人，男人立马和她对视，两个人同时一笑。

来影道："我的蜜月度完了，后天回国。"

"然后？"

"公开。"

"你的经纪公司呢？什么意见？"

"这件事虽然是我一时冲动，但是我并不后悔。我的态度很坚决，而且以我的粉丝定位来看，公布婚讯并不会疯狂掉粉，况且我和公司沟通过了，基本达成了一致意见。但是……"

"但是什么？"

"公司可能会考虑和我解约。"

"这么严重？"

"你知道鼎盛的公司，不喜欢不听话的艺人，他们旗下更不缺听话的艺人。今天我敢私自结婚，明天就不知道敢做出什么事了。"

"解约了你去哪儿？"

"去你的工作室啊，你签不签？"

陆饮冰没立即答应，说："我考虑一下。"

"你果然还是这样，凡事都先考虑利弊，真是让人伤心，怼人的时候怎么没见你想这么多？"

"那个情况例外，爽了再说，我知道能解决才敢肆无忌惮的，现在关乎你的前途，我帮你想最好的出路你居然还不满意？"

"不知道什么时候才能见到你失控的样子。"

"不会有那么一天的，我又不是你，被爱情冲昏头脑。"

"但愿吧。"来影说，"但是偶尔被冲昏头脑的感觉其实很棒，我是不是没告诉过你，为什么我和赵骏谈了这么多年地下恋爱，却偏偏选在事业上升期高调宣布结婚？"

陆饮冰挂了电话，一手拿过剧本，陷进柔软的沙发里。

来影说，她上次录夜间访谈节目的时候接到了赵骏的电话，赵骏说他可能娶不了她了，然后对面传来一阵嘈杂的声音，"轰隆"一声，通话断了。节目来影也没录了，她连夜赶回了老家，才得知赵骏在抓捕犯罪分子的时候不幸遭遇山体塌方，同去的好几个刑警都失去了联系，好在最后他活着回来了，经过这事来影才明白对方对她来说究竟有多重要。她等不了了，她确定要和这个男人在一起一辈子，不想留下遗憾，于是就结了婚。

陆饮冰还是感到不解，结婚可以，但是没必要公开婚讯吧，演艺圈隐婚的明星不知道有多少，也算是为了保护她老公，可来影只说了一句"你不懂。"

陆饮冰把剧本丢开，感到十分气愤，她怎么就不懂了，她什么不懂？没谈过恋爱又怎么样？就算没吃过猪肉也见过猪跑啊，不就是为了一个名分吗？她的那位老公居然也同意让她公开，一点都不为她的前途着想。来影糊涂，他也跟着糊涂。她才不让来影签自己的工作室呢，万一再被爱情冲昏头脑，还不得她来买单啊。

陆饮冰拿起手机给她的经纪人打电话："薛瑶，你看看咱们工作室还能腾出手多签个人吗？或者有没有别的适合签老油条的经纪公司？"

薛瑶问了几句，陆饮冰照实答了，薛瑶的嘴紧，陆饮冰不怕她会泄露信息。听到薛瑶说会记在心上，陆饮冰就挂了电话。

丢到远处的剧本被陆饮冰重新捡起来，明天就要和夏以桐拍对手戏了，还是在亭台水榭的对手戏，到时候要看看"含羞草"会怎么演。

翌日，夏以桐上楼来叫陆饮冰，陆饮冰的房门紧闭，敲门没人回应，夏以桐料想她应该是先去了片场。一去，果然是，工作人员说，陆饮冰四点钟就到了片场，现在正在化妆间。

夏以桐以前听过一句话，具体的记不起来了，大概意思是让人绝望的不是天才，而是明明是天才，却比你还要努力。

她不由得想到：陆饮冰已经这么成功了，还能做到这样敬业，自己与她仿如云泥之别，却还每天东想西想的，一定会被陆饮冰看不起的。虽然她是为了陆饮冰进的演艺圈，但在这几年间，也真心爱上了演戏这份事业。

秦翰林今天一进来就发现气氛不对，两位主角居然都不在化妆间。

"人呢？"他边啃包子边道，"还没来？"

副导演指了个方向："那儿呢。"

秦翰林顺着他的目光看过去，两个人正披着清晨蒙蒙的雾气，顶着化好的妆，坐在角落里，口中念念有词，旁边的桌子上放着两张纸，估计是今天发到她们手上的单页剧本。

"她俩什么时候来的？"

"一个多小时前，刚对上戏。"

"机器准备好了吗？"

"准备好了。"

"灯光？"

"光替已经走好位了。"

"这么快？"秦翰林三两口啃完包子，满手的油，"那还等什么？开拍啊！不对，定妆照还没拍，让夏以桐穿上戏服过来给我看看。"

夏以桐和陆饮冰刚对了一遍，工作人员就跑过来喊她，说秦导要看定妆照。她看了陆饮冰一眼，陆饮冰说一声"嗯"，她才去了。

夏以桐走后，陆饮冰才后知后觉地"嘶"了一声，费解地想："她为什么要征求我的意见？我又为什么表现得这么自然？"

定妆照很快拍完，秦翰林一分钟都不耽搁地把人叫回来拍戏，看得出他对这场戏期待已久。

时间：宴席过后的某一天。

地点：后宫水榭。

人物：荆秀、陈轻。

背景：陈轻试探荆秀，想知道他是否像表面上那样心思单纯。

反正只要是两个美人同框的戏码，不论是生死之交，有着深厚的友谊，还是带着不死不休的恨意，都能在秦翰林的镜头下变得唯美动人。

秦翰林搓着手，内心的激动快压抑不住了。他先上前跟陆饮冰说戏，寥寥几句话，告诉她应该用什么情绪，陆饮冰点了点头，说可以，没问题。

秦翰林紧接着走向夏以桐，心沉了沉。他当然不担心陆饮冰，他担心的是夏以桐，她是第一次拍电影，又是直接和陆饮冰对戏，不是一般的有压力。

检验他冒险的选择正确与否全看这一场戏了。

秦翰林跟她说戏的时候夏以桐明显非常紧张。

有时候剧本并不会完全按照时间顺序来拍，而是一场一场单独地分开，最后再剪接到一起。

"这是你和荆秀的第二次见面，"秦翰林比了两个手指，"知道这代表着什么吗？他是一个没有势力的皇子，却不代表他是个愚蠢的皇子。他没有势力，只能选择明哲保身，对于百姓则充满愧疚，但这些只有他独处的时候才会表现出来，外人只知道他那藏在府中、山林的小筑。"

这等于是把荆秀的人设又串了一遍，夏以桐看向一侧的陆饮冰，陆饮冰的表情轻松，带着散漫的笑意，她蜷在高筒靴里的脚趾蜷了蜷，夏以桐更紧张了。

"你受人指派来试探荆秀，那个人已经先给了你荆秀的预设，所以你对他一直抱着怀疑的态度，但是同样也不能表现出来，你们两个人都是演戏高手。你要和第一次见面一样，虽然还没拍，保持着一种单纯的好奇和那种好奇引发的喜欢。"秦翰林扭了个腰，徐徐踱步，道，"你从水榭的那一端走上来，走路不能妖娆，要用大家闺秀的走法，表现出自己的性格，这里不需要掩藏。湖里有声响，你看过去，无数条锦鲤在争抢着荆秀抛下去的鱼食，你心里产生了更多的怀疑，上前。整场戏里，你的怀疑是内在的，好奇和喜欢是外露的，懂了吗？"

"懂了。"

秦翰林退开，站到机器前面，抬手准备，场记拿着场记板走到镜头中间。

"《破雪》第四场一镜一次，Action！"

亭台水榭，湖波清澈，偶可见几尾漂亮的锦鲤游跃在清波底下，悠闲自在。一阵细微的声响，鱼儿争相踊跃，挤往一处。

头顶落下一声轻叹，极轻微，似是连叹息也怕有人听见。

镜头往上，推近，一位锦衣公子手心握着一把鱼食，目光低迷。

明天他就要出发去江南赈灾了，昨日在庙堂之上虽然百般推诿，但荆秀心底还是愿意的，总算可以为百姓做一点事了。只是昨夜的宴会，叫他太失望了，文武百官，竟都被一个姑臧进献的舞女所迷惑。不，现在应该是陈妃了，他的父王，近年来沉迷声色，虽勤政，判断力却大不如前了，姑臧献来的人岂可小觑。若他为帝，当封其为美人，闲置后宫，从此不再临幸，岂可越级封妃？当真糊涂！

他感到十分气愤，又撒了一把鱼食下去。

愤懑的表情没有在他的脸上停留多久，因为他听到了身后衣袂擦动的声音，那个人足底轻软，踩在地上几乎毫无声响，那是宫中贵人才可以穿的鞋子。

荆秀没有回头看她，他自幼身体羸弱，不可能这么敏锐地听到他不应该听到的声音。

镜头外的秦翰林冲夏以桐使了个眼色。

另一台机器专门负责拍陈轻，遮光板把她的脸色衬得比往日白了一些，打了一层淡淡的腮红，精神头看上去更好，似乎是昨夜被宠幸所致。

嘴角噙着淡淡的微笑，陈轻踱上台阶，几息过后，脚步声停下，转头望向湖中争抢鱼食的鱼儿，她目光玩味地看向正稍微背对着她的荆秀。

你也在为这个鼠目寸光的皇室感到悲哀吗？

陈轻收起玩味的眼神，两手提着裙摆慢慢走到水榭中央，嘴角一勾："六殿下怎么一个人在此？宫女和侍从呢？"

荆秀的身体轻轻地震动了一下，他转身，左手抬起来，覆上右手手背，纤薄的身子朝下一弯："陈妃娘娘。"他低了低头，耳根泛起微妙的红来。

陈轻穿了一身的白，宛如花树堆雪般站在他的面前。朱唇皓齿，明眸善睐，让每一个见到她的人都不由自主地追随着她的身影。

陆饮冰感到微微惊讶，原先还担心夏以桐不适合这个角色，没想到穿上衣服还挺像回事儿。

陈轻看着荆秀发红的耳朵，有些发怔。

镜头外的秦翰林眉头紧锁，随时准备喊"卡"。

好在陈轻及时收回了目光，她继续往前走了一步，发髻上的步摇随之轻轻摇晃，步步生莲："殿下，您瞧我生得貌美吗？"

她不用"妾"，不用"本宫"，却用了个"我"自称。

荆秀吓了一跳，后背撞到栏杆上，因为吃痛他眉头紧紧地锁着，顾不上揉一下，连忙垂目提醒，语气重了些："娘娘！莫忘了您是父王的妃子。"

陈轻的脚步往前动了一下，在踏出去之前就收了回来，没有人发觉，只有镜头捕捉到了。

秦翰林感到有些意外，这个动作在剧本里是没有的，加上去好像更契合陈轻的人设，与后来的剧本结合起来就显得更流畅了。

"殿下说的哪里话？我自然知道自己是楚王的妃子。女儿家都注重容貌，昨夜殿下对我好生冷淡，难道是我貌若无盐？"

荆秀的小脸上满是错怪对方的内疚，他讷讷道："原、原来是这样，娘娘多虑了，秀只是……只是……"他偷偷看一眼陈轻的脸，不敢直视似的垂下眼眸，睫毛浓密得像一把小扇子。

陈轻好笑地道："只是什么？"

荆秀赧然地小声道："未曾见过娘娘这般好看的人，秀……害、害羞。"他刚说完这句话，整张脸便涨红了，根本不像是演出来的。

在这清风吹拂，清波白在的水榭当中，羞红了脸的俊美少年，如清晨太液池中朝露未晞的芙蓉。

镜头外的人看呆了。夏以桐也看呆了。

"卡。"

秦翰林的声音打断了夏以桐的出神。

夏以桐这才反应过来。……完了，NG 了。

"秦导，"她从水榭上走下来，像个做错了事的孩子一样站在秦翰林面前。

秦翰林没责备她，反而和颜悦色地道："前边演得不错，后面发呆也是情有可原嘛，你看，片场一半的人都呆住了。"他根据夏以桐第一次的表现又指出了几个点，让她注意一下，夏以桐应是，重新走进水榭当中。

水榭里面架了一台机位，秦翰林这回就站在里面看着。

"Action！"

"六殿下怎么一个人在此？宫女和侍从呢？"

……

"未曾见过娘娘这般好看的人，秀……害、害羞。"

"有殿下此话……"陈轻莞尔，"我也不虚此行了。"

荆秀低头诺诺。

镜头给到荆秀的眼睛，此时荆秀的眼神里没有半点羞意，甚至还有一丝令人遍体生寒的感觉。

陈轻的不虚此行明面上是说不虚来水榭这一趟，实则是指不虚来楚，姑臧进献了这样一个美人，若说是没有旁的心思，荆秀是不信的。

以荆秀的身份贸然去提醒楚王，说不定还要引得父王大发雷霆。今日早晨的朝会都取消了，他派人去打听，听宫人说，父王昨夜就是歇在玉秀宫的。

陈轻看他总也不答话，心思一转，笑道："殿下可知我来大楚意欲为何？"

"为何？"荆秀懵懂地抬起头，两颊还有浅淡的红晕。

还能为何？荆秀在心里冷笑，你这个祸害。

"为了您啊。"陈轻轻轻地开口，半是玩笑半是认真地说。

"我？"

"外面都在传殿下貌美如花呢，今日一见，果真令人心生爱慕。"她调皮地眨了一下眼睛，眼尾画着的桃花与她的笑意相互辉映，呼之欲出了。

"休得胡言！本殿下堂堂七尺男儿！"说男人貌美，等于说他像个女人，是极为侮辱的一句话。

陈轻调笑着上前，将手掌缓缓地落在荆秀的胸膛之上，荆秀穿着宽袍大袖，一眼望上去胸前极为平坦，雌雄莫辨。

荆秀僵着身体，脸颊滚烫，他从来没有这么近距离地接触过女孩儿，更别说这种比他年长的一颦一笑皆是风情的女人了。

验明正身后，陈轻将脸颊轻轻地枕在荆秀的胸前。

好在陆饮冰比夏以桐高，这个姿势居然做得无比自然。

荆秀的两手垂在身侧，呼吸短促，目光四下游移，旁边都没有人。他脸上紧张、局促的表情忽然变了，目光变得极为幽邃，缓缓地望向下面的池水。

如果……

他用眼角的余光扫过在他怀里闭着眼睛的陈轻，她就此死了呢？无论姑臧有什么谋划，只要她死在这里，一切便都烟消云散了。

人死了，自己是皇子，顶多挨一顿责罚，被禁足，父王还能杀了他不成？

平日连只鸡都没杀过的荆秀，如今下定主意要杀一个人，竟没有任何犹豫。

为了楚国，她必须死！

镜头前的人在看到此时荆秀脸上的表情时，都忍不住背脊发寒。

"你！"陈轻猛然睁开双眼，感觉一阵大力把自己从怀里推开，紧接着后背一撞，从栏杆上翻了下去，倒栽进湖里。

"扑通"一声落水声。

荆秀擦擦手，快步走出了水榭，藏在树后，目光冷冷地注视着。

一炷香的工夫后，他才惊慌失措地拉过巡逻的侍卫："陈妃娘娘落水了，快救人！"

剧情是流畅的，实际拍出来用了将近两个小时。

夏以桐落水后，给了个两只手在水里挣扎的镜头，秦翰林："卡。"

潜伏在水里的工作人员立刻游去把她捞起来，夏以桐虽然会游泳，但栽下去得太突然，还是被水呛了两下。她朝工作人员摆摆手，自己划拉着游到了岸边，坐在石头上，拧着衣服上的水。

秦翰林还在水榭上，遥遥朝下望一眼，夏以桐做了个没事的手势，然后忐忑地等着秦翰林发话，是重来还是过了。她又看向陆饮冰，陆饮冰正跟着秦翰林看回放，没注意这边。

秦翰林说："掉下去的眼神不太对，恐惧的情绪占了大多数。"

"我倒觉得是本色出演，是个人掉下去都会害怕吧？"陆饮冰不以为然。

"但她不是普通人。"

"不然补个特写？这衣服都湿了今天也不能再跳一次。"

"谁说不能再跳了，你们俩都得补一条。"

"我？"

"刚才不够明显，你看着她的眼神，要充满无辜和着急，好像是真的不小心把她带下去了似的，演戏演全套嘛。"

陆饮冰轻笑一声："好的。"

"你先补吧，我看看用哪一条更好。"

秦翰林拿过对讲机："造型，把小夏老师的衣服和头发吹干，之后再上来一趟，补个镜头。注意，威亚准备。"

拿着对讲机的工作人员就站在夏以桐身边，她一听秦翰林说的话，就知道又 NG 了。

"Action！"

场记打板，秦翰林盯紧监视器。

陆饮冰先补了个眼神，很快就过了。夏以桐则吊上了威亚，头朝下仰躺在空中看陆饮冰，镜头紧接着给了一个眼部特写：三分意外三分恐惧三分不出所料的得逞和最后一分名为爱慕的复杂眼神。

拍了三次才成功。最后一次秦翰林简直要拍案叫绝，演得跟真的一样，这小孩儿成精了吗？怎么那么会知道他心里在想什么呢！

陆饮冰看完回放，神情古怪地瞧着夏以桐。夏以桐若无其事地对上陆饮冰的眼神，一副"你别不信，我真的是表演出来的，我的演技就是这么棒"的样子。

秦导又让她们俩重新拍了一遍落水的镜头，推下水的动作变了一下，变成荆秀脚步不稳，又正好站在栏杆边，往后一撞，紧接着身子往后一倾，就要栽下去，在他身前的陈轻是他慌乱中不小心带到的，于是陈轻当头栽下去了，他险险地留在上面。

"陈……"荆秀的双臂在空中划过一道弧线，陈轻的手从他的臂弯中徒劳地落下，"扑通"一声。

秦翰林的声音响起："卡，过了。"

夏以桐再次变成落汤鸡从水里钻出来，嘴里直吐泡泡，她划拉着手臂到了岸边，身上还有威亚。面前出现了一双银面绣金的长靴，还有一只白皙、瘦弱却有力的手掌。

夏以桐看见手掌的主人，使劲抿紧了嘴唇，才没有暴露出自己现在已经开心得快飞起来的心情。

她把手放在了陆饮冰的手心，陆饮冰用力一拽，她便脚踩着岸边的岩石上去。夏以桐的头发上居然挂了一根水草，陆饮冰拿下来给她看的时候，夏以桐心说：幸亏是发套。

她的这场戏算是暂时过了，夏以桐舒了口气。

"听说这个水池偶尔会成为一些人的五谷轮回道场。"陆饮冰忽然幽幽地说，"你刚才是不是喝了几口？"

"哈？道场？"夏以桐被水砸蒙圈了，一时脑子都转不过弯，"有人得道成仙了？"

好不容易抛出个梗却并没有被接上的陆饮冰："……"

这人莫不是前阵子拍仙侠剧拍傻了吧？

陆饮冰默默地偏过头，不想和她说话。

"陆老师。"

"……"假装没听见。

"……我懂你的意思了。"

陆饮冰回过头，看着她的眼睛。

夏以桐抱歉地道："这个梗特别老，所以我一时没想到。"而且并不好笑。只是下一句夏以桐不敢说出来。

"……"陆饮冰站起来，面无表情地往水榭上走。

行了行了知道你年轻了，我这种老年人抛出来的梗真是委屈你死了一亿个脑细胞才想起来！

"陆老师！"夏以桐抛开身后正给她拿干毛巾擦头发的方茴，一个箭步跟上去。

陆饮冰扬声道："秦导，现在可以开始了吗？"

夏以桐听到要拍戏，只得停住脚，垂头丧气地回去坐着。

好在她那个地方的视野还算好，于是她专心致志地看陆饮冰拍下面呼救的戏。

一场落水的戏码反复拍了一个上午，今天刚穿上戏服在烈日里待了一天的夏以桐也感受到了日光的毒辣，动一下都汗流浃背，汗水沿着脖颈和手臂一直往下流，在厚重的衣服里发酵。

有树荫，有水榭，机器用遮阳布盖着，剧组的演员和大大小小的工作人员端着盒饭扎堆儿地往阴凉处挤，连一小块大石头的阴影都不放过。

夏以桐把戏服脱了，穿个短袖往树荫里一蹲，一边笑一边大口大口地扒起饭来，本来盛夏食欲是很受影响的，可架不住她今天心情好。

陆老师今天看见盒饭居然没跑？

陆饮冰倒是想跑，但是今天和昨天拍戏的地方不一样，这里没有休息室，她更不想冒着烈日走回去，不如就忍受一会儿，真的勇士，敢于直面咕噜噜叫的肚子，敢于正视别人家的盒饭。

陆饮冰背对着剧组，坐在远远的树荫下啃她的凉水涮青菜和完全没油的肉，闭着眼睛念念有词：

"这不是青菜这不是青菜，这是红烧肉这是红烧肉。这不是黄瓜这不是黄瓜，这是荷叶烧鸡这是荷叶烧鸡。"

……

"这不是凉水这不是凉水，这是冬笋乌鸡汤这是冬笋乌鸡汤。"

小西在旁边看得直心疼。她是看着陆饮冰减下体重来的，陆饮冰平时的饭量在女人中应该算是大的，只是她很喜欢锻炼，所以身材一直保持着很好的比例。现在每顿饭都不能吃饱，更不能去锻炼，本来的线条都没了，尤其是……

陆饮冰心里叹口气：也不知道拍完戏能不能养回原样。

餐后两块水果，是唯一有味道的东西，陆饮冰用舌头舔着吃了十分钟，那架势活脱脱八辈子没见过吃的似的。

等陆饮冰吃完的时候，剧组那边的工作人员早就吃完了，一个个寻地方午睡，有靠在树上的，有在草坪上随便铺块布把自己蜷缩起来的——不敢摊大字，毕竟占的位置太多别人就没地儿睡了，还有背对背靠在一起打盹的。阳光透过树叶的缝隙依然强有力地照射下来，再恼人的蝉鸣声也抵不住已经工作了一个上午的困意。

终于所有人都昏昏欲睡、东倒西歪起来。

方茴看夏以桐左右张望，问道："夏老师，咱们是回去睡还是在这窝会儿？我带了露营用的餐布，要不您将就一下？"

"嗯嗯嗯。"夏以桐口头答应着，人却一直没动。

"夏老师？"

夏以桐没动，口中道："好，这就睡。"

方茴："……"

那您倒是别看了，睡啊。

餐布铺好了，方茴半跪在草坪上，等着夏以桐午睡。

"夏老师？"

夏以桐这回不东张西望了，撑着下巴盯着一个地方看，一脸的笑意，哼哼着说："知道了，就睡。"

同样的对话已经是第三次了，方茴两个眼皮子直打架，不知道夏以桐哪来那么好的精神。但是她不睡，方茴就没办法睡，总觉得随时要有活干。夏以桐就她一个助理，以前跑通告的时候方茴跟着忙到飞起，不忙的时候也要随时待命，夏以桐不睡，方茴睡不着，这已经是条件反射了。

方茴顺着她的目光看过去，正是陆饮冰的方向，奇怪地问道："夏老师？你在看陆老师吗？"

"睡了！"夏以桐直挺挺地往后倒去，闭上了眼睛。

下午接着上午的戏拍，夏以桐第三次跳进了水里，不知怎么就想起陆饮冰说的那个老梗来，水里隐约弥漫着什么味道。

——听说这个水池偶尔会成为一些人的五谷轮回道场。

场记："Action！"

夏以桐皱着眉头从水底钻了出来。

"……卡，NG！"

片名　　　《逐光》
TITLE

卷号　　第七章 CHAPTER 7
ROLL

镜号　　误会
SHOT

这一下 NG 得猝不及防，秦翰林高声问："出什么事了？"

"没事。"夏以桐忙摇头道，"不小心呛了口水。"

她重新憋了口气，把脑子放空，沉了下去。

不知道是不是错觉，陆饮冰总觉得方才夏以桐幽怨地看了她一眼，心里奇怪地道："又不是我让她 NG 的，看我干吗？"

"Action！"

宫中的侍卫毫不迟疑地跳进水里，把陈轻捞了出来，她一身白衣被水浸透，面色惨白，一动不动地躺在地上，看起来就像死了一样。

荆秀一个箭步冲上去，拨开围在她身前的侍卫，伸手去探她的颈动脉。陈轻在水里泡了一炷香的工夫，颈间的皮肤却还带有温度，介乎凉热之间的体温和滑腻的触感几乎让指尖感觉陷进软玉里，没办法抽离。

荆秀没有心思去想这些，他的手指僵硬地顿在那里。

居然还有脉搏……

怎么会？

荆秀轻轻地吸一口气，险些将失态表现出来，他沉默了片刻，沉声道："把陈妃娘娘送回玉秀宫，速速宣太医。"

这一次没有将她置于死地，若是她醒过来，向父王告发他，该如何是好？

荆秀慢慢地转了转眼珠，站起身，手垂下来，远远地目送着侍卫把陈轻送走，嘴角自嘲地一勾。

一个不得势不受宠的皇子，告就告吧，反正生死都在别人手上，他能有什么办法？

荆秀撩起广袖一角，看向自己手腕上经年的伤疤，呆呆地，再释然地一展眉，背对着玉秀宫的方向，一抖长袖，也走了。

"人生得意须尽欢，失意呢？更得尽欢。"他摇头晃脑地自言自语道。

镜头拉远，荆秀的背影潇洒、随性，消失在假山后。

"卡，过了。"

夏以桐睁开眼睛，非常活泼地从侍卫的背上跳下来，几步就冲到了监视器前面，跟着秦翰林看回放。

秦翰林按下暂停键，指着一个地方问道："这里你为什么要动一下？"

夏以桐发现他说的是陆饮冰用手指探她脉搏的这个镜头："……我已经不记得了。对不起！秦导。"

"你怎么老是说对不起啊？NG啊，或者被我要求重来，都是很常见的，我看得出来你是在认真拍戏。"秦翰林笑道，"这就够了，不用这么紧张，把这些当作一次锻炼机会嘛，只有放松的心态才能拍出来好电影啊。"

"谢谢秦导。"

"现在你可以告诉我为什么要动吗？"

"啊，"夏以桐偷偷瞄了一眼陆饮冰，小声道，"我是真的不记得了。"她当时完全是下意识的反应，自己都没注意到。

偶像陆饮冰和她这么近距离的接触，还是第一次。

秦翰林注意到她的眼神，朝不远处喊："饮冰，你来一下。"

陆饮冰回了消息，把手机丢给小西，手遮着额头过来了，夏以桐立马双脚并拢站得笔直。

秦翰林对陆饮冰道："你碰她一下。"

陆饮冰笑吟吟地问："碰哪儿？"

秦翰林道："就脖子吧，她刚才那场戏有点紧张，估计是不习惯你的碰触。"

陆饮冰缓缓地伸手过去。

按在脉搏跳动地方的手指，比她的脖子还要凉。修长、干净，指尖皮肤细腻，连一点薄茧也没有，一落上去仿佛就要滑落下来。这只手在电影中夹过香烟、拿过手枪、爱抚过恋人的脸颊，现在正落在她的颈间。以后，这只手会摸上自己的脸，卡住自己的喉咙……

光是想想，夏以桐就激动得呼吸加快，心跳加速。

陆饮冰看着她低垂着眼睛，一脸含羞带怯的表情："……"

秦翰林托着下巴，道："好像还是有点紧张，你们俩去一边试去，五分钟后，重拍一条。"

陆饮冰收回手，背着双手走到了阴凉的地方。夏以桐愣了一下，连忙快走两步跟了上去。

"你这样不行。"陆饮冰转身面对着她，目光前所未有的严肃。

她让偶像失望了。这样的认知让夏以桐的心脏仿佛被一根针用力地刺了一下，差点当场涌出眼泪来，她深深地低下头，说道："对不起，陆老师。"

"你对不起的不是我，是你自己。这不是你的实力。"

夏以桐没吭声。

"你没入戏，为什么？"

"我……"

"抬起头看着我。"

夏以桐依旧低着头。

陆饮冰弯腰逼视她，却看见她眼眶里打转的泪水。自己不就是凶了她一句吗？不，还算不上凶，她哭什么？

"我见过不少被导演一凶就吧嗒吧嗒掉眼泪的女演员，还没见过被随便一个人说句重话就哭的演员，我又不是导演，不能让你NG重来，我只是在客观地帮你找原因，你哭什么？"陆饮冰语气不太好地说道。

与其这样哭哭啼啼，不如紧咬牙关，还能让她钦佩一点。

夏以桐听出陆饮冰话里不加掩饰的厌烦，连忙抬手擦了擦眼睛，着急地辩解道："我没有哭。"

"哦。"

陆饮冰的表情冷淡极了，夏以桐急了，叫道："你也不是随便一个人！"

陆饮冰看起来兴致缺缺，掀一下眼皮："哦？"

陆饮冰的不在意、漠视像是一把尖利的刀，翻开了太平表象下的皮肉。过往的每一个夜晚、每一个白天，只有自己知道的向偶像靠近的信念和努力都化成了尖刀，一刀一刀直往夏以桐的心口捅，刀刀见血。一股热血直冲向她的头顶，让她完全失去了理智，眼圈发红，冲陆饮冰吼道："你不是随便一个人，你不是！你不是！你是我的偶像！是我藏在心里很多年的偶像！我喜欢你，崇拜你，想要靠近你，成为你这样厉害的人！"

陆饮冰没防备，一下子被她吼蒙了，反应过来后立刻环视四周，已经有不少人的目光都聚拢过来了。

夏以桐说完就后悔了，恨不得给自己脑袋一榔头，等看到不断看过来的目光和面前陆饮冰无奈的眼神时，小声辩解道："我的意思是……我是你的粉丝，已经喜欢你很多年了，没有别的意思。"

"我当然知道了，不然还能有什么意思？"陆饮冰忽略掉忽然飞扬的心情，屈指弹了一下夏以桐的脑门，"居然敢吼我？从小到大还没有人敢这么吼过，你是第一个。"

"我应该感到荣幸吗？"吐露真心后，夏以桐放开了很多，居然还开起了陆饮冰的玩笑。

"是的，你应该。"陆饮冰没好气地道。

"那我就真的发自内心地觉得荣幸啦。"

"你是荣幸了，可刚刚的情景要是被人拍下来传到网上，再配一个我的冷脸图，你就会被骂得狗血淋头，被编排成故意捆绑我炒热度的戏精。"

夏以桐咧开嘴，笑得一脸阳光："没关系，我不在乎的，被骂习惯了。"

"你……"陆饮冰无语。

夏以桐说："女神，我跟你解释一下，我刚才不是故意不入戏的……"

"你叫我什么？"

"女神啊。"

"可拉倒吧，现在什么人都能叫女神，你还是喊我陆老师，这次看在你是我粉丝的面子上，我再跟你试一次，你要再敢出戏，别怪我家法伺候。"

"家法？"

"你不是'碎冰冰'吗？"陆饮冰道，"碎冰冰"是她的粉丝自己取的代号，听着就很凉快，还很好吃，她喜欢。

夏以桐赶紧点头："好的，陆老师，我知道了。"

"我要来了。"陆饮冰伸出右手，探向夏以桐的脖颈。

夏以桐一脸就义的表情："来吧。"

第二条顺利地过了，接下来两个人都没戏份了，陆饮冰虽然觉得热，却一直留着没走，继续看配角拍戏，陆饮冰不走，夏以桐自然也不走，而且她现在有了粉丝的身份，赖在陆饮冰身边赖得光明正大。

第二天《娱乐星播报》头条放出《破雪》剧组开机第二天陆饮冰和夏以桐在树荫下的路透图，配标题"尴尬！夏以桐片场追星陆饮冰：我是你的粉丝！陆老师一脸蒙！"

评论区果然没什么好话，将火力都对准了夏以桐。

夏以桐是在重新拍完第二条戏后才反应过来自己刚才做了什么的，她居然……不顾及场合，当着那么多人的面，对陆饮冰说"我喜欢你，崇拜你，想要成为你"？就算陆饮冰的粉丝无数，也不能在需要入戏的时候，这么直白地喊出来啊，自己太不专业了！她的脑子刚才大概被驴踢了吧。

除了尴尬还是尴尬，无尽的尴尬，还有对自己不专业的羞愧。

夏以桐拿眼角的余光打量着在不远处坐着的陆饮冰，拍完戏陆饮冰就脱了戏服，仅着里面的私服，白色七分裤、深蓝色的缎面衬衫，很寻常的打扮却透出一股不同常人的气质，腕上的百达翡丽表盘在阳光下闪耀着细碎的光芒。

陆饮冰的坐相不太好，只见她懒散地靠在椅背上，随意地将一条手臂搭在扶手上。小西给她拿着剧本，陆饮冰一边看，一边将目光投向正在拍戏的配角演员，嘴唇不断地开合，仔细看她的口型，似乎是配角的台词。时而因为对方的出色表演而露出惯常的慵懒的笑容，嘴角微弯。天边的云霞一寸一寸跌落下来，在她身后洒下半透红的余晖。

夏以桐一脸平静地望着陆饮冰，内心则波澜壮阔，赞叹不已。

一道炽热的目光从下午一直注视自己到现在，陆饮冰装作不经意地回头，正好撞上夏以桐来不及躲避的目光，陆饮冰意味深长地冲她一笑，叫来小西，在小西的耳边说了一句话。

然后夏以桐就看到小西朝自己走了过来，她紧张得快要站起来了。

小西笑容满面地道："陆老师说，再看要收钱了。"

夏以桐当真了，问："收多少？"

小西"噔噔噔"地跑回去问，陆饮冰大约没见过这么耿直的人，沉默了一会儿，道："你就跟她说，按照广告代言的费用收。"

小西乐了："好的。"

夏以桐攥着拳头估算了一下自己的身家，展开拳头比了个五，大眼睛忽闪忽闪的，可怜兮兮地望向陆饮冰，用口型道："……只能看五分钟，通融一下行不行？"

小西："……"

陆饮冰轻轻吸了一口气，猛地站起来，走了过来。夏以桐仰起头看陆饮冰，只见她伸出一只手，在自己的发顶用力揉了一把，又走回去了。

"不要你的钱，扯平了。"陆饮冰丢下一句话。

夏以桐拉过还没来得及走的小西，道："你帮我问问陆老师，这样的交换能不能多来几次？"

陆饮冰听到小西的传话，错愕地睁大了眼睛：这个小朋友，还学会蹬鼻子上脸了？

小西没再回来给夏以桐答复，夏以桐一颗滚烫的心也慢慢凉了下去。也是，她一个粉丝凭什么要求陆饮冰回应她这些乱七八糟的要求呢？

"今天不是比昨天好太多了吗？陆饮冰都知道我是她的资深粉丝了。"夏以桐劝自己，"做人要学会知足，别净想着一步登天。"她很快又变得乐观起来，把注意力集中在片场。

现在拍的是楚王听宫人禀报陈妃落水一事，下令彻查。然而陈妃未醒，暂时无从查起，楚王龙颜大怒，摔了玉秀宫里好几个花瓶，内侍跪在地上瑟瑟发抖。

夏以桐想了想剧本上的内容：落水事件之后，荆秀被人揭发，禁足待办，前往江南赈灾一事也被搁置，另派人选。而被派去江南的五皇子荆旻却离奇地死于宫外，看上去颇为蹊跷。如果去的是六皇子荆秀，那么死在外面的人会不会就成了他？

陈轻是料事如神刻意为他解围，还是机缘巧合保住了他的性命？

这肯定不是巧合啊！只有一般的编剧才会拿一个一个的巧合说事！夏以桐翻到剧本后面揭开真相的部分，虽然已经看过这个剧本好几遍了，她还是看得十分投入，连陆饮冰投过来的视线都没发觉。

陆饮冰觉得夏以桐这个人真奇怪，一会儿对自己热情如火，一会儿又爱搭不理。本来想问她是否回宾馆的陆饮冰别过了脸，心说："不理我就算了，谁稀罕啊？"

于是陆饮冰起身提前回了宾馆。

夏以桐揉着眼睛看完了剧本结尾部分，抬头一看，原本坐着陆饮冰的那个座位早就空了，连助理都没剩下，她四处望望，抓过一个工作人员，问："陆老师呢？"

"回去了。"

"什么时候？"

"走了有十分钟了吧。"

"我知道了，谢谢。"

夏以桐站在原地，叹了口气，望着天边已经沉落的夕阳，自嘲地笑笑。她决定先修复一下自尊心再回去，最好的修复办法就是干体力活。

秦翰林："卡。反光板举高点，再来一条。"

反光板果真举高了点，一双笔直的白腿露在下面，秦翰林挠了挠后脑勺，一脑袋问号，走过去一看，夏以桐正冲他笑，牙齿又齐又白："我闲着没事，帮帮忙，顺便学学怎么演戏。"

秦翰林也笑了："你这不但负责演戏，还要负责做苦力，你们公司要是投诉我，说我秦翰林压榨演员，可怎么办？"

"没事儿，我一人担着。"

秦翰林笑着走开了，场记员就站在夏以桐身边，喊："Action！"

这么近距离地感受拍摄现场，也是融入电影的一种方式，夏以桐自认不是一个聪明的人，但她足够努力，愿意赌上一切，坚信总有一天，她会得到想要的。

她眼底的阴霾渐渐散去，有阳光涌进来，眼睛一瞬间就焕发出不一样的光彩来。

夏天天黑得晚，剧组拍到七点暂时收工，夏以桐没等派盒饭就带着方茴先走了，一路上她都心情飞扬，不知道的还以为她中了彩票呢。

方茴忍不住问道："夏老师，您怎么这么开心？"

夏以桐笑着转了个圈，一手握着另一手，冲着前方街道旁的房子"biu"了一下，对着用手比成的枪口潇洒地吹口气："去请陆老师吃饭。"

"哦。"方茴一脸欲言又止的表情。

夏以桐鲜少见她有心事，笑问道："怎么了？苦着脸干吗？有话就说，有问题我帮你解决。"

方茜肚子里统共就那么点空间，还都用来放吃的了，根本藏不住事，她支支吾吾地道："夏老师，您……没看娱乐新闻吗？"

夏以桐突然停住脚，没回头。

方茜看着她的背影，低声说："网上有您和陆老师的路透……说你为了蹭热度，跟陆老师喊你是她的粉丝。"

夏以桐转过脸，眯了眯眼睛，透露出一丝危险的气息，望着她："我本来就是她的粉丝啊，你难道不知道吗？"

"是……我当然知道，但、但是……"方茜没见她这么严肃过，有点怵，声音低不可闻，"网友们不知道啊，而且你当着那么多人的面大声喊出来，多少让人觉得别有目的，评论说得……不太好听。"

夏以桐沉默下来了。

陆饮冰是个实打实的实力派，向来讨厌捆绑营销这类伎俩，开机时已经有过一次了，这又来一次，陆饮冰还会相信自己是无心之举吗？而且总被这样炒作，也会影响陆饮冰的形象吧。难怪她连招呼都不打一个就回去了。

夏以桐静静地垂下眼帘，眼底情绪复杂。

良久，她轻叹一声："走吧。"

"那请吃饭的事儿……"

"不请了，陆老师节食呢，我们订外卖吧，晚上我得看剧本。"

……

宾馆六楼，陆饮冰的房间内。

iPad上炸了个满堂彩，陆饮冰靠着稀里糊涂的打牌手法总算赢了一盘斗地主，可她的心情没有一丝一毫的波动，眉眼处隐隐浮动着说不出的焦躁。

"不打了，拿开。"

小西瞥一眼陆饮冰的臭脸，心惊胆战地把iPad移开，收好，放到桌子上。

"几点了？"陆饮冰问。

"晚上八点。"

"刚才有人敲门吗？"以前不拍戏的晚上夏以桐都是定点来报到的。

"没有。"

"你拿我的手机问一下秦翰林，夏以桐还在不在片场？"

小西听话地给秦翰林发了条微信消息,秦翰林估计是在休息,回得很快,还发的语音,小西开了公放:"肘啦,丫个小时前就肘啦。"

"再放一遍。"陆饮冰说道。

"肘啦,丫个小时前就走了。"

"再放一遍。"

秦翰林的港普在房间里久久地回荡着。

陆饮冰听够了,冷冷地吐出一个字:"好。"

好你个夏以桐,很好,特别好。

小西忐忑地望着她,试探着问道:"要不要我下楼看看夏老师在不在?"

"不准去!"

小西,今年二十五岁,就读于国内知名高校,从小就立志要进演艺圈,奈何她不具备当明星的颜值,也不齿于做狗仔跟踪之事,于是退而求其次,毕业以后荡平千军万马,一骑绝尘,杀进了陆饮冰工作室。一年后,正巧陆饮冰原先的助理辞职回家,表现优秀的她就被薛瑶拨给陆饮冰当助理,至今已有三年。

彼时陆饮冰已成名多年。在小西的心里,陆饮冰应该是这样的:在灯光朦胧的夜晚,两腿优雅地交叉在身前,修长的手指握着精致的高脚杯,轻轻摇晃一下,整间房子便溢满了来自法国某庄园醇厚红酒的芳香。

现实也的确是这样。灯光是真的,红酒也是真的,红酒旁摆放的 iPad 更是真的。

"不准去!"陆饮冰制止她。

"好的,小姐姐。"

"我要看剧本。"

"好的,剧本在这里。"

这是八点的时候。

"几点了?"

"八点半。"

"有人敲门没有?"

"没有。"

"几点了？"

"回小姐姐，十点，没人敲门。"

"你还学会抢答了？"陆饮冰横了她一眼，站起来，拉开门，在走廊里转悠了一圈。小西伸长了脖子张望，谁知道陆饮冰又回来坐下了，"我要看剧本。"

小西："……"

剧本不就在您的手上吗？

第二天上午陆饮冰没戏，不用早起去化妆，按照往日的习惯她要么继续琢磨剧本，要么上网筹备她自己的事，不到十二点绝不会关灯睡觉。这天晚上，她破天荒地早早抛开了剧本，电脑也没打开，洗澡、上床，一切结束也才十一点。

陆饮冰闭上眼睛说道："晚安。"

小西站在门口给她把灯关了，道："晚安。"

晚上陆饮冰做了个梦，梦见自己在前面走，夏以桐在后面追，可她根本跟不上，在后面又哭又喊："陆老师，我错了，我不该不去敲你的房间门，我昨天是因为blablabla……请你原谅我。"

画面一个闪现，夏以桐跪在腿边，哭哭啼啼地哀求，陆饮冰居高临下地望着她，手掌在她毛茸茸的发顶摸了一下，心里特别高兴，神色却装得特别勉强："算了，下不为例。"

夏以桐如蒙大赦，激动地道："我再也不敢了！绝对没有下次！嘤嘤嘤……你不要不理我……"

"嘿嘿嘿……"

第二天早上，小西抱臂站在床沿，闭着眼睛，手指在额头、胸口、左肩、右肩各点了一下，心里嘀咕着："这不是真的，这不是真的，陆老师没有做梦傻笑，这是我的幻觉，都是幻觉！"

再睁眼，只见陆饮冰一边脸贴着枕头，另一边脸颊肉嘟嘟的，红润润的，还荡漾着笑。

小西抬头望天花板，嘴里念道："隐藏着黑暗力量的钥匙啊！请在我的面前显示你真正的力量！与你定下约定的小西命令你——"她一手高举，仿佛真的手举魔杖，随后魔杖落下，点向陆饮冰的头顶，"封印解——啊，陆老师早上好！"

小西的手一松，魔杖在空气中消失了。

"你在干什么？"

陆饮冰睡眼惺忪地坐了起来，抓了抓睡了一晚上显得有些凌乱的长发，把它们拨到身前，再将已经滑到手臂处的睡衣肩带拉好，两道横直的倒八型锁骨因为消瘦显得格外突出。

小西面不改色地道："我过来帮你拿今天的衣服。"她才不敢叫陆饮冰起床呢，陆饮冰有起床气，要是没睡够被叫起来，一整天都会心情不好。

"哦，"陆饮冰睡饱了，身体舒服，心情也好，那个梦让她更觉得愉快，"几点了？"

"七点。"

"嗯，我去洗漱。"

掀开被子，一双白嫩的长腿滑了出来，踩进床边摆放整齐的拖鞋里，陆饮冰走过去的时候，小西闻见了她身上清新的强生婴儿痱子粉的味道。

一个小时后，陆饮冰穿戴整齐出门，脸上身上抹了三层防晒霜。一出门太阳就无比嚣张地散发着它不把人脱下一层皮誓不罢休的热力，炙烤着大地，一滴汗水落到地上立刻蒸发得毫无痕迹。

蝉鸣没完又没了。

等走到片场，陆饮冰已经出了一身的汗，她没坐下休息，而是偏头对小西窃窃私语："看一下夏以桐来了没有？"

小西非常淡定地接受了关于夏以桐的事她都要做中间人的事实，两道犀利的目光在片场扫射，终于在一台机器后面看到了绑着马尾的夏以桐。

夏以桐穿着 T 恤、长裤，一头长发扎了起来，秀鼻樱唇，年轻得像个初出茅庐的高中生，掩藏在人群当中，谈笑风生。要不是那张出众的脸和后天培养出来的明星气质，谁也看不出来她是现如今最当红的明星。

小西给陆饮冰指方向，小声道："那儿呢。"

陆饮冰看着就气不打一处来。

那个推机器的小哥是马王爷长了三只眼，还是哪吒有三头六臂，有那么好看？每天来了就往那儿钻？看把你能的，那么喜欢推机器就推机器去啊，当什么演员？

可把你牛坏了，要不要起来又会儿腰？陆饮冰在心里恶狠狠地吐槽道。

然后夏以桐真的站了起来，她似乎是累了，又会儿腰歇歇。

陆饮冰微微睁大了眼睛：你一个明星不知道注意一下形象吗？

夏以桐其实是刚跑过来的，推机器的小哥笑着道："体力不行了吧？刚来一会儿就喘。你不是下午还得拍戏吗？听哥的，别跟这儿忙活了。"

"反正我也没事，先待会儿，等下去秦导那儿看看拍摄。"

夏以桐的额头上滚下一滴汗，如芒在背。

她远远地就看到陆饮冰了，特地赶在陆饮冰进片场之前钻进了这里。她怕自己出现在陆饮冰面前，场面会很尴尬。

既然如此，唯有尽可能远离陆饮冰，缓缓再说。

陆饮冰坐在助理中间，冷静地想：昨天她还好好的，对自己礼貌有加，甚至还有一点着怯，说是自己的粉丝，今天忽然变成这样，难道是出什么事了？身为合作拍档，去问一下也是基本的礼节。

陆饮冰给自己找了个台阶，把水杯递给小西，心安理得地朝夏以桐走了过去。

"夏以桐。"

夏以桐身体突兀地一僵，握着扶手的手一顿，拍了拍身上的灰尘，站了起来，目光极快地掠过陆饮冰一眼，乖巧而不失礼貌地问好："陆老师。"

"你出什么事了吗？"陆饮冰看着夏以桐化得比昨天浓的眼妆，压了压积攒了一夜的怒火，好脾气地、温柔地问道，"昨晚没睡好？"

"嗯，看剧本看晚了。"

"没别的事？"就只有看剧本？陆饮冰的心沉了一下。

夏以桐温和地一笑："还能有什么事？"

陆饮冰静静地望着她，深邃的眸子里似有千言万语："你没忘记什么事吗？"

夏以桐看懂了。她没忘记，她当然没忘！可有些事她不能任性，正因为知道演员这个职业备受关注，所以她更不能影响陆饮冰长久以来树立的正面形象。

夏以桐垂眸良久，抬起头回望着她，认真地回想了一下，摇头："没有，我什么都没忘。"

她的表情无懈可击，充分展现了她的演技。

陆饮冰看了她许久，点头，往后退开半步，这半步仿佛将这些天她们的情分退回了原位，甚至更远。

陆饮冰的语气疏离："那是我记错了，抱歉。"

夏以桐注视着陆饮冰决然离开的背影，嘴角飞快地弯了一下，舌根却全是苦味。她从来没有这么庆幸过自己是个演员，也从来没有这么痛恨过自己是个演员。

夏以桐蹲下身推机器，看了一眼陆饮冰的方向，发现陆饮冰背对着自己，才轻轻揉了一下眼睛。

推机器的小哥一见，立刻说道："我就说这里灰尘大，你非不信，迷眼睛了不是？小姑娘家家的，去一边休息去，你不是说要找秦导吗？还不快去？"

"我……"

小哥作势要轰人："去不去？不去我要轰人了啊。"

夏以桐低落的心情稍微上扬，她捂着脑袋往一边跑，边跑边笑道："知道了，现在就走。"

陆饮冰的听力从来没这么好过，隔了十来米远的笑声都能轻而易举地钻进她的耳朵，刺耳得很。

秦翰林刚拍完一场戏，陆饮冰冲他遥遥抬手打了个招呼，于是汗流浃背的秦翰林屁颠屁颠地就跑过来了，一点不见外地嚷道："冷气扇，让我吹吹。"

陆饮冰把位置让给他，自己搬个小马扎坐旁边。

秦翰林呼呼吹了一会儿，叫了一声"爽"，然后才后知后觉地问："怎么了？这么不开心，有什么不高兴的事说出来让我高兴高兴？"

陆饮冰瞪着他，浑身散发着冷气。

秦翰林讨了个没趣，哈哈干笑两声："开个玩笑嘛，你跟要吃人似的。"

陆饮冰撇了一下嘴，不想理他。

秦翰林自顾自地问："小夏在那边儿呢，你两不搭一下下午的戏？"

哪壶不开偏提哪壶。陆饮冰慢慢抬起眼睛，里面暗流涌动，危险重重。

秦翰林两手护肩："你干吗这样看着我？我告诉你，我可是很厉害的。"

"冷气扇还我。"

"喂，我还没吹多久呢。"

"还我。"

由于嘴贱，秦翰林遂被赶走。

陆饮冰登上了微博，热搜搜索栏赫然写着夏以桐的名字，等陆饮冰反应过来的时候，手指已经点进去了，综合榜第一条：尴尬！夏以桐片场追星陆饮冰："我是你的粉丝！"陆老师一脸蒙。

点开内容和图片，正是昨天下午夏以桐说是陆饮冰的粉丝的那张路透图。

昨天还说是自己的粉丝，今天就和陌生人一样，陆饮冰在心里冷笑：想必这粉丝也就是随口说说而已。演艺圈没那么简单，你怎么就那么单纯地信了这么一个人呢？

我桐年纪还小，没心机，说话一向没什么顾忌，可能有些失当，请大家多包涵，不要随便人身攻击，互相理解。3304【赞】。

陆饮冰用小号回复：

我是一个粉刷匠 L 回复 @小桐粉丝团：你桐是挺没心机的，没心机一来就忙着和各种工作人员搞好关系，真是好清新脱俗的没心机啊，要不要给她立个单纯牌坊【摊手】？

营销号一向会添油加醋，请各位理智，不要和"碎冰冰"互相攻击，文明发言，比心。2287【赞】。

我是一个粉刷匠 L 回复 @小桐今天发微博了吗：不好意思，这次还真没添油加醋。

我是一个粉刷匠 L：只有我一个人觉得我陆脸上不只是蒙，还有尴尬和难堪吗？

可不是吗？自以为是，又尴尬又难堪。

陆饮冰面无表情地发完这条回复，退出微博，彻底把夏以桐清除出自己的大脑。

今天下午拍的不是两个人的对手戏。陈轻经过太医的救治，从昏迷中苏醒，对其极为疼爱的楚王决意要将此事查个水落石出，在他的一再逼问之下，陈轻虚弱地仰躺在榻上，张嘴吐出了一个名字："荆秀。"

楚王一听是自己的亲儿子干的，面露难色，可骑虎难下，他大袖一挥："宣六殿下。"

内侍下去通传。

荆秀身着雪青色锦袍，头戴金冠，风姿卓然地进来了。

"儿臣，秀，"荆秀提起下摆，单膝屈地，"叩见父王，见过陈妃娘娘。"

楚王甚少见到自家儿子脊背如此挺直的时候，愣了一下，才面色冷峻地道："起来。"

荆秀缓缓起身，垂手立在楚王跟前。

楚王坐在紫檀椅上，端过内侍倒的茶，喝了一口，问："你可知罪？"

荆秀："儿臣不知。"

楚王猛地将茶盏一掷，滚烫的茶水泼在荆秀肩侧，洇湿了一片，茶盏跌落在地上，碎成了几瓣。楚王大怒："你个逆子！居然敢谋害孤的妃子？"

荆秀抬起眼睛，眼瞳漆黑，其中闪烁着恍若孤海上飘来的一丛闪亮星火，熠熠生辉："儿臣只是杀一名姑臧派来的妖女，永绝后患，以利江山社稷，何罪之有？"

陈轻听后脸色一白，哀哀凄凄地喊："王。"

"大胆！"楚王把另一茶盏也扔了下去，这一下正中荆秀的头顶，血立刻从他的发丝间渗出来，"给孤跪下！"

荆秀再次跪下，脊背却比站着时挺得更加笔直，脊柱如枪，身姿清荣，正如玉秀宫院中不分四季寒暑探向天顶的那簇紫竹。

"来人，把六殿下带下去，禁足三月，听候处置。"

楚王扶起陈轻，让她靠在自己怀里，柔声安慰道："别与他一般计较，他啊，就和他那个母亲一样……"

耳边忽然传来一阵躁动，楚王转过头，只见荆秀被侍卫死死地拦着，他一向温和的脸上此时面色狰狞，太阳穴青筋暴起，眼睛里全是愤恨和泪水："荆朝恪，你不配说我母亲！"

楚王突然站起来，气急败坏地道："快把这个逆子给我带下去！"

"卡。"

　　随着秦翰林的一声"卡"，工作人员立刻上去解开陆饮冰的头发，把里面和脸上的血浆一并擦干净。秦翰林关切地问道："怎么样？疼不疼？"

　　陆饮冰接过工作人员手里的湿巾，自己对着镜子擦脸："还行，需要再来一条吗？"

　　"那就再来一条。化妆师，来给陆老师补个妆。服装师，过来吹干衣服。"

　　那厢夏以桐刚从演楚王的演员怀里转移到床上，反正要重来一条，她统共也就一句台词，躺在床上算了，免得起来还要见到陆饮冰。

　　感到逃过一劫的夏以桐内心惴惴不安，她总觉得自己似乎做错了什么。尤其当陆饮冰补完妆后，一个眼神都没向自己投过来的时候，这种感觉更加重了。

　　"Action！"

　　"儿臣只是杀一名姑臧派来的妖女，永绝后患，以利江山社稷，何罪之有？"陆饮冰一字一顿，铿锵有力。

　　永绝后患！夏以桐心中忽然一震，目光不由自主地看向陆饮冰，只见她面色冷硬，一脸决然，不留任何余地。

　　"卡，重来。"秦翰林脸色不太好，问，"夏以桐，你的眼睛往哪儿看呢？"

　　夏以桐慌忙收回视线，双手合十："抱歉，走神了。"

　　"再走神一会儿不给饭吃，再来一次。"

　　……

　　接下来这条顺利过了，秦翰林给陆饮冰补拍了几个受伤的镜头，让工作人员准备放饭。陆饮冰冲秦翰林淡淡地点一下头，按照惯例进自己的休息室躲避盒饭的香气。

　　"等一下。"秦翰林叫住陆饮冰。

　　"有事？"

　　秦翰林认真地说："有事。"

　　接着他冲夏以桐的方向叫了一声，陆饮冰一看夏以桐走过来就想跑。秦翰林拉着陆饮冰胳膊不放她走，喝道："你给我站住！"

　　两个人面对面地站住，夏以桐的目光躲闪，陆饮冰一脸漠然。

　　秦翰林说道："我不管你们闹什么矛盾，赶紧，赶紧给我解决了。五分钟，我要看到你们手拉着手出现在我面前，当然你们要是拥抱我也不介意。"

陆饮冰："……"

夏以桐："……"

五分钟？开什么玩笑？陆饮冰首先浮现出来的是这么一个念头，她压根不觉得她们之间有什么矛盾，本来就是不相熟的演戏搭档而已，没什么关系，不在乎也就不会闹矛盾。

当然，如果夏以桐有什么话要说，陆饮冰秉承着中华传统礼节，愿意给她五分钟时间，洗耳恭听。

五分钟？她要说什么？她能说什么？这是夏以桐的想法，事情好像被她搞复杂了，她也不知道该说什么了。

她迷茫地想：如果陆饮冰问她为什么性情大变，为什么忽冷忽热，自己该怎么回答？本来就不聪明的脑袋一团乱，她只想缓缓再说。

秦翰林比了一只手掌，再次强调道："五分钟啊，你们去休息室，一会儿我去敲门。"

休息室内，偌大的空间只有夏以桐和陆饮冰两个人，空调把一道又一道的冷气吹出来，让屋内的空气更加凝固。陆饮冰坐在沙发上，夏以桐抄了把凳子也坐着，相对无话。

时间过得快还是过得慢？陆饮冰将眼角的余光落在腕上的手表上，是快的，两分钟过去了，对面的人如同一只被缝上嘴巴的布娃娃，闭口不言。

夏以桐恍惚着，拿出手机一看，居然已经过了一半时间，她什么都还没说，毕竟陆饮冰什么都没问。

夏以桐偷偷看了陆饮冰一眼，陆饮冰冷着脸不说话。

倘若人心不是隔着肚皮，倘若有一样仪器可以透过冷漠的表象看到内里滚烫的真心，二人就会发现她们所在意的事情是同一件事，而且这事根本不值一提。

总要有个人先开口。

陆饮冰算了算，时间差不多了，问道："秦翰林说让我们手拉着手出去，你听见了？"

"嗯。"夏以桐点点头，心里升起了一丝希望，只要陆饮冰再说一句话，她就向陆饮冰认认真真地道歉，跟陆饮冰说出自己的担心，以后自己也会小心一点，再小心一点，一定不让人偷拍到，不再引起不必要的讨论。夏以桐的眼眸中仿佛漆黑海面上飘来了一粒星火，轰然生辉。

陆饮冰虽然奇怪于夏以桐一瞬间亮起来的眼睛，还是定了定心神，按照自己想好的话往下说："我不知道你为什么这样，当然也没有兴趣知道，但我们现在还是拍戏搭档，我认为不该这么毫无交流，否则会影响后面的拍戏质量。你觉得呢？"

夏以桐眼里的光倏地暗淡了下去，她垂下眼帘，良久，抬起眼睛直视着陆饮冰，平静地道："陆前辈说的是。"

"我相信你的演技。"陆饮冰向她伸出一只手，礼貌地微笑，一副公事公办的口气，"合作愉快。"

夏以桐看着陆饮冰的手，那只手白皙、修长、骨节分明，昨天在拍落水戏的时候还在池边拉起过她，握住她手掌的时候十分有力，她一直想再试一次，没料到机会这么快就来了。

夏以桐反握住陆饮冰的手，回了陆饮冰一个得体的笑容："前辈合作愉快。"

达成了新型合作关系的两个人依旧无话，在休息室里枯坐，秦翰林晚了一分钟来敲门，是夏以桐开的门，陆饮冰紧跟其后。

秦翰林一脸期待的表情："怎么样？矛盾解决了吗？"

陆饮冰道："解决了。"

"那你俩手拉手给我看看？"

两个人对视一眼，同时扬起一抹笑容，两只手交握在一起，秦翰林信以为真，笑道："这就对了嘛，手拉手，你是我的好朋友。"他又叮嘱道，"你看看你们多大的人了，还要我来管，好好处啊，不许闹矛盾，有事一定要说开。"

夏以桐说："知道啦，谢谢秦导。"

陆饮冰"嗯"了一声。

这件事就算是揭过去了。

秦翰林一走，两个人又互相看了一眼，夏以桐说："我去吃晚饭。"

陆饮冰："嗯。"

两只手也就此分开，两个人走到了互相看不见的地方。

小西的眼神好，见到两个人手拉手，以为和好了，又一看陆饮冰的表情，明白了：不是那么回事。

"小姐姐，斗地主吗？"小西捧过来 iPad。

"不玩，看剧本。"陆饮冰头也没抬。

斗地主都没办法拯救的情绪，那一定是很糟糕的情绪了。

小西心里一声长叹，环视一周，眼见着盒饭都送上来了，陆老师居然都没觉得肚子饿。

她刚这么想着，陆饮冰"唰"地一下站起来，用一副"我是谁？我为什么会在这里"的茫然表情，看向小西："开饭了为什么不叫我回休息室？"

"……"小西心想：以前都是你自己掐着饭点前就躲进去了呀？我怎么知道，敢情你刚才都在放空吗？

陆饮冰躲进了休息室，不管外面洪水滔天。

小西也有点无奈，女生之间闹点小别扭很正常啊，怎么还记上仇了呢？她和小姐妹之间有时也闹别扭，但她心大，转头就忘了。两个小姐姐果然都不是一般女生，是女神。

晚饭结束，工作人员来敲陆饮冰休息室的门，说可以出发了，去下一个拍摄棚。

晚上夏以桐没戏，陆饮冰有一场，发生在宫里，涉及动作戏，本来比较折腾，再以秦翰林吹毛求疵的个性，轻易是不会收工的。

布景、灯光匆匆扒了几口饭，就去城楼就位了，一段宫墙下乌泱泱的全是人头。副导演在指挥安排工作，陆饮冰换好了衣服，闭着眼睛在一旁补妆，顺便小憩一会儿。

这段剧情发生在荆秀监国以后。电影常常不会按照剧情顺序来拍，而是根据场景，一个地儿拍完了再赶赴下一个地方，等宫里的内景拍得差不多了，剧组就要飞往某省沙漠，在那里待上三个月拍外景，荆秀人生的转折、一生的悲剧也发生在那里。

陆饮冰套上了一开始穿过的那套玄色蟒服，满头青丝用金冠束起，一根同样质地闪着金属光泽的铜簪插入发中，朱色缨带自耳后自然垂落，红缨映着雪白的肌肤，衬得眉眼分外好看。此时陆饮冰正习惯性地按着腰间悬挂的镶金镶玉的佩剑，和秦翰林在说话。陆饮冰在夜色中就这么站着，远远的听不见声音，却依然夺去了夏以桐所有的注意力。

陆饮冰抬眼看过去，正好撞见夏以桐来不及收回的眼神。

陆饮冰微不可察地皱了一下眉头，然后展眉，回以笑容，看向面前的秦翰林。

秦翰林以及所有工作人员清场完，退到一边，举手示意场记，场记拿着场记板过来，走到空旷的宫殿外面，望着摄像机："《破雪》第十四场一镜一次，Action！"

摄像给远景，再调近，一队人敲敲打打地跑进镜头，口中喊着："风雨如晦，朝野满盈，人定，亥时。"

这队人是皇宫里类似宫外更夫的角色，一下子就把天下飘摇的场景代入进去了。夏以桐坐直了，再一次庆幸第一次拍电影就遇到了秦翰林的团队。

这群人绕着宫墙跑了一圈，出了镜头，秦翰林看着监视器，头也不抬，挥了一下手，示意陆饮冰可以上了。

陆饮冰背负双手，慢慢从灯光晦暗的殿下长廊里走出来，身后跟着两名身着官服的配角。

摄像助理早早地在地上趴好，推着摄像头匍匐前进。

灯光助理举着反光板缓缓地移动着。

一名配角说："殿下，柔然使臣已经到达多时，数次派人询问，殿下何时召见？"

"卡，"秦翰林喊，"××偏离镜头了，重来。"

××是这名配角的名字。

于是重来，摄像助理回到原位，拍拍身上的尘土，继续趴下，等待导演的一声令下。他没等到导演的话，却等来了一道幽深的目光。

陆饮冰盯着他，面色不善。

推机器的小哥挠了挠后脑勺，左右看看都没人，陆饮冰的确是在看自己。

小哥："……"

片名　　《逐光》
TITLE

卷号　　第八章 CHAPTER 8
ROLL

镜号　　装着心愿的许愿瓶
SHOT

小哥被这一波眼神攻击弄得丈二和尚摸不着头脑。他诚恳地把自己今天从早到晚的所有行为举止都反思了一遍，愣是没想起来自己有什么事招惹了这位陆老师。

他兀自惴惴不安，陆饮冰却忽然对他露出了一个笑容，在摄像小哥看来，这就是赤裸裸的意味深长，顿时更加慌张了。

然而陆饮冰只是为自己的迁怒表示抱歉。

"《破雪》第十四场二镜，Action！"

又开始拍摄了。

夏以桐接过方茴给她买来的冰激凌，拆了勺子，挖了一口含进嘴里。香草味，很好吃。借着灯光记下牌子，她想，等陆饮冰节食结束，再买给她吧。她想着想着，味同嚼蜡，不知道还有没有那个机会了。

夏以桐猛地打了一个激灵，几乎把手里的冰激凌打翻，事情究竟是怎么到现在这步田地的呢？从昨晚到今天的记忆仿佛喝醉酒般齐齐断了片儿，什么都想不起来了。

——陆老师说，再看要收钱了。

——收多少？

——按照陆老师广告代言的费用。

——只能看五分钟，通融一下行不行？

——不要你的钱，扯平了。

夏以桐摸上自己的发顶，昨天陆饮冰亲昵的举动还在眼前。她到底做了些什么啊？

陆饮冰本来就和她没什么关系，是她自己好不容易靠近心中的偶像，硬要巴上去的，人家好不容易愿意对她亲近一点儿，她又自以为是地要保护对方，不过是妄自尊大和自作多情罢了。

……

方茴也没怎么见过拍电影，这还是头两天，新鲜感还在，看得是津津有味，乍一转头，看见夏以桐连冰激凌也不吃了，低头"啪嗒啪嗒"地掉眼泪，吓得赶紧站起来，挡住了别人的视线。

她对着身后小声地提醒："夏老师，夏老师，这儿还很多人呢。"同时警惕地看向四周，虽然天黑，但也得以防万一。

夏以桐抹抹眼睛，过了一会儿，低声道："好了，你可以坐下了。"

方茴坐下来。

"夏老师。"她想了想，还是开了口。

夏以桐低着头："嗯？"

"你是不是……和陆老师闹矛盾了？"

"没有。"

"但你今天……"

夏以桐沉默片刻，忽然爆发出来，两只手捂住自己的脸，用力地揉搓着，压抑地低低叫道："我今天就是个神经病！"

方茴："……"她象征性地拍拍夏以桐的肩，词穷道："那……病好了就行，啊！"

夏以桐深深地望进拍摄场地中央，瞳仁中央的人影闪闪发亮。

在漆黑的夜里，强光照明灯照得人直发晕，久了脑子里都是糊的，第一个场景就不知道 NG 了多少次。

"卡，××，还是偏离镜头，重来。"

"卡，灯光，人照得跟鬼一样，撤掉 A 组光。"

"卡，镜头太远，摄像，你是干什么吃的？"

"卡，××，光替白走位了？你一个人一边脸看不见知道吗？"

今晚上拍戏的状态似乎格外不对，不知道是演员出了错，导演出了错，还是工作人员出了错，抑或是都错了。大半个小时过去了，拍摄还是没有任何进展。

一向好脾气的秦翰林都忍不住爆了句粗口，喊："卡，暂停，所有人原地休息十分钟调整状态。"

　　拒绝了助理送过来的冷气扇，陆饮冰一个人靠着城楼喘气，额头上大颗大颗的汗珠往下滚。影视基地的盛夏就算是晚上也不让人好受，厚重的蟒服沤着，闻闻身上的汗味儿，感觉人都要馊了。

　　陆饮冰闭上眼睛，定下心神，一句一句地回想着剧本上的台词，酝酿该有的情绪，背影看起来有点落寞。

　　耳边响起了一阵脚步声，仿佛很犹豫，又坚定。陆饮冰慢慢地睁开了眼睛，旋即微微眯起来。夏以桐？她来干什么？

　　来的人正是夏以桐。她走到陆饮冰身边，静静地站着。

　　陆饮冰想走，但是顾念着二人今天下午刚达成的"君子协定"，在片场要伪装关系还可以，于是按捺着脾气没走。

　　夏以桐还是没有开口，和下午一样，如同一尊不会说话的木偶。

　　陆饮冰等了一会儿，心里忽然奇怪地想："陆饮冰，你是不是脑子被驴踢了？你什么时候怕过网上瞎编排你，关系不好就是关系不好，瞎伪装个什么劲？秦翰林又怎样？你若真的和他说，他会强逼你和不投缘的人相处吗？一分钟，她再这么阴阳怪气不说话你就走，从此大路朝天，各走一边，拍完戏就毫无交集。"

　　陆饮冰刚做下决定，夏以桐就动了，手里递过来一包东西。

　　"湿巾，要不要擦一下……"夏以桐紧张地望着陆饮冰，心都快跳出来了，"……那个汗。"

　　又改变了想法的陆饮冰决定不再履行那个假装关系好的"君子协定"了，冷漠地拒绝："不用，我自己有。"

　　可以说是非常地反复无常了。

　　夏以桐一句话被堵回来，脱口道："那你拿出来啊，我看着你擦。"

　　没大没小。果不其然，陆饮冰面色一寒，浑身的冷气压笼罩着她："谁给你的勇气这么跟我说话？"

　　夏以桐刚积攒的勇气顿时跟泄了气的皮球一样，她讷讷地道："梁静茹。"

　　陆饮冰嗤笑道："梁静茹认识你吗？"

　　夏以桐被陆饮冰一刺，居然觉得开心起来，说什么都比陆饮冰不理她好，道："那我拍完戏就去认识梁静茹，好不好？"

陆饮冰看她的笑容觉得刺眼，听她说话更觉得好笑，换了个斜倚的姿势，声音冷冷地道："我和你有什么关系吗？你爱干吗干吗去。"

"我听你的。"

陆饮冰哑然："……"

夏以桐的眼底闪过一丝狡黠，她用深情的目光凝视着陆饮冰，徐徐施了个礼："我听您的，殿下。"

"……"陆饮冰心想：你下次再对台词能不能提前说一下，怎么搞突然袭击呢？

"殿下，擦一下汗吧。"夏以桐把湿巾拆开，抽出一张，"肆意妄为"地盖在陆饮冰的脑门上，柔声道，"臣妾来帮您。"

陆饮冰瞪圆了眼睛：这完蛋玩意儿，是要上天了吗？

陆饮冰劈手夺过夏以桐手里的湿巾："我自己来。"

"好。"夏以桐没那么执着地要上赶着伺候陆饮冰，万一适得其反可不太好。为了避免这一现象的发生，她还体贴地让开了一点位置，让陆饮冰发火都得走几步。按照陆饮冰的个性，就算有火气也会因为这个懒得走不发了。

就这样，夏以桐顺利地把整包湿巾都送了出去。

陆饮冰擦过汗，把湿巾抛回给她，连句"谢谢"都没说，就去找秦翰林了。秦翰林那边正看 NG 的片段，思考应该怎么往下拍。

等演员们重新补好妆，已经是二十分钟以后了，秦翰林拍拍手，给大家打气："各位，现在是晚上十点钟，没风，天挺热的，汗流浃背。大家辛苦辛苦，这回咱争取一条过，早点收工，我请大家伙吃麻辣小龙虾，明天呢，再晚一个小时开工。"

片场顿时爆出一阵欢呼声。

灯光、道具就位，演员也依次就位。

夏以桐回到了自己的座位上，正襟危坐看着。她刚才的举动方茴是看见了的，自然知道她此刻的笑容从何而来。

秦翰林站在了监视器后头，场记员拿着场记板，等着秦翰林示意，谁知迟迟没等到。

陆饮冰没看到打板，跟两个配角一直在那儿傻站着。

秦翰林越过监视器，直接和陆饮冰的目光对上，眼神里透着浓浓的无奈。

"饮冰。"

陆饮冰回神。

"你在发什么呆？还一脸笑容，你也想吃小龙虾啊？"

陆饮冰瞪他一眼。

又不是不知道自己在节食，还故意馋她。

秦翰林笑道："好了，集中注意力，我们准备开拍。"

坐在台下的夏以桐："扑哧。"

夏以桐举起手机，偷偷地拍下了这一经典时刻，并且立刻备份，上传到了云端。

三秒钟后，陆饮冰调整好情绪，一脸淡定，仿佛刚才的事只是发生在一个不相干的人身上，她朝秦翰林比了个手势，站定。

秦翰林冲场记使眼色，场记立刻打板。

"《破雪》第十四场第十镜，Action！"

荆秀背负双手走在前面，两名配角跟在后面，从游廊后缓缓进入镜头。

一名配角身着文官朝服，稍稍弓下身子，毕恭毕敬地道："殿下，柔然使臣已到达多时，数次派人询问，殿下何时召见？"

荆秀的嘴角露出一丝讥笑："让他们等着罢。想打就打，想和就和，天底下便宜的事怕不是都要被他们柔然占尽，我大楚偏就不吃这套。"他长袖在身后一挥，无所谓地道，"且多吊几日。"

"殿下，"文官劝谏道，"臣以为还是早日召见为好，臣听说柔然首领病危，朝局不稳，他们迫切地想要结束战事，正是和谈的好时机。"

荆秀不以为然地往前走了两步。

"既然如此，为何不趁此机会，一举拿下呢？"荆秀斜着眼看那个文官，"柔然首领病危一事，本殿下都不知，爱卿的消息倒是灵通得很。"

文官竭力维持表面的平静，但眼底的惊慌已经出卖了他："殿下，臣、臣主管军事，想必是奏报尚未传到殿下这里。"

荆秀含笑地望着他，一息过后，一声带着威严的暴喝陡然降下来："左司阍，你好大的胆子！"

场中所有人被吼得打了一个激灵，抱着水瓶打瞌睡的方茴被吓醒了，才发现自己"大逆不道"地枕在了夏以桐的肩膀上，她动动脑袋，被夏以桐拍了一下："睡，没关系。"

夏以桐全神贯注地望着场中央，一场重复拍了一个小时的戏依旧看得神采奕奕。

方茴靠着她的肩膀迷迷糊糊地想：夏老师真敬业啊。

镜头内，文官"扑通"一声跪下，特别自然，头往坚硬的大理石砖上磕。镜头外，道具瞅准时机，立马配上音，"嘭嘭"闷响。

秦翰林目不转睛地盯着监视器，两只手用力地揉着自己的脸颊，生怕再出个什么错。

文官声泪俱下，拼尽全力吼出一声："臣冤枉啊！……"感情真挚得比号丧都不为过。

连秦翰林都忍不住竖了个大拇指。

荆秀对文官的自陈并不是无动于衷的，他耐心地听完这位主管军事的文官的解释，脸上露出怜惜之情，亲自伸手去扶他起来，还亲昵地拍拍他的手背："是本王错怪爱卿了。"

文官起来时一下没站稳，借荆秀的手臂用了一下力，即便站直了，劫后余生的他两条腿也在不停地发着抖："谢、谢殿下明察。"

荆秀笑了，笑意却未及眼底。

他转头看向另一个人："荀爱卿？"

另一个文官便开始说他的台词。

摄像助理把机器从殿外的这一头推到了那一头，又走上游廊，期间换了两个机位，三个人的戏份终于全部拍完。

秦翰林把自己的脸从双手中解放出来，只见脸上赫然有两个按得通红的印子，他满意地喊："卡，过了。"

此时已经是晚上十点四十分，夏以桐忍不住打了个哈欠。夜戏还有两场，怎么着也要拍到十二点以后了。夏以桐看向秦翰林，他正皱着眉头在和统筹说话。

拍完一场，大家都在歇息，喝水的喝水，吹风扇的吹风扇，也有趁这点时间眯眯眼睛养神的。夏以桐在片场寻找陆饮冰的身影，发现陆饮冰被助理们包围着，形成了一个小包围圈，小西站在最外面当门神，进去的人都要经过她的同意。

接下来的两场戏都有陆饮冰，夏以桐放弃了去打扰她的想法，从口袋里摸出手机，找到那个加了十几天却没有发过一次消息的微信联系人。

夏以桐：陆老师在做什么？

口袋震动了一下，小西一看跳出来的消息发送人——夏以桐，乐了。陆饮冰被照明灯照久了不舒服，滴了眼药水正在休息，无暇管她。

小西再次扭头看了一眼，觉得这大概不算什么机密，反正夏以桐自己也看得见，打字回道：眼睛酸，在休息。

夏以桐：她的心情怎么样？

小西：看不出来。

夏以桐：和白天相比怎么样？

小西：应该好了一点。

夏以桐的嘴角不自觉地就上扬起来，她回复：××牌眼药水挺好用的，你可以给陆老师用一下试试，我这儿有一盒没拆开的，晚上给你们送过去。

小西睁圆了眼睛：她今晚又要过来敲门了？等等，她好像忘记了一件事情。

小西：可是现在都十点多了……你晚上送过来……得是什么时候？

夏以桐：太着急，我忘记时间了，明天上午开工的时候我带过来吧。

小西咔咔打字：你以后还会每天晚上来找我们陆老师吗？

夏以桐：会。

啊啊啊……

小西握着手机无声地尖叫，终于又可以近距离欣赏偶像的美貌了。不经意地看一眼旁边，她见到助理 A 一脸惊悚地看向她的身后，助理 B 的眼角抽了筋，嘴巴嘬得跟拖拉机似的，助理 C 不忍直视地捂住了自己的眼睛。

……反应迟钝的小西终于感觉自己的脖子旁边有人在呼吸，貌似停留挺久了。

小西把手机按在胸前，一脸谄媚地回头，谄笑道："小姐姐。"

"爱豆豆是谁？"

小西面不改色地道："豆豆是我家的一条狗，爱豆豆是我妈，我妈一向爱狗胜过我。"

"哦？是吗？"

"是啊是啊。"小西一脸诚恳。

陆饮冰配合道："那我和阿姨聊个天？关心一下员工的家庭是我这个当老板的职责。"

小西勉强笑道："那什么，小姐姐，我妈睡了，我们刚刚才互道晚安。"

"哦？是吗？"

"是啊是啊。"

"豆豆的照片给我看一下，有吗？我挺喜欢狗的。"

"不巧了，我的手机里正好没存。"

陆饮冰耐心耗尽，就那么看着小西，她戏服还没脱，用的是荆秀饱含威严的眼神。小西当时就快跪下了，小宫女似的两手捧着手机递上去："请殿下查阅。"

陆饮冰面无表情地翻完聊天记录，点进夏以桐的头像，查看头像，是一个放在窗台的许愿瓶，顺便翻了翻相册，大部分是分享，寥寥几条原创，因为小西这个号没加多少明星，看不出有几个人点赞。

眼神若有若无地瞟过微信号，停留两秒钟，陆饮冰点回聊天界面，走开几步，打了几个字，发送。

手机在空中划出一道抛物线，完美地落回到小西手里。

时隔七分钟，屏幕上才重新跳出来一条新消息。

小西："不开门。"

夏以桐疑惑了一下，联系上下文才明白过来，"小西"说的是她去找陆饮冰的时候，陆饮冰不会开门。是不开门，而不是不让她去，夏以桐从中琢磨出一点转圜的余地，抱着手机笑了起来。

陆饮冰靠在椅背上，装作若无其事地问小西："某位夏姓女艺人在做什么？"

小西远望，道："在笑。"

陆饮冰抬了抬眼皮，最终没睁开眼睛，道："她是不是傻？"

"对。"

小西附和着陆饮冰，陆饮冰反倒不干了，不快地道："我说她没问题，我是前辈，你说她就有失偏颇了。她毕竟是个当红明星，你这么说，不怕她的粉丝不高兴啊。"

陆饮冰又道："以后你和她的聊天记录我都要过目。"

"好的，小姐姐。"

"不能泄露我的行踪和隐私。"

"这个当然。"

"某夏姓艺人在干什么？"

"嗯……还是在笑。"

"……"

"发个消息提醒她一下，再笑要被人当成神经病拍了。别到时候又被传到网上，引起不必要的争论。"

小西刚要发，陆饮冰又说："还是别发了。"

小西指着手机屏幕，怔怔地问道："……到底是发……还是不发？"

陆饮冰坚决地道："不发。"她俩又不熟，夏以桐被拍了正好，关她什么事？她又不是太平洋警察，手伸那么宽，管得着吗？陆饮冰换了个坐姿，侧躺，背对着夏以桐的方向。

"两分钟后，某夏姓艺人还在笑的话，你就发个微信提醒她。"好歹在同一个剧组，陆饮冰决定还是尽一下前辈的职责。

"啊？"小西不解。

"啊什么？"

"好的，知道了。"

统筹和秦翰林商量的结果是：剩下的两场戏挪一场到明天晚上拍，刺客戏那场先不拍，就只拍一场半文戏。之所以说是一半文戏，是因为陆饮冰是文戏，而另一个人有武戏。

镜头转至富丽堂皇的东宫书房内景，博山炉香烟袅袅。"啪"的一声，场记打板，摄像机推过去。荆秀披散着长发，换了一身更加松垮垮的长袍，腰身系带，不堪一握，胸前露出一小片洁白细腻的皮肤，呼吸间锁骨微动，中间的凹处跟着一起一伏，脖颈修长，玉容胜雪，腕骨纤弱雪白，宛如无色的蝴蝶停驻其上，就连抬朱笔批阅奏章的动作亦让旁人觉得暗香浮动。

搭建的片场被无视掉，眼里只余下那一方天地。

连完整的正脸都没露，在场的许多人就忍不住吞了一口口水，是对美好的本能折服。

夏以桐定定地望着书桌后坐着的绝色佳人。

秦翰林本来是坐在监视器前的，一见到画面，立刻激动得跳了起来，这都不用加滤镜做后期了，这个感觉简直就跟九十年代香港电影里走出来的那些风华绝代的女星一样！上回和陆饮冰合作她还没惊艳到这个地步，这才过了四年，她的演技居然又悄无声息地进步到了如斯境界。

如果谁说演这样的戏只需要靠脸，完全不需要演技，秦翰林肯定一下就把场记板敲到那个人的脑袋上。

荆秀的坐姿非常有讲究，他的背其实挺得非常直，身姿也很挺拔，展现了皇家良好的教养。但通过他的一些肢体小动作，比如手腕，比如肩膀，比如低头的角度，第一眼看上去他居然是有些闲散的。

这就是秦翰林要的感觉，他不喜欢太正经的美人，要么美得妖冶，要么美得放肆，要么美得像鬼魅，要么美得亦正亦邪，各有各的美法。尤其是前期的荆秀就是正经的俊美，偶尔腼腆害羞，如果中期和后期一样的话，无论是对他，还是对陆饮冰来说，都是毫无挑战性的。

秦翰林说戏的时候说："你是个正统出身的皇子，你不能美得像个妖精，但也不能不像个妖精。我的意思是你要像个绝代妖精一样吸引大荧幕前的观众没办法移开目光，却不能流于浮华的表面。你怎么演都行，我要的是感觉。有问题吗？"

陆饮冰想了一下，回复说："没问题。"

即便秦翰林在选人之初就十分信任陆饮冰的演技，在说完这段话后也觉得自己的要求过于苛刻了，但是他没想到陆饮冰真的能够演出来！这个端坐的镜头就能演成这样，那么之后的斜倚卧榻，美人垂怜……肯定都没有问题。秦翰林定了定心神，继续将注意力集中到面前的监视器上。

灯影交织，灯罩里的烛火忽然晃了一下，头顶的琉璃瓦似乎传来了轻微的响动。

荆秀下笔不停。

"卡，过了。"秦翰林道。

武术指导穿着一身黑衣在房檐上快步奔走，一个挪跃，双手吊住房梁，双脚悬空，凌空一荡，从东宫书房侧面开着的窗跳了进来，一个前滚翻落在地上，跪在荆秀的面前，潇洒利落。

秦翰林："××可以上了。"

××是这场戏的配角，演影卫，此时正吊着威亚。摄像给远景，走房檐，突出眼部特写，后面那个吊房梁的动作又拍了半个小时。好在武术指导白天已经教了很多遍了，否则不知道还要拍多久。

"Action！"

半个小时后，经过一系列动作，影卫干净利落地跪在了荆秀面前。

荆秀没抬眼。

影卫单膝跪地，像个漆黑的鬼影，低声道："殿下。"

荆秀把手一扬，刚写完的纸张便飘飘悠悠地落在影卫面前，影卫上前一步捡起来，画面定格在纸张上，纸上未干的墨迹写着："左司阐，诛。"

"诛"字用血色的朱砂笔圈了起来，令人感到触目惊心，这代表株连九族，不留余地。

影卫退下，镜头给到荆秀的正脸，烛火映着沉默的荆秀，这场戏从头到尾没有一句台词，甚至连一丝明显的表情波动都没有。荆秀漠然的眼神昭示着，他是一个视人命如草芥的高高在上者，他对这场株连九族的屠杀完全无动于衷。熟视无睹，才是最冷酷的君王。

然而真的是这样吗？

机器转向书桌，除了那一张"诛"的纸张外，其余的纸张纷纷散落着，分别是"恕""流放""贬""祸不及族人"，再未找到一张写着"株连"的，荆秀一手捏着纸张，把灯罩打开，火舌舔上来，化为灰烬。

他到底还是那个心怀柔软的少年，那个永远心向明月的六殿下，只是时局已经不能让他的双手再干净下去了。

秦翰林抿紧嘴："卡，过了。"

现在已经过了十二点了，时间接近凌晨一点。

所有人屏住呼吸，生怕秦翰林来一句："非常好，我们再来一条。"那就要了老命了。四周十分安静，只有议论声和众人没有宣之于口的忐忑。直到秦翰林看完回放，大手一挥喊"收工！"，大家吊着的那口气才都松下来。于是，演员们开始脱戏服，工作人员手脚麻利地收机器收道具，方才还满满当当的宫殿不到十分钟就被搬了个空。

一伙人浩浩荡荡地出去吃麻辣小龙虾，盛夏正好是吃小龙虾的季节，配扎冰啤酒，能爽上天。秦翰林请客，让所有人都去。

可是有两个人没去，陆饮冰和夏以桐。陆饮冰不去秦翰林还能理解，她节食不能吃，夏以桐不去他就不明白了。

"秦导，我就下午演了那么点镜头，不好意思去，真不好意思。"

"你看那××，比你的镜头还少都去了，怕啥？你害羞啊？"

夏以桐顺势道："对，我害羞。"

秦翰林："……"

"你越不跟人相处就越害羞嘛，去吧去吧。"秦翰林一心想拉着夏以桐去，毕竟夏以桐是他的主角，在他的心里就跟亲女儿似的，干啥都想带着。

夏以桐灵机一动，为难地道："明天不是要拍初遇的戏吗？陆老师晚上要找我对戏。"

对不起了我陆，拉你出来挡箭。

夏以桐本来以为秦翰林一听对戏就会立刻放人，谁知他不知哪根筋犯了倔，怎么说怎么不行，夏以桐都快给他跪下痛哭"求求你就饶了我吧"了。

陆饮冰的戏服被道具老师收走了，小西拧了条湿毛巾，在给陆饮冰擦肩背。夏以桐用眼角的余光一瞟，小西都快擦完了，看起来她们马上就要走，她要急疯了。

夏以桐在观察陆饮冰的时候，陆饮冰也在不动声色地注意着她的动向。

"某夏姓艺人在干什么？"

小西先望了一眼，回答得非常自然："在和秦导拉拉扯扯。"

陆饮冰轻哂："……光天化日，朗朗乾坤，孤男寡女，成何体统？"

"我们要不要提醒一下她？"

"……不管她，我们走。"

陆饮冰带着小西，从夏以桐身边径直路过。

夏以桐真的是要疯了，她从来没觉得秦翰林这么婆婆妈妈过。

陆饮冰刚走出几步，听见身后"咚"的一声重物摔在地上的闷响。

秦翰林往后跳了一步，一脸被吓坏了的表情："啊啊啊……这是怎么了？"

方茴蹲下身，揽起夏以桐的上半身，手同时按在她的人中上："不好意思啊！秦导，夏老师有点低血糖，估计需要回去好好休息一下。"

"哦哦哦，吓我一跳。没大碍吧？"秦翰林紧张地问道。

"休息一下就行了。"

夏以桐"悠悠"醒转，"虚弱"地望向陆饮冰的方向。

"既然这样，"秦翰林看向只有几步之遥的陆饮冰，道，"饮冰，你带小夏回宾馆吧，正好你们顺路。"

陆饮冰："……"

夏以桐这一下摔得眼睛都不带眨的，一点犹豫都没有，可乍一倒下去脑子是真的发了晕，差点把自己磕成了轻微脑震荡。

若不是周围的人先行一步赶往夜宵摊，她又情急之下毫无办法，是断然不会选择如此拙劣的手段的，好在方茴的脑子转得快，秦翰林总算放过她了，顺便还搭给她一个陆牌顺风车。

陆饮冰没动："……"她怎么看都觉得夏姓艺人是故意的，她一点都不想带人回去。

迟迟不见人来扶，夏以桐闭上眼睛，一歪头，继续躺在方茴的怀里。

秦翰林身为在场的唯一一名男士，自告奋勇地把夏以桐抱起来放到了椅子上，关切地问道："还好吗？"

"嗯，秦导您先去吃夜宵吧。"夏以桐佯装虚弱地回答。

"那不行，你都这样了，我还跑去吃夜宵，我还是不是人？"秦翰林的声音抬高了些，道，"要是让你自己回宾馆，我就更不是人了。"

刚打算自行回宾馆的陆·更不是人·饮冰："行了行了，老秦头，吃你的夜宵去，人我送回去。"

"那我走啦！拜拜，一定要亲自送回房间哦。"秦翰林高高兴兴地上前去追大队伍。

夏以桐继续呈虚弱状躺在躺椅上。

陆饮冰道："我知道你是装的，起来自己走。"

夏以桐仍然闭着眼睛。

俗话说，骗人的最高境界就是连自己都骗。夏以桐算是对陆饮冰的性子摸透了一二，现下最好的办法就是装到底，装得连自己都信了，陆饮冰才会跟着怀疑自己的判断。否则叫陆饮冰看穿她在碰瓷，多半要吃不了兜着走。

陆饮冰不耐烦地道："喂。"

夏以桐："……"

陆饮冰的表情出现了一丝松动："还能不能走路？"

夏以桐用力攥紧方茴的胳膊，手背上的青筋根根分明。她张了张嘴，轻声道："能，就是有点头晕。"

"……行了，还逞什么能？你说你年纪轻轻的身体就这么差，以后老了怎么办？我现在是不能锻炼，我要是能锻炼我天天在健身房窝着。"

夏以桐心里一暖，晕晕乎乎地说："我知道了，陆老师，我以后一定加强锻炼。"

方茴心道："这夏老师太能瞎扯了，以前有空的时候各种训练不说了，就算进剧组了也是每晚一百个深蹲，行李箱里随时带着哑铃，再加强锻炼手臂上都要练出肌肉块块了。"

陆饮冰瞧了瞧两个助理，说："你们俩谁的力气大点？"

小西，身高一米六，细胳膊细腿的，二十五岁的人了跟个小丫头片子似的；方茴，一米六六，身材匀称，长期跟着夏以桐蹲健身房，手臂看上去修长有力。

陆饮冰"哦"了一声，看向方茴："你来扶她吧。"

小西："……"不开心！

夏以桐："……"她费尽心思演了场戏，结果还是被自己的助理带回去……不过也总算争取到了和偶像一起回宾馆的机会，聊胜于无。

片场离宾馆至多五分钟的路程，硬是被"低血糖"的夏以桐拖长到了十分钟。然而陆饮冰一直不开口说话，夏以桐平素灵光的大脑就跟锈掉了一样，想了无数个话题，又在大脑里毫不留情地毙掉。

"陆老师。"

"头还晕吗？"

两个人一起开口，又一起回答："什么事？""好多了。"

冻结的气氛逐渐消弭于无形，接下来话题的展开就好得多了，虽然两人没有多么亲近，却自然极了，像是寻常朋友间的话谈。

"你是病人，你先说。"

夏以桐也不推辞："好，我今天晚上不是在看你的戏吗？有个问题想问你，虽然和这场戏关系不是特别大。"

"嗯，你说。"

"怎么才能演出真正的冷漠，而不是面瘫？"

"噗。"

"哎，陆老师……"夏以桐被陆饮冰笑得大窘，说，"我是真的想知道，你看你还笑。"

陆饮冰偏头望着她，眉宇间飞快地闪过一丝不悦："我不过就笑了一声。"

夏以桐当即不敢说话。

"你看，这就是。"

"啊？什么这就是？"

"你要的冷漠。"

"可是你刚刚笑了。"

"你是觉得冷漠的人不会笑吗？"

"倒不是，但是你刚才明明就不是冷笑的笑法，笑得很随意啊，根本不冷漠！"

"对，因为我是骗你的。"

"陆老师，你……"夏以桐转过脸，笑容凝固在脸上，接下来想说的话也咽了进回去，就因为陆饮冰的表情。

陆饮冰的外表毫不放松，嘴唇微动，双眼紧盯着她，在凌晨头顶路灯的衬托下，令人感到不寒而栗，这是一个标准的冷笑。紧接着陆饮冰又咧嘴一笑，露出洁白的牙齿，幽幽地道："我是骗你的。"

陆饮冰说："看你身后，有个穿红裙子的女人，正趴在你的背上，朝你的脖子吹冷气呢，她的舌头好长啊，都吊出来了。"

四周一片静谧，不知道哪里传来一声野狗的叫声，野狗好像踩着了什么，咕噜噜瓶子滚落地面的声音响起，空旷幽深。

"就像这样。"陆饮冰吹气，"呼——呼——呼——"

夏以桐僵住了身子，后背的汗毛一根根炸起来。

陆饮冰忽然"啊"的一声惊叫："她把舌头缠在你的脖子上了！"说完她一边仓皇往后退，一边捂住自己的脖子，一脸惊恐，"我不认识你，你别来找我啊！"

夏以桐忍不住将手往脖子探去，摸到一根冰凉的东西，她悚然一惊："啊啊啊……"然后抓住那个东西用力一掰，再干净利落地抓住对方的胳膊就要一个过肩摔！

待看清楚了人，夏以桐停止了动作。

"啊啊啊……"小西捂着自己快被掰折了的食指，蹲在地上，泪流满面。她要辞职，再也不给陆饮冰当助理了，竟然还要兼职鬼片演员，如果不加工资她就辞职！

陆饮冰蹲下身察看小西的伤情，沉默片刻，说道："这个月给你加工资。"

小西听完泪眼婆娑地改变了辞职的主意。

夏以桐忙去给小西道歉，说自己那儿有药，回去就给她上点药，包扎一下。小西得偶像如此厚爱，在精神治疗下手指立刻感觉不疼了，头摇成了拨浪鼓："不疼不疼！一点都不疼！"

旁边的陆饮冰看得一愣一愣的，到底谁才是她的老板？

本来陆饮冰只打算送夏以桐到房门口，现在借口小西的手需要上药，她顺理成章地进了夏以桐的房间。宾馆的房间都一样，没什么好看的，陆饮冰在观察有什么不同的摆设。

最显眼的就是窗前桌子上放着的玻璃许愿瓶，好像有点眼熟。陆饮冰给小西发了条微信，又叫她看手机。小西看完立刻把微信界面调出来，把手机递给她。

陆饮冰对照着夏以桐的微信头像看，发现就是桌子上这个许愿瓶。

陆饮冰望着那个小巧精致的透明瓶子，自己也没发觉声音里带了若有若无的笑意："这里面的星星是你叠的？"

夏以桐的怀里抱着医药箱，她循声看过去，神色顿时紧张起来："是。"

好在陆饮冰根本没看她，问道："现在还在叠？"

"有时候会。"

陆饮冰的手指在瓶口的蓝丝带上刮了一下，嘴角扬起来。

这么清新脱俗不做作的小年轻不多了，如果没记错的话，叠星星好像是初中还是小学时期的潮流？她居然能保持到现在。陆饮冰欣赏这种人，无论什么事，哪怕是件微不足道的小事，能够坚持上十几年的人，都很了不起。

夏以桐看到陆饮冰手指的动作，心脏都快跳了出来，生怕陆饮冰打开瓶子。

小西痛得"嘶"了一声。

"对不起。"夏以桐低声道，稳下心神，专注地看着面前的手指，包扎的速度却显而易见地加快了。

"可惜我已经忘了怎么叠了。学的时候费了挺大心思的，后来没叠过几个就荒废了。"陆饮冰感慨道，注意力始终集中在那个瓶子上。陆饮冰从十五岁进入电影学院，之后她的全部心思都放在演戏上，很多同龄人的青春记忆，她都没有。

"我教你啊，很简单的。"夏以桐立刻笑着应道，她把剩下的绷带卷好，收进医药箱，递给方茴，抬头便迎上陆饮冰那来不及收回的或许名为惊愕的目光，于是她讷讷地改口，"我是说，如果陆老师不介意的话，我可以教您……你。"

"有空再说。"

夏以桐刚刚还觉得陆饮冰和自己关系亲近了些，怎么又变成这副客套的语气了。

她是你敬我一尺，我定还你一尺的性子，当即也生疏地道："哦，好。"

夏以桐不知道自己做错了什么，气氛为什么忽然凝固？

她犹自惴惴不安，望着陆饮冰的冷脸不知如何是好，情急之下，脱口道："陆老师，对不起！"

"对不起什么？"

"又惹你生气了，对不起！"

"你知道是因为什么事？"

夏以桐道："不知道，但如果你生气了，肯定都是我的错！"

陆饮冰垂眸不语，用手掌包裹住那个许愿瓶。

夏以桐的脚尖轻跷，她似乎要着急地走过去，忍了忍，没动。

陆饮冰忽然语气温柔地提出了一个算得上无礼的要求："这个可以送给我吗？"

"啊？"

陆饮冰似乎刚从自己的小世界里出来，眼底飞快地闪过一丝失望，立刻道："我开玩笑的，不用放在心上。"

夏以桐只好答道："哦。"

"小西。"

"哎。"小西回答。

陆饮冰说："我们上去吧，不要打扰夏老师休息。"

"好的。"

夏以桐送陆饮冰到房门外："陆老师，晚安！"

陆饮冰对她脸上表现出来的恋恋不舍十分受用，声音柔和了很多："晚安，早点休息。"

"晚安。"夏以桐又说了一次。

"晚安。"虽然不明白夏以桐为什么要再说一遍，但是一向注重礼节的陆饮冰也再次回应了。

夏以桐定定地望着陆饮冰，欲言又止，仿佛在艰难地下某种决心。

陆饮冰微微偏头："嗯？"

"你等一下。"夏以桐飞快地冲回房间，三秒钟后又跑了出来，往陆饮冰手里塞了一样东西，"这个送给你。"

陆饮冰看向自己的手，一截监色的丝带还在手心外面露着——是她的那个许愿瓶。

"你……"

"我还可以再叠的，"夏以桐认真地说，"你喜欢它的话，送给你。"

玻璃瓶身冰凉，短短的三秒钟并没有为它带上另一个人的体温，但是陆饮冰却莫名地感觉到了，一颗属于粉丝的热烈、真诚的心。

星星们仿佛在透着透明的玻璃瓶看着自己，安静柔软，陆饮冰慢慢地笑了。

"谢谢你的礼物。"

夏以桐有些脸热，说："不、不客气。我要睡了，陆老师晚安！"

她太过激动紧张，于是提前钻进房里，把房门带出一声响。

这小孩，冒冒失失的。

"晚安。"陆饮冰在门外笑道。

夏以桐背靠在房门上，整张脸红得都像是要被煮熟了。

一直在围观的方茴："……"

两位女神是在玩小学生的游戏，重温童年回忆吗？

当晚，夏以桐体内积压多年的洪荒之力被开启了。一百个负重深蹲过后，紧接着练了十组哑铃，洗完澡又在瑜伽垫上练卷腹。

方茴哈欠连天，看看手机，晚上两点半。

再看夏以桐，仍旧运动得热火朝天，腹部的"川"字十分明显。

方茴问道："夏老师，您明天有戏吗？"

夏以桐缓缓吐出口气，才答道："有啊，不过白天没有，是夜戏。"

"您今晚什么时候睡？"

"不知道，困了就睡吧。"

方茴觉得她大概今晚都不会困了，道："那个……陆老师白天似乎有戏吧？还有您刚才让我记得要带眼药水？"

夏以桐一个鲤鱼打挺从瑜伽垫上一跃而起，紧接着往床上一滚，闭上眼睛："关灯吧，我睡觉了。"

方茴解放了，忙不迭地给她关灯关门："晚安！夏老师。"

夏以桐在黑暗中闭了一会儿眼睛，又睁开，在床上翻来覆去睡不着。

万一陆饮冰看见了星星里面的字……

她会做何感想？

夏以桐猛地掀被蒙住了自己的脑袋。

第二天早上起来夏以桐的下巴上爆了个痘，她顶着要挨骂的风险去片场，果不其然，秦翰林一见她，"哎呀"拍了一下大腿，用十分夸张的语气道："你这痘是哪儿来的啊？"

"昨晚上睡晚了。"

秦翰林摇头叹息："饮冰在你那儿待了多久？"

"十几分钟吧。"

"啧，白辛苦你磕那么一下了。"

"啊？"夏以桐吃惊得睁大了眼睛。

"想骗过我，你还嫩了点儿。"秦翰林挺挺自己并不怎么宽厚的胸膛。

夏以桐朝他竖了个大拇指："佩服佩服！"

"矛盾解决了吗？"

这回夏以桐感到更加惊讶了："你连昨天下午我们是假装和好的也知道？"

秦翰林也学她睁圆了眼睛："那可不？我什么不知道！"

陆饮冰从化妆间出来，看见他俩在角落里窃窃私语，走过来问："你俩嘀咕什么呢？"

两个人默契地同时摇头。

陆饮冰眯着眼睛，危险的气息散发出来。

夏以桐果断立正："报告陆老师，我和秦导说你今天化的妆特别好看！"

秦翰林挺直了腰杆："没错！就是这样！"

陆饮冰望了这俩人一眼，道了句："狼狈为奸。"走了。

秦翰林："哈。"

夏以桐："哈哈。"

夏以桐透过手指的缝隙看着陆饮冰的背影，觉得陆饮冰今天的心情格外好，可是她到底有没有看见星星里的字呢？

陆饮冰是《破雪》的男主角，戏份比身为女主的夏以桐重很多，而夏以桐除了和陆饮冰的对手戏外，只有寥寥几场，很多时候都是陆饮冰在拍，她站在外面看。

看会演戏的演员演戏是一种享受，夏以桐不单背下了自己的台词，还背下了陆饮冰的台词，她把自己会采用的表演方法和陆饮冰一对比，就能更直观地看出自己和对方的差距在哪里。她再次回顾陆饮冰的早年作品《风刀霜剑》中的角色夏翩翩，她和现在的陆饮冰的差距大概是十个夏翩翩加一百个赵敏吧。

不过这种想法并没有让夏以桐感到气馁，反而激发出了她前所未有的斗志！就算她永远都赶不上现在的陆饮冰，最起码还能追逐着陆饮冰的脚步。想想几年前她还只能在台下远远地看着，现在居然能和陆饮冰演对手戏，未来会怎么样，没有谁能预料得到。

夏以桐长出一口气，将注意力集中在剧本台词和现场。

当夜终于迎来了电影第一场男女主重头戏，姑臧献上美人后，宴会上的惊鸿一瞥。

因为这场是群戏，场景又比较复杂，道具组、剧务组、场务大部分人手都早早地赶到了拍摄现场，布景从下午就开始搭了，长桌、酒樽，还有到时候应该上的菜都有讲究，道具组负责人对挑剔的秦翰林进行了图片轰炸，最终选出来秦翰林认为最合适最漂亮的菜色。这场戏拍完，紧接着就要拍六殿下借故离席，陈轻去后花园假装偶遇的戏码了，秦翰林估计结束的时间不会比昨天早，索性用了真菜，收工以后大家可以当夜宵吃。

夏以桐有一场跳舞的戏，是由她亲自上阵的。刚确定人选的时候，因为时间匆忙，一向精益求精的秦翰林也打算找个替身来跳，谁知道夏以桐听他说完自告奋勇地说她会跳舞。陆饮冰当时也在场，她和秦翰林一起惊讶地看着夏以桐。

夏以桐忍着害羞，跳了一段。

陆饮冰抱着手臂笑道："我还以为这个剧组，除了我以外没人会跳古典舞呢，还想着秦翰林会要我做替身。啧，少赚了一笔替身钱。"

秦翰林激动地问夏以桐："你怎么那么巧刚好会古典舞？"

夏以桐那时候没说话，只是腼腆地笑笑。

陆饮冰是圈内出了名的敬业，以前她演过一部电影，里面有跳古典舞的镜头，陆饮冰就为此学了半年的古典舞，跳的时候愣是没被人看出来她是业余的。那时候夏以桐还在念高中，看到这条新闻，也跟着去学了。

这天下午结束得早，才六点半，夏以桐闭着眼睛在化妆间坐着，羽状睫毛轻轻覆于眼睑之上，两个化妆师在她的脸上涂涂抹抹，因为有一段独舞，所以她今天的化妆程序比往日烦琐许多。

而只需要换身衣服的陆饮冰就简单多了，化妆结束后陆饮冰便来看夏以桐化妆。化妆师们看到陆饮冰来了，准备喊她的名字打招呼，被陆饮冰先行以手势制止了。夏以桐借着化妆的时间小憩，没眨眼，一时居然没发现陆饮冰来了。

半个小时后，夏以桐睁开眼睛，见到她旁边的椅子上歪着一个人，吓了一跳。

陆饮冰揭开脸上不知道从哪儿找来的帽子，睡眼蒙眬地问道："你醒了？"

夏以桐下意识地答："嗯。"

过一会儿她才想起来，不对啊，这话该自己问才是。

陆饮冰睡醒了，坐直身体，面对着夏以桐的侧脸，看她化妆。夏以桐脸上已经化得差不多了，脸如白玉，颜如朝华，显得又清纯又妩媚。

陆饮冰一边欣赏一边想：化妆团队还不错。

"我要换衣服了，陆老师。"

"嗯。"陆饮冰随口答应了一声，人没动。

夏以桐有些着急，再次提醒道："陆老师，我要换衣服了。"

"哦！"陆饮冰如梦初醒一般，把椅子一转，背过身，"我不看，你换吧。"

片名　《逐光》
TITLE

卷号　第九章 CHAPTER 9
ROLL

镜号　戏中起舞
SHOT

"你怎么还不换？"过了几秒钟陆饮冰都没听到动静，以为夏以桐是害怕自己偷窥，说，"你放心，我绝对不看，我没那个癖好，我在想事情。"

夏以桐轻轻点头："……就换。"

本来是要先换好衣服再化妆的，免得妆花了弄脏了衣服，但夏以桐本来穿的就是件衬衣，方便脱下，剧服的穿脱也很方便，抹胸从身后系带就行。只是衣服有点露骨，夏以桐实在不想穿着它坐着化两个小时妆。

夏以桐背对着陆饮冰，手指滑向身后，把内衣的系带解开，放在手边的椅背上。站直了身子，慢慢套上剧组提供的衣服。

羽蓝色内衫，外罩一件白色轻纱，流畅的肩颈延伸往下，锁骨又白又直。

裙摆堪堪及踝，系一铜铃。而小腹一截则是完全镂空，露出紧致白皙的小腹，小腿绷得笔直，身后的腰窝在长裙下隐隐若现，冰肌玉骨，只堪一握。宛如词里说的——雪胸鸾镜里，琪树凤楼前。

镜里？镜里！

夏以桐脖子僵硬地转了转，看向陆饮冰侧对着的那面镜子。当然，陆饮冰现在已经正对着她了，满脸的欣赏和笑意。

夏以桐心里的小人恨不得把地板刨了个洞钻进去。

陆饮冰举起双手做投降状，无辜地道："我可没看你换衣服啊，我转过来的时候你早就换好了，正对着镜子发呆。"陆饮冰又理直气壮地道，"我是等得太久了，不耐烦。"

陆饮冰又上下扫了夏以桐一遍，揶揄道："身材不错嘛，比我就差一点点，加油。"

夏以桐先是脸一红，随后笑了。

"夏以桐。"陆饮冰喊她的名字。

夏以桐努力镇定下来道:"到!"

"有什么开心的事情吗?"

夏以桐摇摇头,还是笑:"因为你啊。"能够这么近距离地靠近你,得到你的夸奖,还不值得开心吗?值得开心一个月了。

陆饮冰的脸一黑:"你等着。"自己不就是减肥了瘦巴巴的吗?不减肥的时候她身材好着呢。陆饮冰自觉被嘲讽了一波,说完掉头就走。

夏以桐把衣服随手一抛,没经过任何考虑上前一步一把拉住了陆饮冰。陆饮冰根本没料到夏以桐居然敢动手拽她,没防备的居然被带得一个趔趄。

陆饮冰:"……"反了天了还!

"我笑是因为,你夸我。"夏以桐凝视着陆饮冰的眼睛,道,"你夸我的身材好。"

"谁夸你的身材好了,我是说不错,不错就是一般!"陆饮冰怒道,然后气咻咻地走了。

夏以桐在后面有条不紊地收拾换下来的衣服。

陆饮冰停下脚步,不耐烦地道:"都要开始了,还不跟上?"

"来了!"

秦翰林仰头咕噜噜灌了半瓶矿泉水,嚷着:"人呢人呢?还有十分钟就开拍了,场务,快去找人。"说完又用力摇着大蒲扇,"热死了热死了。"

陆饮冰领着夏以桐走过去,问:"人到齐了没有?"

"还差一个,还在化妆,都说了要早点来,一个个的都不知道干什么去了。"秦翰林屁股底下跟点了炮仗似的,坐不住,急火火地道,"我先去看看道具那边,马上拍戏了,你俩别跑了。"

秦翰林凡事都要亲自过目,也格外忙,就看见他在片场东窜西窜,不一会儿又喝下了一瓶水。

扮演二皇子的演员姗姗来迟,秦翰林举着蒲扇劈头盖脸地骂了他一通,片场的众人噤若寒蝉。

夏以桐有点吃惊,看向身边的陆饮冰,大家不是都说秦翰林的脾气很好吗?

陆饮冰挑了下眉,微微低下头,跟她咬耳朵:"秦翰林不喜欢人迟到,拍戏拍不好可以说是技术问题，他愿意多教几遍，迟到就是态度问题了。"她故意吓唬夏以桐道，"迟到多了的人，秦翰林会直接踢出剧组的，小心着点。"

夏以桐马上回忆自己的言行，有没有惹导演生气的地方。

秦翰林："灯光、道具、演员，各就各位！预备开拍了！"

夏以桐一个激灵，赶紧集中注意力。

陆饮冰一脸探究地望着她："干吗呢？马上开始了，还发呆？等着被秦翰林骂吧。"说着坐到了属于自己的角落席位里。

夏以桐把外套脱了，递给助理，走到宫殿中央、镜头中心。她步态迤逦，款款行来，三千青丝以发带挽在脑后，发间别一根样式简单的红玉簪。素净漂亮的脸颊粉黛薄施，更衬托出她容姿胜冰雪。

场记打板："《破雪》第二场一镜一次，Action！"

剧组斥巨资请来的专业古典乐团开始奏乐，乐声如高山浩渺，响遏行云。

夏以桐跟着起舞。

刚跳一段，秦翰林喊："NG，没感情，重来。"

夏以桐调整呼吸，打板重来。

秦翰林皱眉："卡，NG，眼神不能飘。"

"NG，别老盯着一个地方。"

"NG……"

……

"NG，摄像休息，小夏，你过来一下。"

反复的 NG，让夏以桐的精神极度疲惫。一场戏 NG 了这么多次，绝对是夏以桐进入演艺圈以来最多的一次了。本来秦翰林对演技要求就高，她还要一边跳舞一边找到他要的感觉，谈何容易？

秦翰林也知道自己苛刻，所以没责备夏以桐，而是露出笑容，和颜悦色地道："来我给你重新说一遍戏。"

夏以桐点头，听着。陆饮冰不知何时也走了过来。

秦翰林看着夏以桐的眼睛，沉了沉语气，问："你是谁？"

"陈轻。"

"陈轻是谁?"

"姑臧派来的奸细,"夏以桐补充道,"目前是。"

"你的目的是什么?"秦翰林继续引导道。

"勾引楚王,引起荆秀的注意。"

"什么样的人能够引起楚王和荆秀的注意?"秦翰林不紧不慢地问。

"什么样的人?"夏以桐一脸迷茫,陷入了思索。

秦翰林道:"是那种流于媚俗,看上去就有所图,一举一动都写着'我要勾引你'的人吗?"

"不是。"夏以桐飞快地否认。

"那是什么?"

脑海中一抹灵光迅速闪过,夏以桐抬起眼,肯定地道:"是看上去拒人千里、不好亲近的人,是激起他们征服欲的绝世美人,是和宫里所有人都不同的人!"

陆饮冰的嘴角微微扬起,勾勒出微笑的感觉。

秦翰林道:"对,这就和现在那些霸总文是一样一样的,哎呀!你这个人好清纯好不造作,和其他女人好不一样哦!不一样,是最重要的。你要像汪曾祺说的栀子花那样:'去你妈的,我就是要这样香,香得痛痛快快,你们他妈的管得着吗!'"

夏以桐忍俊不禁地道:"去你妈的,我就是要这样跳,跳得酣畅淋漓,你们他妈的管得着吗?爱看不看,爱封妃不封!"

"对,男人都很贱!越看不上他的越眼巴巴地去追。"把自己一起骂进去的秦翰林搓手大笑,"就是这种感觉,记住这个感觉,去吧,去跳。但是张扬的感觉不能太过,稍微露一点锋芒,收放自如。"

"好的,知道了。"

秦翰林:"各就位。"

"《破雪》第二场一镜十六次,Action!"场记打板完快步出镜。

镜头推到夏以桐脸上,一张青铜面具赫然盖住了她的左半张脸,于是半张脸冰冷,半张脸妖冶。那双眼睛正静静地注视着镜头前的人,如水一般,眸中嵌着淡淡的灰色,清凌凌地犹如山间云雾。

秦翰林屏住了呼吸，很好，感情到位了。

乐队奏乐，仙音渺渺。

陈轻没动，楚王手里的酒樽停在了半空，他抬眸看向殿前，似乎在奇怪这个美人为何举止异常。荆秀拒绝了给她倒酒的侍女，自己拿起酒壶，倒了一杯，自始至终没有抬头。

忽然，陈轻动了，脚踝轻踢，"咚"的一声重响——

紧接着一阵清脆悦耳的铃声激越而出，在这阵阵乐声中居然没有被完全掩盖住，执着地发出自己的声音。她的手臂如游蛇，腰肢如藤蔓，明明看上去轻佻无比的舞姿，在她那张面具和眼神的衬托下却宛如仙人之姿，墨发长披如瀑，傲世而立，令人不敢逼视。

她的眼神也动了，铃声清越，她不带任何感情地扫视而过，席下所有人，从楚王到王公大臣，从王公大臣到每一个皇子皇孙，别国使臣，再到姑臧的使臣。她居高临下地望着他们，像看着虔诚的子民，好像此时她不是一个小小的进献的舞女，而是一名神祇。

她怎么能这样骄傲？她凭什么这么骄傲？

所有人不由得升起一种理所当然的感觉，她本该如此，他们甘愿在她的目光里沉沦。陈轻的目光扫过一众人等，落在了皇子席位最偏僻的角落。全场的人都在看她，只有那个人没有。她知道那个人……是谁。

荆秀感觉到一道异样的目光正望向自己，他抬起头，和命中的那个女人对视着，温文有礼地点了一下头，好像在向她问好似的。

他的眼里没有像其他男人一样的迷恋和征服欲，干净透彻极了。

陈轻看了他一会儿，慢慢地对他笑了起来。似乎胸有成竹，似乎玩味而饶有兴致的，又似乎……是什么呢？荆秀看不懂，只觉得这个女人很好看，宫里的奶娘说：宫里没有单纯的女人，越好看就越危险。

这个人这么好看，一定危险极了。他再遥望一眼席上已经沉醉的楚王，心里涌起不安的感觉。

演到这秦翰林立刻扬手，一台机位镜头往后拉，镜头里陈轻看着荆秀，荆秀看着楚王，三个人正好形成一个三角形，镜头定格在这里。草蛇灰线，伏延千里。

陈轻的视线在荆秀身上停留了片刻，又收了回去。

她光脚站在一面大鼓上，小腿匀称笔直，脚背光洁如雪，每跳动一下便有一声闷响传出。

"咚——咚——咚——"

她的动作越来越快，鼓点越来越急，乐声也越来越激荡高亢，所有人都放下了酒樽，屏住呼吸，看着鼓面上的身披轻纱的美人急速旋转，白纱飞舞，在殿中如同一道明亮的月光。鼓点扼住了众人的心跳，他们呼吸加速，随着陈轻的动作不断地睁大着眼睛。

一道妖冶的艳红色云纹从陈轻雪白的腰间一闪而过，耳朵后面具的系带悄然解开，陈轻墨发一甩，青铜面具从她的脸上飞出，在空中划出一道青光，"当啷"一声落在鼓面上——

鼓点、乐声、铃铛声随之戛然而止。在座的众人心中一空，心脏都突兀地感觉到了一阵轻微的疼意，那是刺激过后毫无征兆的中止造成的。

镜头推在陈轻的背影上，长发翻跹，又慢慢掉转一百八十度，定格到陈轻的脸上。

那面具掩盖下的是怎样的一张脸啊？

秀眉淡雅，幽瞳如夜，长睫如扇，貌比芙蓉。更令人惊奇的是她左半张脸眼角画着的那只蝎子，蝎尾高挂，将她原本的丹凤眼勾得更加夺人，蝎子张牙舞爪地趴在她的眼角，生动得像是要立刻钻出来夺命。

——没有比她再高傲再像神祇的妖精了。

不知道是谁打翻了手里的酒樽，"咯噔"一声，酒液倾泻在桌面上。

楚王回过神，拊掌大笑："好，重赏！"

他望向姑臧的使臣："孤许久没见过这么特别的美人了，告诉你们的王，陈妃——孤收下了。来人，带陈妃娘娘去玉秀宫！从今天起，那儿就是陈妃的住处了。"

陈轻捡起面具，重新扣在脸上，跟着宫女走出宫殿。

陈轻经过的时候，荆秀听见他身边座位上几个贵族子弟在小声争吵。

"看见没，美人方才是在看我。她又看我了。"

"是在看我才是。"

"看的是我，也不看看你们俩什么德行……"

荆秀给自己斟了盏酒，望着陈轻离开的背影，眸子沉了沉，慢慢饮下。

美人都是祸害，这个将会是特别大的祸害。

秦翰林竖起大拇指："卡，过了。"

夏以桐提着裙子，丁零当啷地跑到监视器前面看回放，陆饮冰接过方茴手上的衣服，从后面给夏以桐披上。

"谢谢。"

"不客气。"

夏以桐一开始以为是方茴，然而一个熟悉而陌生的温热身体随之靠近过来，爱马仕大地男香随着动脉的跳动发酵，这是陆饮冰为了演荆秀特意换的香水，已经到了后调，甜椒、安息香、西洋杉等混合的味道很好闻。

夏以桐转过头："陆老师。"

陆饮冰淡淡地"嗯"了一声，说："看回放吧。"

秦翰林来回看了两遍，对夏以桐说："把乐声去掉，再来一条，行不行？"

"行。"夏以桐答应道。

乐声去掉后，夏以桐直接在鼓上跳，第一声出来的时候，秦翰林就觉得效果比奏乐的似乎要好，打算后期再试试配点纯音乐的背景音，再挑一条出来。

然而重新与荆秀目光相接的时候，和前一次却有些不同了。

陈轻带着半张青铜面具，和荆秀含笑对视，荆秀的眼里居然出现了一瞬间的惊艳，稍纵即逝，快得几乎让人察觉不到。

秦翰林捏着下巴，看了一眼场上被命运之线牵连的两个人，陷入了思索当中。

第二次夏以桐的状态依旧保持得很好，秦翰林说："卡，过了。"

秦翰林打开了回放，在陆饮冰那里按了暂停，一看，果然是那种情绪。几分钟后，秦翰林补拍了几个配角镜头，这场戏算是彻底过了。

摄影组、道具组和场务在收拾东西去新的拍摄场地，就在离宫殿不远的花园。

夏以桐要换新的戏服和妆容。

陆饮冰则被秦翰林叫过去了。

秦翰林指着画面上陆饮冰的眼睛，说："你看这个镜头。"

陆饮冰的眸子微震，她不记得自己曾露出过这样的神态！

陆饮冰："秦导，我……"

秦翰林打断了陆饮冰："本来我是想，六殿下虽心地纯善，但是心机也不浅，对一个舞女是不会露出被惊艳到的表情的。但是陈轻那么美，他是一个正常的男人，看到好看的女人，表达出一点欣赏也无可厚非，而且你的重头戏是放在后面那个笑容上的，不注意的人根本察觉不出来，更显得荆秀的人性化。他越柔软，将来的冷硬就越会打动人心。还有啊，这场戏既然是初见，总要展现出一点不一样的火花对不对？一对视就噼里啪啦冒火花，多棒！我说你怎么忽然这么演了，你是不是临时想到了来不及跟我说？"

看着秦翰林兴奋的脸，陆饮冰面不改色地吞下了之前要说的话，镇定地道："是的，忽然对角色有了新的理解。"

"那你拍完了戏也该告诉我一声，要不是我来回看，都不太确定这个眼神的意思。"

"好的，我下次注意。"

下场戏是去花园，陆饮冰不需要换装束，她一个人躲到角落里看剧本。然而十分钟过去了，一页纸都没被翻动。

陆饮冰演戏有个缺点，容易过分代入自己的感情，喜人物之喜，悲人物之悲，这种现象在她刚演戏的时候特别明显，幸好当时她没演什么爱情戏，否则在拍戏时动真感情可不是什么好事。近年来随着演技的提高、经验的增长，陆饮冰已经能够很好地驾驭各类角色，不必将自己深陷进角色里去。代入是好事，但是过度代入，则会适得其反。

陆饮冰想："我真的该好好反思一下自己了。"

今天的剧本"啪"的一声被拍在桌子上，陆饮冰猛地站了起来。小西赶紧望过去，陆饮冰对她说："我去一下化妆间。"

"好的，需要我跟着吗？"

陆饮冰声音冷冷地道："不用。"

她不用化妆，去谁的化妆间，当然是夏以桐的。

敲门，方茴在里面说："请进。"

夏以桐没回头，问："谁啊？"

方茴回答："陆老师。"

夏以桐转过头，道了声："陆老师好。"她眼尾的蝎子已经被擦掉了，那股子"妖里妖气"（陆饮冰这么形容）的气质消减了不少，变得眉眼温顺，清润无比。

陆饮冰盯着她看，一言不发。

夏以桐被陆饮冰看得毛骨悚然："……"

望着身边一言不发陷入沉思的陆饮冰，夏以桐不明所以，但她知道哪怕自己问了陆饮冰也不会说，只好闭着眼睛继续让化妆师给她卸妆。

陆饮冰在夏以桐这儿坐了一会儿，其中数次转过脸认真地看她，半晌才起身，如释重负地说："我去看剧本了，晚点见。"

"晚点见。"

陆饮冰拉开门，走了。

夏以桐望着镜子里的自己，许久，问化妆师："小E，我今天长得和昨天不一样吗？"

小E看看镜子，看着里面那张精致无瑕的脸，感慨地笑道："夏老师比昨天更好看了。"

"刚才陆老师是不是一直看我？"

"是的。"

"为什么？"

"可能……找戏感吧？"小E说，"我也不知道。"

"是吗？"夏以桐喃喃着道，那陆饮冰的戏感找到了？对着她这张卸了一半妆的脸能找到什么戏感？

奇怪归奇怪，戏还是要拍。

上次拍过一次落水戏，所以夏以桐并不太担心今天的感情代入。但是前两天和陆饮冰对的那次戏，让她觉得很是忐忑，她的表演太流于表面了，稍有不慎就会变成轻浮，轻浮对上禁欲，固然能有很好的爆炸点，但对于荆秀那样正直保守（用现代话来说就是冷淡禁欲系）的皇子，轻浮只会让他看不起，更谈何吸引他的目光。陈轻如果是轻浮的，就会愧于她将来的智囊称号，人设直接崩坏。荆秀若是心悦这么一个轻浮的人，简直是在侮辱观众的智商。

不知道秦翰林会怎么说戏。

比起来想象这场戏的难度，夏以桐更期待秦翰林要对她说的话，就像秦翰林之前说的，好的导演比演员更重要，他才是这部电影的灵魂人物，她们是稀有的颜料，秦翰林则是拿画笔的画家。

夏以桐过去的时候片场还在架机器，调轨道，副导演指导着灯光师打光，两个光替正在提前给陆饮冰和夏以桐走位。

大风扇呼啦呼啦地转着，花园里草丛底下全是吸人血的蚊子，秦翰林再怕热也换上了一身长袖长裤，这里蚊子个大且毒，咬一口不仅痒还疼得厉害，皮都要挠破一层。

深吸一口气，满场的六神花露水味道。全黑的天色里，只有灯光照耀着工作人员热汗淋漓的脸，秦翰林"啪"的一声拍在自己手臂上，一个大血点，再高高地招一下手，嚷："嘿，花露水，这边，递过来。"

秦翰林忍住把裤腿撸上去的冲动，把夏以桐和陆饮冰叫过去说戏。

闻着秦翰林身上呛人的花露水味道，陆饮冰说："把你的花露水给'含羞草'喷一点。"

夏以桐："……"

秦翰林敏感地捕捉到了关键词："含羞草？"

陆饮冰说："哦，她动不动就脸红，这是我给她起的外号，别到外面去说啊，丢面子。"

秦翰林的目光滑向夏以桐，他笑得有些不怀好意地道："动不动就脸红？我怎么不知道？"

夏以桐心中警铃大作，正想着怎么找借口开脱，或者直接矢口否认。陆饮冰却率先出来给她解围，不假思索地道："你一把年纪了，也不照照镜子，谁对着你脸红得起来，要脸红也是对着我这种年轻貌美的少年好不好？"

被开了嘲讽的秦翰林："我……"

秦翰林今年四十来岁，虽然身材有些单薄，但长得还算耐看，刮了胡子怎么着也是一个秀气的中年师叔，走街上回个眸还能帅倒一片——当然这是他自己说的。

夏以桐"扑哧"一声笑出了声。

秦翰林的鼻腔里发出一声冷哼："不跟你说了，说戏。"他倒没有真生气，他脾气好，和陆饮冰的私交也很好，什么玩笑都开得起。

一提到正事，夏以桐赶紧敛起了笑意，洗耳恭听。

陆饮冰的嘴角噙着笑，还是那副不大正经的模样。

夏以桐用眼角的余光扫她一眼，又收回眼神。秦翰林则直接横了她一眼，陆饮冰把两只脚站直了，身子却随便找个能靠的地方靠着，没型没款。

秦翰林说："这场戏关乎你们对对方的第一印象，跳舞只是惊鸿一瞥，这场戏过后，你们要让观众看到你们之间的化学反应。找到那种感觉，并且抓住它，是你们要做的，尤其是小夏，这场戏大部分是由你来主导的。老实说我一开始对你的期待并没有很高，我承认这是我的偏见，但这两天戏拍下来，我发现你有很大的可能性，所以接下来的拍摄，你可能会辛苦一点。"

"她不怕辛苦。"

秦翰林斜了一眼陆饮冰："我问你了吗？"

陆饮冰耸肩轻笑。

"陆老师说得对，我不怕辛苦。"

"怕辛苦你也得给我拍。"秦翰林道，"先说饮冰的戏，你这场主要就是端着，拿好你的皇子范儿。得让观众能看出来你动心，而你自己却不知道。"

陆饮冰笑道："好的。"

夏以桐微微张了一下嘴，陆饮冰的戏这就说完了？

秦翰林像是猜到了她的想法一样，说："饮冰经验丰富，说个感觉自由发挥比我强行按着头一板一眼教要好，该你了。"秦翰林哑摸了一下嘴，昨晚他睡得晚，早上一大早就赶过来，嘴边冒起了胡子青茬，他眨了一下眼睛，望着夏以桐，道，"你的戏比较复杂，我想想要怎么说。"

夏以桐看向一侧静静含笑的陆饮冰，心想："我肯定要被秦导强行按头一个眼神一个动作地教了。"她心里难免升起巨大的落差感。

"你是一个人到后花园的，你早有图谋，知道会在这里偶遇荆秀。首先你要表现出笃定，胸有成竹的气势一定要有。你跳的那场舞给荆秀的第一印象是惊艳，是不食人间烟火的感觉，但他也因此对你有所忌惮，想要敬而远之。陈轻和他是一场博弈，他要离开陈轻，而陈轻要靠近他，就看谁的气场强。一会饮冰会收着点，你……"

夏以桐轻轻吐了一口气："我尽全力。"

秦翰林招手："饮冰，来。"

陆饮冰过来了，站在夏以桐跟前。

"快教她两个看起来气场强的技巧。"

陆饮冰蓦然失笑："你说什么？"

"知道你有私货，快来教教她，你们演员我还不知道，快着点。"秦翰林解释道。

"你给钱吗？"

夏以桐连忙道："我给。"

秦翰林手一指夏以桐，神气地道："你看，她给。"

陆饮冰似嗔非嗔地瞪了夏以桐一眼，似乎在恨铁不成钢地说"谁要你掺和这事"，紧接着教了她两个实用的小技巧，说完道："一个三千万啊。"

夏以桐马上说道："你把账号发给我，我有钱立马给你打过去。"

陆饮冰微微睁大了眼睛，不知道她是哪里来的这么"不懂哪句话是真的哪句话是假的"的奇葩，这么明显的玩笑话都听不出来吗？陆饮冰糟心地瞧了夏以桐一眼，自顾自地整理衣服去了。

夏以桐垂下眼帘，失落地想："唉！要联系方式的方法又失败了，什么时候才能要到偶像的 QQ、微信、邮箱、手机号呢？就算其中一个也行啊？"

秦翰林见两人交流到位了，说道："五分钟，酝酿情绪，马上开拍。"

陆饮冰翻着手里的剧本，时不时地用手指点一下。夏以桐背对着陆饮冰，深呼吸，闭上了眼睛，默念台词。

五分钟后。

《破雪》第二场二镜一次，Action！"

"你们留在此地，我想自己走走。"御花园内，树影交织，花香阵阵。两队宫女提着雕花灯笼缓缓而行，被簇拥着的美人玉足一顿，淡淡地说道。

"娘娘，这……"

"这宫里守卫森严，本宫还能有什么危险不成？"陈的语气一变，威严地道，"你们留在这里。"

"……诺。"

摄像机沿着轨道前行，夏以桐始终处于镜头的中央，另一台机位在拍陆饮冰。

荆秀虽然是不受宠的皇子，但是但凡国宴、家宴，身为皇子的他仍旧不得不出席，像个被摆布的傀儡，除了在自己宫内方能苟延残喘外，没有任何自由。

宴会上的觥筹交错虚伪得让人嗤之以鼻，荆秀不喜欢那种气氛，趁着没人注意，跑出来透透气。

御花园是皇子公主们儿时最喜欢的玩闹之地，可是荆秀不能来，他的母亲出身低微，他从一出生就带着原罪，其他皇子公主们瞧见他都要欺凌、侮辱一番。楚王政事繁忙，还要忙着开枝散叶，根本顾不上他这个孩子。是报应吧，荆秀这样想过，不然为什么自他之后他的父王再没有诞下过任何子嗣。楚王那时刚到而立，正值壮年，膝下已有十几位皇子公主，却仍不停地与大臣联姻，充实后宫，再无子嗣，只有报应这一种解释。

月光如水，水凉如月。美貌孱弱的锦衣少年看一眼四周，脱下鞋袜，坐在假山下的一块石头上，将一双堪比女儿家细嫩的脚伸进水里。

他的脚在清澈的水里轻轻地荡着，一向自持的脸上浮现出真心的笑容。他将手伸进自己的颈间，拽出了一块用红线悬的玉，那块玉款式普通，连材质也普通，在月光下既没有美玉的光泽，也没有透彻的亮度，实实在在是一块凡玉，那块玉甚至还缺了一个角。

这块玉放在荆秀那双美玉无瑕的手上都是折辱了他。

荆秀缓缓摩挲着那块劣质的玉，眼神却柔软得不像话。他慢慢地将脸颊贴近手中的玉，闭上眼睛，嘴里极轻极轻地吐出一个字，很快就被风吹散了："娘……"

一粒石子从荆秀身边飞了过去，在湖面上打着旋儿地转，"扑通"一声——

石子沉了下去。

荆秀飞快地将玉塞进颈间，睁眼便有两道寒光射出去："何人如此大胆？竟敢在御花园投石嬉戏？"

山石寂寂，在骏黑中默然，只有拂过耳畔的风声。

"出来！"荆秀盯紧一块假山，后面一角青色隐若现，"鬼鬼祟祟的，左边第二块石头后面的人，给本殿下滚出来！"

"我若是鬼鬼祟祟，又岂会特意投石提醒殿下？倒是殿下深夜一人，到御花园泡脚，好雅兴。"陈轻自假山后踱了出来，她一身青色衣裙，卸下了面具，卸下了锋利的妆容，也卸下了迷惑人心的铃铛，样貌却依旧清妍，眉黛青山，双瞳剪水，整个人便如一缕无所不在的清风，渗透进每个角落。

俊美的少年、如风的女人，在镜头里，趁着月光构成了一幅极富张力的水墨画。

荆秀看着她，那句"怎么是你"抑或是"陈妃娘娘到此来为何"，终究没能顺利地吐出来。

"……殿下？"

荆秀扭过了头，脚趾轻轻一动，搅皱了一池春水。

是害羞？是春心萌动？是防备？是故作高深？还是本性使然？

什么都可以是。

荆秀一句话都没说，将所有答案都交给了屏幕前的观众。

夏以桐几乎要被陆饮冰的演技震惊了，原来演戏还可以这么演。

秦翰林曾经说过，电视剧依靠台词展现人物性格，电影则是依靠镜头语言。这二者之间有很大的区别，拍电影的时候，不需要你记多少台词，但是每一个眼神、动作、神态都有讲究，得把要表达的东西精准无误地表达出来，比电视剧的要求高很多。

夏以桐每天都有新的感悟，和戏骨对戏的感觉实在是太棒了。就算不是因为陆饮冰，她也愿意为这份事业付出百分之一百的努力。

水波微漾，像是随波逐流的少年心事，不知何时，一片桃花瓣自荆秀头顶飘下，落在水面上。

陈轻望着那片花瓣，眼神微动，眼底一瞬间闪过复杂的情绪。她沉默片刻，移步上前，把裙裾挽到腰间，仅着里面的雪色中裤，在荆秀身旁坐下。

荆秀撑起双手，往旁边挪了挪。

他没有走，也许是因为今晚的月色太美了，也许是因为身边的人……

耳旁窸窸窣窣的一阵声响，荆秀却全程偏过头没看陈轻，一张如玉般的脸绷得紧紧的，紧张、好奇又防备。他还没有学会将所有的情绪隐藏在波澜不惊的表情之下，没有学会喜怒不形于色，他才十五岁，太年轻了。

他的脚旁出现了一双同样白净，视线顺着那双脚往上看，顿住，不行，不能看，于是荆秀自以为无比自然地收回了眼神。

耳边传来一句轻笑。

被发现了，荆秀面上微恼。

"殿下不在前殿宴饮，跑来御花园泡脚做甚？"

"秀不胜酒力，不便在大宴上久待。"

"如此……"陈轻沉吟着道，"我从家乡带了几坛桃花酿，殿下有空可来一尝。"

"你……"荆秀词穷，这人莫不是听不懂人话？他难道说的不是不胜酒力？

"这酒不醉人，殿下自可放心。"

"……"什么酒他都不喝，和这个妖女多加接触有害无益。

陈轻望着荆秀别扭的小脸，忽然道："殿下与我一位故人相貌有几分相似。"

荆秀不答她。这么拙劣的伎俩他若是上当岂非不长脑子？

陈轻停顿了一下，笑道："都生得天人之姿。"

夜风轻拂，陈轻离荆秀始终一臂距离，不亲近，反而显得有些疏离，是守礼法的距离，但他们二人此时的举动，实在算不上于礼相合。

后妃与半大皇子，年龄相仿，在御花园的小角落里，月下泡脚谈心，不如直说是私会。

荆秀意识到了不妥，"哗啦"一声将脚从水里抬起来，便要穿上鞋袜。

"我与那位故人自幼相识，他虽然身份尊贵，却没有一点架子，我带他去山上抓蚂蚱他会去，带他去下水摸鱼他也去，他还会趁没人的时候给我演练招式，逗我开心。我第一次见他的时候，就觉得他过得很辛苦，小小的一个人，硬是板着脸每天把自己装成大人的模样，所以我想尽办法让他像个小孩子。"

荆秀的手停在半空，第一次对她的话感兴趣，安静地问："后来呢？"

陈轻随口道："后来他就回家了，我再也没见过他。"

"你说，你叫什么名字？"荆秀望着她，声音放得很轻很轻，"我方才在殿上没有听清楚。"

"我叫陈轻。"陈轻两手撑在他身边的石头上，缓缓靠近他，在他的耳旁吐字清晰地重复，吐息温热，"陈、轻。"

荆秀猛然推开她，飞快地穿好鞋袜，撂下一句"娘娘自重"，拂袖而去。

陈轻低头看着水里的那双脚，在光的折射下有些扭曲。她默默地看了一会，用脚尖绕着画了一个圈，水面便剧烈地波动起来。她又仰头看向头顶那轮散发着皎洁光辉的明月，慢慢地仰躺下来，闭上了眼睛，脚尖在水下有一搭没一搭地晃着，忽然一顿。

——后来呢？

后来，我见到了他，他却没认出我。

秦翰林坐在监视器后面，皱着眉头喊："卡，过了。"

"夏以桐。"陆饮冰见夏以桐迟迟不动，走过去喊她。

"这石头上凉凉的，躺得太舒服，差点睡着了。"夏以桐被陆饮冰叫醒了，一只手高高地举起来，陆饮冰犹豫了一下，握住她的手，把她从地上拽了起来，说："你倒是舒服了，我穿这一身快热死了。"

可不是？陆饮冰身上穿的是一套完整的皇子常服，高靴束腰佩玉，瞧上去英姿不凡。

夏以桐说："那我跟你换啊，你穿我这身裙子，我穿你的。"

"得了吧！小矮个，我的衣服你穿太大了。"陆饮冰点了一下她的脑门。

夏以桐不服气地道："你都瘦成这样了，再大也大不到哪儿去。"

"你还敢笑话我？等把这些前面的拍完我就换食谱，看我不一根手指把你捏死。"

"女王饶命。"

"叫我二郎显圣真君大人。"

"这是什么梗？"

"忽然想到的称呼，你直接叫就行。"

"你拍戏的时候还在想二郎神？你不会从头到尾把我想象成二郎神吧？"

"嘿你这小兔崽子。"陆饮冰抬起胳膊，作势要打人，"你再不起来我就把你推进水里去。"

"好的，好的，我这就起。"

"我去找秦翰林。"

"你不拉我起来了吗？"夏以桐冲陆饮冰的背影喊，"陆老师？"

陆老师没有理她并且走得更快了。

刚才还"娇弱"的夏以桐麻利地给自己套上鞋袜，踩进鞋里，边跑边穿地跟上陆饮冰。

"我觉得小夏的情绪可以再外放一点，情感要往里收。荆秀是你儿时的同伴，但是暂时还没到让他知道的时候。不然就会和上次拍好的落水戏有出入，他一个字都不信你。这段话不要太动真情，要用调笑的语气，但是比调笑的程度轻，OK吗？"

"OK。"夏以桐回答道。

得到肯定答复的秦翰林，又转移了说话的目标："饮冰。"

"嗯？"

"你带着点儿小夏，把这段戏演得更有张力一些，我不要那种戛然而止的感觉。"

"好。"

夏以桐："……"秦翰林对她说戏和陆饮冰说戏完全是两个风格，什么叫作有张力一点？刚才戛然而止了吗？

按下来是秦翰林精雕细琢的时间，第一遍虽然喊了过，但他以为二人的火花只到了及格线以上，可以做到一百分，秦翰林就不会拿出八十分的作品。

一句台词一句台词地磨，以为今天可以早点收工的人都笑自己太天真了。

夏以桐说："你们留在此地，我想自己走走。"

秦翰林："NG，站得不够直。"

夏以桐说："我若是鬼鬼祟祟……"

秦翰林："NG……"

"NG……"

"NG……"

"NG……"

"灯光，重新调。"

夏以桐几乎说一句话 NG 一次，直到麻木，都没空愧疚。就连陆饮冰都罕见地吃了一次 NG，只因为秦翰林在荆秀的眼睛里看到了一丝的躲闪，荆秀在躲什么，没人知道，不过下一次重来就完美通过了。

场务去箱子里又拿了一瓶未拆封的花露水，用到一半的时候，秦翰林终于喊：“收工。”

已经是凌晨一点半。夏以桐的脚在凉水里泡了一晚上，看起来肤色惨白，方茴给她拿干毛巾擦脚，刚擦一下夏以桐就皱了眉头：“我自己来吧，有点疼。”

方茴就给她拿来鞋袜，小心翼翼地帮她穿上。夏以桐站起来，脚底跟麻木了一样。

“陆老师，对不起！害得你陪我拖延到这么晚。”夏以桐心底对陆饮冰充满了愧疚。

陆饮冰笑道：“没事，这场戏拍不好，我们俩都有责任，化学反应那种很玄幻的东西，只有秦翰林知道。你是不是要进去换衣服？我跟你一起。”

夏以桐还沉浸在愧疚里的情绪里，没太听清楚：“什……什么？”

陆饮冰解释道：“我的化妆间比较大，而且离这里近，你脚疼，能少走一点路是一点路。”

“好、好的。”

方茴和小西各自跟在自家艺人后面。

片名 《逆光》
TITLE

卷号 第十章 CHAPTER 10
ROLL

镜号 因戏同住
SHOT

　　去陆饮冰的化妆间途中，在脑内开着十几辆小火车的夏以桐率先深刻地检讨了一番自己，给自己做心理建设："陆老师是实力派巨星，哪能随便要到联系方式呢，不要气馁，也不要太着急了，免得惹人反感，一会儿眼睛不能往不该看的地方看，脑子里不准想不好的事情，聚精会神换衣服，一心一意……还是换衣服。不能暴露你的'狼子野心'，听到了吗？"

　　陆饮冰看见夏以桐长长地吐了口气。

　　"干吗？你紧张？"

　　"啊，不，我是热的。"

　　"我说呢，你换个衣服紧张什么。"陆饮冰说。

　　夏以桐以手作扇给自己扇扇风，欲盖弥彰："这鬼天气。"

　　陆饮冰表示赞同："对！"

　　无辜被骂的老天静静地凝望着她们，星子如棋。这时候起了微风，陆饮冰把戏服的领口敞开着，让风直接钻进汗湿的脖子里。

　　一进门，夏以桐就看见了灯火通明的化妆间和早就等好的化妆师，她才想起来，她自己的化妆师已经回去了，但陆饮冰的化妆师还在，全天 24 小时待命，她们还需要卸妆。

　　不仅如此，陆饮冰的化妆间比起她在片场的简直是豪华太多了，还有单独的更衣室，夏以桐仔细看了看这个化妆间的布局，神情复杂。又好又不好的消息是：更衣室很大，但是只有一个。

　　夏以桐正四处张望，陆饮冰招呼她："走啊，换衣服去。"

　　"来了。"

　　"……"夏以桐一进去直接倒退了一步，这个更衣室……

陆饮冰一扭头，看到夏以桐愣在门外，脸上的表情一脸震惊。陆饮冰忽然有点想笑，好在忍住了，一本正经地问："害羞啊？"

这小朋友。

"没、没有。"

夏以桐硬着头皮进去了，镜子里照出三个她。没错，这个更衣室三面都是镜子！

陆饮冰自顾自地把腰带和外袍都脱了，仰头露出修长如雪白天鹅颈的颈项，月色中衣薄薄地覆在背上，高高地耸出清晰的蝴蝶骨。紧接着中衣褪下，一截窄窄的腰身便暴露在镜子中。

夏以桐目测了一下，自己一条胳膊都能直接将她圈满怀。

八年前，陆饮冰电影上映路演的时候，她有幸和陆饮冰合影过一回，那会手臂环上去的时候能感觉到陆饮冰随着呼吸起伏带动着腹部薄薄一层富有力量的肌肉，如今已经只剩下一层松垮垮的皮了。

夏以桐的眼睛蓦然一酸，她知道陆饮冰瘦，没想到身上已经瘦到了这个地步。

"陆老师……"她呆呆地望着镜子里的人，情不自禁地开口。

"嗯？"陆饮冰调整了一下肩带，抬手从架子上拿自己的便装。

"我能不能……"我能不能抱抱你？

后半句话咽进了喉咙，陆饮冰站到她跟前，面对着她："帮我扶一下发冠，你说什么？"

挥发殆尽的爱马仕大地散发出最后的余香，夏以桐闻到陡然袭来的香味清醒过来，连忙后退两步。她的后背撞到镜子上，后怕地回头看看，还好没撞碎。

陆饮冰不解地道："我有那么可怕吗？你退那么远？"

"您……你过来得急，我一时没注意。"

"你不是一直在透过镜子看我吗？"陆饮冰懒懒地道，"怎么样？你的偶像是不是很好看？"

夏以桐的耳朵红了。怎么就忘了……这个镜子是三面的，她能看到陆饮冰，陆饮冰自然也能看到她在干什么。

"我……"

"别我了，在这里边半天了，给我扶着点发冠，我要套个衣服，刚才进来得急，忘了让化妆师先帮我解头发了。"

"我帮你解？"

"你会吗？"陆饮冰一副不信任她的样子。

"我以前在片场做过梳妆师。"夏以桐很自然地答，同时踮脚抬手去够陆饮冰的发顶。陆饮冰没再质疑她，配合地坐在凳子上，闭着眼睛道："我听来影说，你以前经常在片场打杂？"

"嗯，穷，挣点钱贴补，顺便看看有没有什么机会。"

"当群演吗？"

"不全是。"

"还有什么？"

夏以桐很长时间没说话，陆饮冰奇怪地睁开眼睛，正好与夏以桐直直地投向镜子中的目光撞上，不知怎的，陆饮冰的心忽然慌了一下。

陆饮冰的眉头一皱，那个答案不会是……

然而夏以桐没再开口，陆饮冰也没追问，冰山的一角方浮出水面，便再次沉入海底。

夏以桐的手指细长，极灵巧地把发簪连带发冠一起拆了下来，再稍一拨弄，陆饮冰的长发便如云般披散下来。陆饮冰习惯性地甩了一下，却感觉头皮一阵麻痒，被束发的那块头皮经过了一天的绑缚，先是稍稍一疼，接下来却是难以言喻的舒适。

陆饮冰享受了不到三秒钟，反应过来，躲开那双在她发间自如穿梭的手："你不用做这个。"

"顺手了，"夏以桐笑笑，没再坚持，收回了手，然后开玩笑地道，"陆老师，我的手艺怎么样？"

陆饮冰努力忽视周围变得越来越奇怪的气氛，道："挺好。"

夏以桐看着陆饮冰："那我拍完戏后，去应聘当你的贴身助理，你要不要？"

陆饮冰回望她，也笑道："那我可付不起你的酬劳。"

两个人一来一回，目光流转中仿佛有无数个不能说的秘密沉了下去。

良久，夏以桐"哈"地笑了一声："就算我想当，公司也不会放我走的。"

"你自己也知道啊。"

陆饮冰站起来，她已经换装完毕，长款 T 恤，短裤，一双长腿暴露无遗，催促夏以桐："净顾着说话，你还换不换衣服了？"

"换换换。"

夏以桐背对着陆饮冰，弯腰三下五除二地把长裙脱了，换了裤子，用手臂半挡着胸把内衣也给换上了。陆饮冰望着她背上那些依稀还留着淡痕的伤疤，眸色渐暗。

——背部曾经因为拖行意外大面积擦伤，整个背都快烂了。

都这么久了，应该不疼了吧？

长发披满背，如同绸云，夏以桐套上外套，手伸到颈后，将长发拨了出来，仰着脖颈甩甩头。

微凉的发丝扫到指尖，陆饮冰悚然一惊，愣愣地望着自己不知何时抬起来的右手。她方才是想做什么？

……

"谢谢陆老师。"宾馆房间门口，夏以桐对送她回房间的陆饮冰表示感谢。

"不客气。"陆饮冰的脸色看上去不是很好，方才走过来的一路也没怎么说话，她礼貌地接受了夏以桐的谢意，点点头道："那我先上去了。"

"晚安。"夏以桐的目光流露出明显的担忧，"陆老师？你是不是身体不舒服？"

"没有，可能是晚上累到了吧，年纪大了，熬不了夜了。"

跟在后面的小西面不改色，在心中震惊地道："怎么可能？陆老师可是自诩年年十八岁的小姐姐。"

"那……陆老师晚安！"

陆饮冰道："好，晚安！你早点睡吧，明天还要拍戏。"陆饮冰说完便往电梯的方向走去，在夏以桐看不见的地方，双眼现出罕见的迷茫来。

"等下，陆老师。"夏以桐目送着陆饮冰的背影，忽然叫了一声，急急忙忙地追上来。

陆饮冰展展眉，恢复到正常的神色，转头，温和地问道："什么？"

"你看我这张脸，有没有熟悉感？你之前见过我吗？"夏以桐定定地站在陆饮冰面前，心里七上八下的。她在入演艺圈之前以及在演艺圈混到三十八线的时候，凡是有机会追的陆饮冰的路演、见面会、首映会她都去了，她和陆饮冰说过话，合过影，她一直想知道陆饮冰还记不记得她。

陆饮冰看了她很久，摇摇头，熟悉的迷茫泛上眼里："我们以前见过？我不记得了。"

"没见过。"夏以桐立刻否认，笑着道，"我就是开个玩笑。"

"哦，"陆饮冰呆了一下，说，"晚安！"

"晚安！"夏以桐一直送陆饮冰进了电梯，很认真很认真地又说了一次，"晚安！"

陆饮冰的脸在合拢的电梯门缝中渐渐消失。

那也是一个溽热的夏天，灯光闪耀，人群拥挤，女生行将摔倒，一只单薄却有力的手臂把她扶了起来。

"谢谢！啊啊啊……你是陆、陆、陆……我、我很喜欢您，这是我给您做的礼物，没坏，送给您。"

"也谢谢你，我很喜欢。你叫什么名字？"

"我叫夏桐，夏天的夏，桐树的桐。"

"好，我记住了，期待下次和你见面。"

"我会的，我一定会去见你的！"

夏以桐缓缓地眨了一下眼睛，长时间在原地站着没动。她想起今晚陈轻那句未出口的台词。

——后来呢？

后来，我见到她了，她却没认出我。

"夏老师？夏老师？"

"啊？"

"该回去了。"

"好。"夏以桐走了两步，回头又看了一眼电梯，好像陆饮冰还在那里一样。陆饮冰不记得自己了，没关系，她以后会记住的。

夏以桐振奋精神，快步回房间冲澡。

方茴觉得进入《破雪》剧组以来，夏以桐一天比一天奋进，一天比一天开朗，也一天比一天乐观。

她是去年初开始跟的夏以桐，之前的助理和她交接的时候说："夏老师在外面看着很好相处，但是内心有一点……怎么说，玻璃心吧。她经常会莫名其妙地失落、悲观，私底下你多顾着点她的情绪。她有时候会很拼命，完全不顾及身体，你注意让她适时休息一下。"

而长时间的接触下来，也的确是这样。夏以桐外表看起来开朗，内心却很悲观，一子错、满盘输的压力始终笼罩在她的头顶，还有她那对于事业完全不同于常人的拼命，像机械一样运转不停，可人的身体毕竟不是机械，她有时候会让方茴觉得可怕。

以前的夏以桐像是一个在无尽长夜里拼命奔跑的人，只余一点幽微的光吊着她，远远的，又忽左忽右没有方向。她只有一刻不停地奔跑，哪怕摔倒了也不能停下，才有靠近光的可能。

而现在的夏以桐，更像是一个真实的人，因为光就在她一步之遥的地方，她可以停下来，好好看清光的样子。

这是一个心酸又甜蜜的漫长的过程。

昏黄的护眼床头灯下，夏以桐看了看床头柜上已经指向三点半的闹钟，放下短短半个月就已经翻得卷起了边的剧本，打了个哈欠，敷着睡眠面膜闭上了眼睛，她对自己说："晚安，夏桐。"

夜风卷起陆饮冰耳边的长发，她把窗户关上，从窗边走到了床沿，小西已经把床和枕头摆到了陆饮冰习惯的角度，说："小姐姐，室内温度降到24摄氏度了，你现在要洗澡吗？"

"洗。"

"我去给你拿一身新睡衣，要裙子还是裤子。"

"裤子吧。"

"好的。"

"衣服拿完你就先回去睡觉吧，不早了。"

"好。"小西疑惑地答应下来，往日里陆饮冰都会洗完澡之后再叫她离开的，因为有时候会有一些奇奇怪怪的活儿需要她去做。

小西把温度上调到26摄氏度，关上门离开。

陆饮冰把自己扔在了床上，反手捞过已经整理好的被子把自己的脸蒙上了，不到一秒钟，她就被自己身上的味道熏着了，从床上跳开，罢了，乱七八糟的事还是洗澡之后再想吧。

"穷，挣点钱贴补，顺便看看有没有什么机会。"

"当群演吗？"

"不全是。"

"还有什么？"

陆饮冰紧闭着眼睛，热水顺着脸流下，淌过修长的身体轮廓，她猛地睁开眼睛，惊讶地发觉自己问的这句话是有歧义的。我问的是除了寻找机会当演员外还有没有别的目的，但这句话也可以理解为除了当群演外还做过什么，"不全是"可以理解为不全是为了当群演，也可以理解为不止当过群演，夏以桐推过机器她知道，还有今天刚听她说的当过梳妆师。

她回答的到底是哪一层意思？是自己想的那个意思吗？如果是第一种意思，那么她频频混迹片场所要寻找的机会是什么呢？

……会是为了靠近自己吗？

陆饮冰冷静地否定了自己这个答案。

洗完澡出来，陆饮冰给自己抹上身体乳，又想：那她为什么不说话呢？为了靠近自己又不是什么难以启齿的理由，她不是自己的粉丝吗？说不定自己一感动还能给她签个名什么的。对了，认识这么久以来她怎么都没有问自己要个签名。

还是说，其实是第二层意思，她不止当过群演，还做过一些她不太想说的职业，比如替身之类。陆饮冰对所有电影从业人员都一视同仁，包括替身。替身有文替、武替等，他们无处不在，却又常常隐没在明星之后，籍籍无名。陆饮冰自己就用过替身，她很尊敬对方。但是一想到夏以桐有可能做过替身，陆饮冰就莫名地替她感到心酸。

甩了甩脑袋，去除了脑子里莫名其妙的猜测，陆饮冰盖上身体乳的盖子，穿着长袖长裤的睡衣从浴室走出去，乍一接触到开久了空调的房间，冻得打了一个激灵，赶紧钻进了被子。被子里也是凉的，陆饮冰搓着自己的手臂，眼睛望着天花板。早知道刚才就问清楚了，为什么没有问下去呢？真是奇怪。

陆饮冰怎么也记不起来当时的心境，脑子好像忽然短路了一下，直觉告诉自己别再问下去，就真的没再问下去了，这该死的直觉。

床头柜上的闹钟显示已经两点四十分了，闹钟旁边放着一个透明的系着蓝丝带的玻璃瓶子，陆饮冰挣扎了一下，把刚焐暖和的手伸向了那个瓶子，举到眼前仔细看，看着看着，她的视线就越来越模糊，瓶子变成了一个、两个、三个、四个……

屈着的手臂渐渐平展，垂落在床沿，攥着的手指渐渐松开，瓶子滚落在木地板上，发出一声极轻的闷响，它飞快地滚动着，滚进了墙角的柜子底下，轻轻地磕碰到墙壁，不动了。

干净的蓝丝带上沾染了灰尘。

陆饮冰呼吸平稳，已经睡着了，长时间暴露在空气中的那只手，手指微微动了一下，仿佛想抓紧什么，最终却什么也没抓住，收进了温暖的被窝里。紧接着长手长脚的女人把自己蜷缩起来，整个人埋进被窝里，满足地"嗯"了一声。

陆饮冰睡了不到三个小时，就被闹钟叫起来了，她仰面躺在床上，闭着眼睛把手底下的床单扭成了麻花，发出暴躁的哼哼声，因为太用力还差点把刚长出来的一点指甲给攥劈了。

三分钟后，陆饮冰把晚上被调高到28摄氏度的空调关了，给小西打电话，在门口等候已久的小西刷房卡进来，准备陆饮冰今天穿的衣服，催她刷牙洗脸换衣服，天还没亮，陆饮冰昏昏沉沉地坐进了化妆间。

几个化妆师和化妆助理摊放出各种工具，对着陆饮冰脸上那一亩三分地展开了辛勤细致的耕耘，在十几年的高强度工作里，陆饮冰早就修炼出一身边化妆边睡觉的功夫，不单可以坐着睡，还能站着睡，眉毛动都不带动一下。

突然陆饮冰从睡梦中惊醒，化妆师和小西都吓了一跳。

小西问道："怎么了？"

陆饮冰皱皱眉头，道："我好像忘记了什么东西。"

"是忘记带什么了吗？我去包里翻翻。"

"不知道，你找吧。"

小西翻了一遍，说："该带的都带了，什么都没缺。"

"哦，可能是我记错了。"陆饮冰问，"几点了？"

"刚六点钟。某夏姓艺人还没到。"

"我问你了吗？就你嘴快。"

小西吐了吐舌头，反正迟早要问到的。

十分钟后，陆饮冰开始频频用眼角的余光扫着化妆间门口的方向。

小西见状说："我出去看看夏老师来了没有？"

陆饮冰幽幽道："读过小学课文《杨修之死》吗？自作聪明'死'得快。"

小西留下一句"您又不是曹操"，走到门口又说："不对啊，那明明是九年级的课文，根本不是小学课本上的。"

陆饮冰看不见她，随手抓了个小玩意朝她身后扔了过去。反了，一个一个的都要上天了。

小西开门进来，说："片场都找遍了，夏老师还没来。"

"现在几点了？"陆饮冰的脸色肉眼可见地沉下来。

"六点半。"

"妆化好了吗？"

"还没有。"

陆饮冰问："我的手机呢？"

小西恭恭敬敬地给她递上手机："殿下。"然后立马退下，消失在陆饮冰的视线范围之内。

陆饮冰打开微信，退出登录，切换账号，登录，添加新朋友，凭着记忆输入了一个微信号，熟悉的许愿瓶头像出现在屏幕上。

验证信息：我是《娱乐周播报》记者，倪思定。

陆饮冰喊道："小西，用你的微信给夏以桐发个消息，问她怎么还不来，她要是问我在干吗？就说我在化妆间睡觉。"

小西给夏以桐发信息：夏老师，您到片场了吗？"

两分钟后，夏以桐回复了：还没有。

小西立刻提醒陆饮冰，说："回了回了。"

陆饮冰看着微信申请，在小西说完这句话后，对方已经通过了申请：你已添加了陆地与星，现在可以开始聊天了。

陆饮冰打字：以桐，在吗？

夏以桐接过方茴递过来的杯子，喝了一口温水，设置不让那个娱记看自己的朋友圈，然后再给小西发微信：陆老师到很久了吗？手机晚上开了飞行模式，刚打开。

小西：你刚醒？

夏以桐：嗯。有点不舒服，起晚了。

小西又向陆饮冰汇报："报告，夏老师说她身体不舒服。"

陆饮冰刚才还要炸上天，一下就跌落了下来，抿了一下嘴唇，道："问她哪里不舒服？"

陆老师让我问你……小西打字到这里，手指一顿，抬头问："用您的名义问还是用我的名义？"

陆饮冰很奇怪，理所当然地说："当然是你的。"

不知道是不是陆饮冰的错觉，在她说完这句话后，小西好像有点失望。

小西：哪里不舒服啊？我现在挺闲的，给你买个药送去。

夏以桐：可能是凉水泡了太久，晚上空调温度又开得太低了，着凉了。药不用买了，我这里备着药呢，谢谢啊。

"夏老师着凉了，估计感冒发烧了。"小西添油加醋地道。

陆饮冰淡淡地"嗯"了一声，慢慢握紧椅子扶手的手指却暴露了她真实的情绪。这个祸害，又是低血糖又是感冒的，怎么像豆腐一样脆弱。

"我一会儿帮她跟秦翰林请个假吧，让她好好休息。"

"这句话用您的名义发还是我的名义？"

陆饮冰斜她一眼，过了良久才道："我的。"

"得嘞。"

小西那句还没打完，夏以桐的消息就进来了：陆老师问起我了吗？

小西把打好了一半的句子删了，回：没有问。

夏以桐发了一个难过的表情，小西偷偷瞥一眼陆饮冰，又回复道：这是陆老师让我跟你说的，一早上问好几回了，她不让我说。所以这条消息我得撤回了，你下一条回'这个表情好好笑我要盗图了'。

然后小西立马撤回了消息，夏以桐配合地回：这个表情好好笑我要盗图了。

小西：盗图可耻。

夏以桐：啊啊啊……撤回得太快都没来得及存。

小西：陆老师让我跟你说她会帮你跟秦导请假，让你在宾馆好好休息。

夏以桐：谢谢！

这个"谢谢"谢得小西一脸莫名，这有什么好谢的。

陆饮冰翻完聊天记录，对于小西那条撤回的消息没有多想，也问："这有什么好谢的？"

小西摊手。

宾馆内。

夏以桐拿开脑袋上的冰毛巾，掀开被子从床上跳了下来，吓了方茴一大跳，问道："你怎么了？"

"我要去片场见陆饮冰！"夏以桐的脸红红的，不知是激动还是发烧所致。

方茴看她发光的眼睛就知道自己拦不了她，于是任劳任怨地给她准备好温水，备好药和喉宝、遮阳伞和防晒。戴好口罩和墨镜，夏以桐生龙活虎得不像个病人一样地出门了。

陆饮冰有点后悔自己用个微信小号加夏以桐了，她又不是做贼心虚，用什么小号，本来打算把手机里存的小西拍的合照发给她吓唬吓唬她的，可现在人家都生病了，再做这种事就太天理难容了。

算了。

陆饮冰睡不着，仿佛是随口问了一句小西："夏以桐是说她那儿有药吗？"

"是的。"

"都有些什么药？"

"我没问，要现在问吗？"

"问吧，以我的名义。"

小西眼睛一亮，连忙发微信：陆老师让我问你，你那儿都有些什么药？

看看是不是够？

一分钟后，陆饮冰问："她回了吗？"

"还没有。"

"估计在睡觉吧，你还是别发消息了，免得打扰到她。"

"好。"

话音刚落，化妆间的门就被敲响了，小西道："请进。"

夏以桐戴着口罩进来了，甜甜软软地喊："陆老师！"口罩后面传来的声音闷闷的，却带着她独有的朝气和魅力，听着就让人心情上扬。

陆饮冰的心都快给她喊化了，嘴角往上翘，紧接着往下一沉，冷冷道："你不是生病了吗？还来干吗？"不在宾馆好好休息，装什么敬业呢，这倒霉玩意儿！

夏以桐满心欢喜地跑来找陆饮冰，没防备热脸贴上冷屁股。或许生病时的人都格外脆弱，夏以桐一被凶，顿时就委屈得想哭，眼睛里的水汽瞬间就漫了上来。

夏以桐不想在陆饮冰面前落泪，转头就出去了，她的脚甚至还在门口，就撤了回去。

方茴跟在她后边，听见夏以桐很着急地喊了一声："墨镜。"

夏以桐戴上墨镜，飞快地低下头。

"夏——"方茴第一次见她哭，慌极了，又惊觉可能会被有心人看到，把后面的两个字吞了下去，装作在她耳边说着什么。当然，方茴没发出声音。

夏以桐在墨镜底下无声地流泪。

方茴也再次体会到了当明星的艰难，笑不是自己的，哭也不是自己的，好不容易有那么一点情绪，还不能在人前表露出来。

陆饮冰在夏以桐退出去的那一刻下意识地想去追，却被梳子绊住了头发，她心里打着鼓，似明白又不明白地问小西："她为什么走了？"

小西罕见地阴着脸，冲冠一怒为偶像，义愤填膺地道："你怎么能说那种话？"

"我说什么了？"

"夏老师那么高兴地来见你，你就不能好声好气地对她说句话？非要凶她吗？"

"我凶她了吗？"

"凶了！"小西情绪激动地道。

"我凶她了吗？"陆饮冰茫然地看向化妆师们，化妆师们默默地点了一下头。

陆饮冰疑惑道："我刚才难道不是特别'友好'地表达出她应该回宾馆好好休息的意思吗？不是这样吗？"

对陆饮冰的辩驳，忠心维护偶像的小西又大逆不道地冷言表示："对不起！我没看出来。我只看出来她开开心心地跑过来，你冷言冷语地把人凶跑了。"

"我有吗？"

"有！说不定人家现在正在外面哭呢。"

正在外面哭的夏以桐忽然轻轻地打了个喷嚏。方茴歇了口气，心道："夏老师总算是哭好了。"

陆饮冰在小西控诉的目光下反思了一下，觉得自己"友好"的态度约莫是没有完全表达出来。她沉默着，又坐了一会儿，终于坐不住了，屁股跟被钉子扎似的，拨开化妆师的手走了出去。

小西感到一阵后怕，赶紧跟上去。胆敢数次顶撞老板，啊啊啊……她还不想被炒鱿鱼啊。

陆饮冰环视了片场一圈，在离化妆间不远的角落看到了夏以桐和方茴两个人，她转头望了一眼小西，小西用力地点点头。

陆饮冰收到鼓励，捋了捋头发，一往无前地过去了。

方茴以为的结束并没有结束，她一口气没歇足，继续她的默剧，还要完成微笑、严肃等表情的切换，以表示她们正在认真交谈，方茴边演边心累地想道："这样的日子再多过一阵她估计都可以正式出道了，演个女配绝对没问题，她的演技可比电视剧里只知道翻白眼的恶毒女配强多了。"

再看看有没有人注意到这里，方茴的视线定格在了自己的正前方。她露出一脸惊悚的表情，赶紧拍拍夏以桐的肩膀。夏以桐带着哭腔低声道："没事，我一会儿就好。"

"来不及了！陆老师来了！"

夏以桐："……"

陆饮冰："……"为什么刚走过去夏以桐就立刻转过身去了。

夏以桐不哭了，匆匆用两只手胡乱地抹着脸上的眼泪，只是眼角的红一时半刻肯定消不了，于是她拿出手机，戴着墨镜看屏幕。

陆饮冰问道："你干吗呢？"

夏以桐怕出声会暴露哭腔，朝她晃了一下屏幕，表示是在刷微博。

陆饮冰主动走到她面前，夏以桐的下巴都快戳进胸里了。陆饮冰比她高出半头，她这么低着头反而将自己哭得红红的眼睛暴露在陆饮冰的视线中了。陆饮冰右手的食指钩住她鼻梁上的墨镜，轻轻往外一抽……

一张布满泪痕的脸便出现在自己面前，陆饮冰在戏里见过很多人哭，她自己也哭过，她的哭戏还被媒体誉为"最美的哭戏之一"。夏以桐的脸很美，哭起来也很美，可陆饮冰觉得自己欣赏不来。可以确定的是，陆饮冰并不想在夏以桐的脸上见到这种表情。

陆饮冰的眼睛里盈满了自己也没发觉的柔情和怜惜，她用发自内心的声音轻柔地吐露出一句话："对不起啊。"

夏以桐先是一怔，下一刻却止不住地号啕大哭起来。

陆饮冰也愣住了，身体一僵然后放松下来，单手环上夏以桐的肩膀："别哭了，再哭就会有坏人把你拐走！"

这是多久以前大人用来吓唬不听话的小孩子的伎俩啊，夏以桐忍不住"扑哧"一声笑了出来。

陆饮冰心里一喜，忽地就听到耳边的哭声更大了。

陆饮冰："……"

人声嘈杂的片场，工作人员来来往往。已经有人在拿手机拍照了。

方茴小声提醒两个人，可正哭得正凶的夏以桐根本听不见。

方茴和小西急出一头汗，忽然间灵机一动，彼此默契地对视了一眼，热泪盈眶地鼓起掌来，大声道："演得太好了！演得太好了！"

"演得太好了，是吧？方茴？"

"是啊！是啊！太好了！"小西用力地拍着手掌，眼泪适时地迎风落下。

方茴震惊地望着她，心想："看来我当配角这事要先给小西姐让路了。"于是她鼓掌得比小西还要用力，这回她是发自真心的。

陆饮冰打了个哈欠。

两位助理的手都拍红了，夏以桐还在哭，动静倒是稍微小了点儿。

"夏老师，夏老师，夏老师。"方茴喊道。

夏以桐还在哭。

陆饮冰无可奈何地说："我的妆还没化完，一会等着拍戏呢。"

夏以桐一秒立正："对不起！陆老师，我失态了。"

方茴："……"她现在深刻怀疑夏老师完全就是故意的，想要趁机撒娇。这年头，当助理真是不容易。

转头一看小西，方茴："……"

小西姐居然还在迎风流泪！夏以桐哭了多久，她就哭了多久，比专业演员更敬业。有空她要找小西姐好好讨教，怎么能够做得这么尽职的。

小西察觉到方茴投过来的目光，回了一个含泪的笑。

方茴以为她是在鼓励自己，于是冲她认真地点点头。厉害了，我的小西姐！

陆饮冰喊道："小西。"

"到。"

"递给夏老师一包纸巾，擦擦眼泪。"

"是。"

夏以桐抹干净眼泪，顶着两只红肿的眼睛，这下从人界正式步入兔子界了，她望着陆饮冰，才回想起来自己方才有多丢脸，忙红着脸催促她道："你快进去化妆吧，我去洗个脸。"

"化妆间有洗脸池，你跟我进来。"

夏以桐跟进去，她上回来洗过手，不用陆饮冰开口，就主动地去洗脸池了。

洗完脸，陆饮冰的助理之一不知道从哪儿弄来了两个冰袋，陆饮冰坐在化妆台前面，阖目道："敷着，一会让秦翰林见到了又说我欺负你。"

夏以桐握着冰袋，在手掌间倒来倒去地看，小声嘟囔着道："本来就是你欺负我。"

"你说什么？"

"你特别好看！"夏以桐飞快地抬头，高声道。

陆饮冰轻轻地"哼"了一声，勉强满意，镜子中的嘴角却控制不住地翘了起来。

早上七点一刻，陆饮冰正式化完妆。夏以桐早上过来光顾着哭了，一句正经话都没跟陆饮冰说上。好不容易等陆饮冰化完妆，自己的眼睛也差不多消了肿，秦翰林也来了。

"小夏也在啊，不是说感冒了请假吗？"秦翰林一进门就看到夏以桐，特别高兴。

夏以桐却不怎么开心，幽怨地看着他。

"瞧瞧这可怜见儿的，眼睛都绿了，又红又绿的，要不要去医院检查一下啊？"秦翰林说，"这样，我派个车，现在就送你去。"

夏以桐忙收起眼神，道："不用不用，我就是饿的，眼睛饿绿了，一会儿吃点东西就好了。"

陆饮冰的眼珠微动，怎么觉得那个"饿绿了"的说法似曾相识？

"真没事儿啊？"秦翰林不放心地问道。

"真没事，明天就好了。"

"现在流感多发，你还是多休息几天吧，我让统筹把你的戏挪后边去，好好休息。"

夏以桐不想让秦翰林认为她是个娇气的人，拍了没几天戏就生病，那对她的印象会大打折扣，于是和秦翰林百般推辞。直到陆饮冰不耐烦地说："叫你休息就休息，废什么话？你拖着个病体残躯和我共处一室，我还怕你传染给我呢。"

什么叫共处一室？夏以桐有些疑惑。

陆饮冰一努嘴："你问老秦头。"

秦翰林搓着手，解释道："我是这样想的，你们俩化学反应有是有，但是不太够。我看你们私底下是不是不太熟啊？"

夏以桐又看看陆饮冰，陆饮冰正抬眼望着天花板，于是夏以桐只好斟酌着说道："还好。"

秦翰林显然不接受她这种模糊的说法："你们一起吃过饭吗？"

"上回和您……"

"我那不算，单独的有没有？"

"没有。"

"有没有一起在房间对过剧本？"

"……没有。"夏以桐心想，她倒是经常上楼找人，但是陆饮冰大部分时间都不爱搭理她。更何况自己统共也没进过几次她的房门。

"有没有彼此的手机号？我记得小夏睡觉开飞行模式，电话都只能打助理的。"

夏以桐立刻收回思绪，果断地道："没有。"

"微信呢？"

"没有。"

"QQ 和 Email 呢？"

夏以桐频频摇头。

剧组里其实是有剧组成员通讯录的，所有人的都有，包括夏以桐的，唯独缺了陆饮冰的，上面写的是陆饮冰的助理小西的联系方式，反正陆饮冰和小西基本上形影不离。而该有陆饮冰电话的秦翰林等导演及制片早就有了，陆饮冰不喜欢自己的电话号码被很多人知道，即便是工作电话。

秦翰林"啧啧"了两声，不知道是生气还是可惜："你看看，我的两大主演连彼此的联络方式都没有，你们这是搭的哪门子的戏？饮冰……"他似乎要责备陆饮冰。

夏以桐望了一眼陆饮冰，下意识地赶紧给她找台阶下："我们正要加呢。"

陆饮冰的眼中流露出一丝惊异。

这人，方才不骄不躁的，现在又开始睁眼说瞎话。

秦翰林两手抱胸："现在就加吧，加给我看。"

陆饮冰："……"

夏以桐："……"

两个人对视一眼，也不知道彼此是什么心情。

那就加呗。

加完了手机号，备注，秦翰林又道："还有微信呢，平时我们剧组成员都用微信联系。"

于是又加了微信。

你已添加了陆王炸，现在可以开始聊天了。

夏以桐已经盯着这行字有二十分钟了，每隔两分钟便把手机往自己的心口摁一回，并发出含糊不清的似乎是兴奋的微弱的尖叫声，尖叫完了一只手挡住屏幕，警惕地环顾四周，生怕被人看见。

方茴叹了口气，好在这是在化妆间，没有别人。这要是在外面，不被当成疯子才怪。

方茴装作看她的手机屏幕一眼，夏以桐就跟护食的狼崽子似的，立马搂住手机，朝她露出凶悍的目光。

方茴道："我不看，我刷微博。"

方茴一说微博，夏以桐才想起来她已经有三天没上微博了，微博上依旧风平浪静，对她来说没有陆饮冰的热搜就是风平浪静了。她在搜索栏输入关键词，陆饮冰夏以桐，跳出来不少消息。

大多还是前两天的那些新闻，没有新料，夏以桐一直往下滑，刷到了一条微博，标记是＃夏日冰＃，微博内容是四格漫画。

夏以桐看清屏幕，小心翼翼地避过点赞按钮，把大图点开。

小小的人在框框中特别可爱，还是兽化的，陆饮冰戴上了两只狗耳朵，一副霸气侧漏的样子，夏以桐则被戴上了猫耳朵、猫尾巴，毛茸茸的蹲在陆饮冰面前。

"夏以桐，我手疼。"

漫画里的夏以桐给陆饮冰按摩手。

"我脚疼。"

漫画里的夏以桐给她按摩脚。

"我……头疼。"漫画里的陆饮冰被夏以桐烦坏了。

漫画里的夏以桐毫无眼力见："我帮您按按。"并热情地补充，"您身上还有其他地方疼吗？我都帮您按摩按摩。"

夏以桐笑了一声，别说，还挺像。

夏以桐直接退出去切了小号，给这条微博点了个赞！夏以桐用小号刷起微博来自由多了，把所有她觉得有意思的微博都点了赞。

陆饮冰上午有戏，正在外面等着拍，过了许久都没看到夏以桐出来，心生不悦。不过转念一想她生病了，就把那股不悦压了下去，也许夏以桐在里面睡觉呢。浑然不知对方刷微博刷得不亦乐乎。

方茴眼观鼻鼻观心，给了夏以桐半个小时放纵的时间，时间一到，便提醒道："夏老师，您该回去休息了。"

"马上。"视线粘在了屏幕上的夏以桐随口道。

"您该休息了。"

"好的。"夏以桐眼角眉梢都是笑，眼睛却还盯着手机。

方茴只好祭出撒手锏："陆老师已经拍戏半个多小时了，您不是要看她拍戏精进演技的吗？"方茴用循循善诱的语气哄道，"我们先去外面看一会儿陆老师拍戏，然后回宾馆休息，好不好？"

"好。"夏以桐迅速收起手机，从化妆间出去了。

《破雪》感情线和剧情线并重，夏以桐不必参与的戏份基本上都是权谋戏，出场人物众多，陆饮冰是其中的灵魂人物。趁着陆饮冰还在节食，秦翰林赶紧把前期需要拍的戏份都拍了，今天拍的是荆秀被软禁在宫中，种花养草，和身边的"影子"交谈。

荆秀并非一点势力也没有，他有一个陪着他一起长大的"影子"。"影子"又有其他的下属，这些人个个以一当百，精锐无比，是他和外界保持沟通以及保护自己的重要武器。

"影子"是哪里来的，他也说不上来，从他有记忆开始，"影子"就跟着他。他时常觉得宫中似乎有一双眼睛在望着他，却又不知道究竟是谁。这么多年过去了，他无从追究也没办法追究。

荆秀穿了一身布衣，脖子上围着条粗麻毛巾，挽起半截袖子，皓腕凝霜雪。他微微勾着唇角，摆弄他的花花草草，"影子"随侍左右，两个人亲密无间得好像是一个人。

正事说完了，荆秀将喷壶搁置一边，掸掸肩膀、手臂，把袖子放下来，动作熟练地用手在衣服下摆随意擦了擦："给我找两本话本来。"

"殿下想看什么话本？"

"看点神神鬼鬼，怪力乱神的吧，不爱瞧那些痴男怨女，无趣得很。"

"是，殿下。"

"影子"消失在原地。

秦翰林："卡，过了。"

太阳已经全部露了脸，东方那一块天空被照得透亮，出云层后不遗余力地释放着自己的热量。秦翰林用戏里陆饮冰用的同款毛巾在额头上用力地抹了一把，说："大家歇一下，喝口水，再来一条。"

"你怎么还没走？"陆饮冰一见夏以桐，下意识地就皱了眉，然而下一刻她仿佛记起了方才夏以桐被她凶哭了的场景，放轻了语气，略微有些别扭地道，"不是早说叫你回去休息吗？"

夏以桐："……"

陆饮冰以为自己依旧没有友好地表达出善意，实在是不想再看她哭了，于是脸上泛起些微的红来，索性扭过脸，直白地道："我是在关心你。"陆饮冰那口气、表情就差把后一句"我不是在凶你哦你不准哭"说出口了。

夏以桐领情地一笑。

秦翰林恬不知耻地又过来蹭冷气蹭吃喝，陆饮冰的小助理马上给他备了个小马扎，免得他抢自家艺人的椅子。秦翰林往小马扎上一坐，立马朝夏以桐招手："快来快来。"

夏以桐指指自己，秦翰林如鸡啄米般点头。

剧组"铁三角"坐在了一块。陆饮冰和夏以桐都不说话，秦翰林一吹并没有的胡子，瞪了瞪略显秀气的眼睛，"超凶"地说道："刚刚是谁说你们私底下关系还好的来着？"

陆饮冰玩味地看向夏以桐，反正不是自己说的，这小孩儿睁眼说瞎话的锅她自己背。

夏以桐说："我感冒了，会传染给你们。"

秦翰林："……"

这个理由找得好，找得充分。

秦翰林又说："……不管你感冒不感冒吧，反正你尽早恢复好，你俩在一起住几天，尽快培养出化学反应。"

陆饮冰全程盯夏以桐，如果她没猜错的话，夏以桐听完又会变成含羞草的。

果不其然，夏以桐一下愣住了："一起……住、住几天？"

趁着休息时间，三个人简短地聊了一会儿天。夏以桐了解到，秦翰林是今天一早突发奇想有的决定，想到后便立刻联系了陆饮冰。陆饮冰说她要考虑考虑，先看看夏以桐的意见，但事实上秦翰林并没有征询夏以桐的意见，仿佛知道她一定会答应。

夏以桐刚表现出那么一点惊讶，陆饮冰就斜眼看她，问："怎么？你嫌弃我？"

夏以桐连忙道："不敢不敢。"

"那就不住一起了？"

"住住住，住！"

天上掉那么大一块馅饼，夏以桐哪会拒绝？不过陆饮冰的反应却着实出乎她的意料，业界内都说陆饮冰不好相处，通过这段日子的接触，夏以桐也发现陆饮冰的确是不太喜欢亲近别人，要不是自己锲而不舍地厚着脸皮打扰，或许还有那么一点儿恰好合了陆饮冰的眼缘，否则根本没有接近陆饮冰的机会。连她的联系方式也是在秦翰林的催促下交换的，陆饮冰在心里到底把她当成什么呢？

不说陆饮冰，就算是她自己，让她和一个拍戏搭档住一个房间，她也要斟酌许久，陆饮冰怎么会这么爽快地答应？

只是她不知道，陆饮冰早晨只对秦翰林说了考虑一下，是现在看到夏以桐的样子才临时决定同意的，是冲动情绪之下的产物。

有句大俗话，冲动是魔鬼。

陆饮冰这天拍完戏回宾馆洗澡，就深刻地体会到了这句话的真谛。

"小西，你说我是怎么想的？怎么就答应了呢？"

"大概是觉得夏老师挺好……的吧。"

"你的眼睛怎么那么亮？"

"刚滴了眼药水。"小西道。

"哦。"

"不行，我得问问秦翰林。"陆饮冰从床头柜上拿过手机，始终不放心。

"老秦头，我们俩是住标间还是大床房？不会是一张床吧？"

"到时候你就知道了。"

"你说什——"

"啊！我这信号不好……挂了啊。"

"喂！"

"嘟嘟嘟——"

两天后，夏以桐感冒痊愈。

与陆饮冰因戏同住的日子正式拉开了序幕。

片名　《逐光》
TITLE

卷号　第十一章 CHAPTER 11
ROLL

镜号　28摄氏度
SHOT

同住，顾名思义，共同居住的意思。就这"共同"二字，能让多少人愁白眉毛，两个人若是三观相合、兴趣相同，生活习惯也大体相同，那么同住可称为锦上添花，互相帮助，一旦有一个不合，又缺乏相互理解，那么鸡毛蒜皮都能吵上了天。

陆饮冰从不和人吵架，因为懒得开口。她不认为自己能和夏以桐吵起来，但同样，她也不认为自己能和夏以桐合得来。

不信就等着瞧。

总而言之，前天的一时冲动绝对是脑子进了水。这个心理活动是在夏以桐感冒好之后，第二天秦导就宣布她们换新房间时的陆饮冰的想法。

夏以桐不必说，激动、兴奋，说梦想成真也不过如此了。搬房间的前一晚，夏以桐把第二天换洗的衣服留下，其他的交代方茴全部打包进行李箱，然后伏在书桌前写字。

方茴很好奇，问她在干什么？

"没什么。"夏以桐埋头继续写，一会儿抬头问道，"方茴，我睡觉打呼噜吗？"

"不打。"

"磨牙吗？"

"不磨。"

"睡相怎么样？"

"挺好的。"

"挺好的是怎么个好法？"

"晚上睡下去什么样早上起来还是什么样，晚上基本不翻身。"

"好。"

方茴远远地往她手上密密麻麻的纸上瞧："你在为和陆老师住一间房做准备吗？"

"对啊，我怕我有什么不好的生活习惯，会打扰到陆老师的睡眠。"夏以桐想着又往纸上记了一条，然后说，"要不你来帮我看看，还有什么？"

方茴接过她递过来的纸，上面分了好几类，有诸如"饮食习惯（节食，不要在陆老师面前吃东西）""穿衣打扮"之类，现在正写的就是专门针对睡觉的，方茴瞧了一圈，一本正经地道："还真有。"

夏以桐紧盯着她，提笔欲写，紧张地问道："是什么？"

方茴轻咳一声，道："睡觉打鸣。"

"打鸣……"夏以桐边重复边往纸上写，"鸣"字刚写了个口字旁便猛地抬头，生气地道，"方茴！"

眼前哪还有方茴的身影，她说完这句话立刻溜走，跑去专心致志地对付夏以桐的行李箱去了。

……

陆饮冰的行李该怎么摊着还是怎么摊着，她觉得要明天看过床以后再决定要不要搬过去。

正摆烂中，私人电话响了，陆饮冰看见来电显示，掀被起身，走到了窗边，接了起来，轻声开口："妈……对啊，我在拍戏，之前不是和您报备过吗……回家？嘶，估计最近没什么空啊……必须这周内？行，那我和剧组请个假回去……挺好挺好，吃得饱、睡得香……那不是为了拍戏嘛，过一阵子就好了……晚安！你和爸早点休息。"

收了电话，陆饮冰微微皱眉，心想：什么事这么重要？还让她这周内必须回去。

小西举着手机过来了，轻声喊："小姐姐？"

"什么事？"陆饮冰扭过头，眼前先是一阵晃动，然后看清楚了屏幕上的字，是夏以桐发过来的微信：**陆老师私底下喜欢什么？有能说的吗？**

发给小西的，不是发给她陆饮冰的。

陆饮冰起了玩心，微微一笑，想也没想，便从小西的手里夺过手机，随口发了条语音："什么都不喜欢。"

小西张大了嘴，一脸这么快就要被出卖的表情。陆饮冰把手机丢还给她："干吗？我有那么可怕吗？"旋即脱了鞋上床，完全不顾微信那头的人的反应。

夏以桐奇怪了一下，小西和陆饮冰在一起的时候不应该会这么大胆地发语音才是。但是奇怪归奇怪，夏以桐还是调大声音，开了公放。

"什么都不喜欢。"声音传出来的时候夏以桐和方茴都是一脸蒙。

这声音怎么听起来不对？

再听一遍，是陆饮冰说的。

"是陆……"方茴道。

"我知道。"

夏以桐打断她，脸色看上去无比淡定，但方茴总觉得她有那么点不对。

于是方茴一脸惊恐地望着夏以桐在沙发上原地蜷成一个球，滚来滚去不小心把自己滚到地上，然后捂着脸发出像是愉悦又像是哭泣的诡异的笑声。

"啊啊啊……"

方茴打了个哆嗦："……"

陆饮冰这天晚上睡了个好觉，一觉到天明。

夏以桐则兴奋了一晚上，压根没睡。十二点的时候她开始做运动，一点半上床，却怎么也睡不着，四点钟就搬了个小马扎，戴着帽子、口罩，全副武装地到陆饮冰的房间门口蹲着。虽然这么早酒店的工作人员也没起，但为了以防万一，她还是把帽檐压得很低。

小西简单洗了把脸，准备去隔壁叫陆饮冰起床。走廊的灯不是特别亮，小西把房卡收进口袋，望着陆饮冰门口的那只貌似大型犬的人，不知道是狗仔还是歹人。她左右环顾一圈，悄声往后退，打算叫酒店保安。

"小西？"

"大型犬"说话了。

小西吓了一跳，从门缝里看她。

"是我，""大型犬"把帽檐抬高，将口罩摘下来，说，"夏以桐。"

小西放松下来，从门里走出来，后怕地连忙问道："夏老师，你在这里干吗？吓我一跳，差点儿我就叫保安了，到时候可就糟了。"

"夏以桐半夜蹲守在陆饮冰的房间门口为哪般?" 夏以桐开玩笑道。

"为哪般?" 小西顺着她的话道。

"为了……" 夏以桐的话头一转,正色道,"找戏感。有一场陈轻守在荆秀门外的戏,我提前找找戏感。"

理由可以说是相当的正当、合情合理了。

小西信她个鬼。

当然明面上还是要伪装一下的,小西装作相信她的样子,把房卡贴近感应区,问道:"我要进去叫陆老师起床了,您……"

夏以桐让开两步:"你请。"她左顾右盼,煞有介事地说,"我再找会儿戏感。"

找什么戏感?和蚊子浓情蜜意吗?

小西忍着笑,开了门,立刻又关上了。不是她不想让偶像进去,要是让陆饮冰知道她私自把人放进陆饮冰的私人领地,她生起气来直接把自己炒了都可能。陆饮冰的起床气真的很可怕。

萌归萌,闹归闹,小西察言观色这么久,知道度在哪里。她身为陆饮冰工作室的人,自然事事要以自家艺人为先。

陆饮冰拍戏期间起床气稍有克制,三分钟足够陆饮冰把被闹钟吵醒的暴怒调整到心平气和。陆饮冰睁开眼睛,捞过闹钟看看:四点三十三分。

陆饮冰下了床,温度设置成 28 摄氏度的空调已经被小西关了。小西见陆饮冰神清气爽,便适时地上前道:"夏老师来了。"

陆饮冰看着她,露出疑惑不解的神情。

"夏老师来了。"小西又重复了一遍。

陆饮冰望望窗外的天色,又回头瞧瞧闹钟,确定不是自己睡蒙圈了,现在不是晚上啊,偏头问:"哪个夏老师?"

小西垂目道:"夏以桐老师,我刚才进来的时候她就在门外坐着了,估计来了好一会儿。"

陆饮冰哑然了片刻,难以置信地问道:"她有病吗?"

"她说是在找戏感。"

"她有病吗?"陆饮冰的脸上浮上一层薄怒,"叫她进来!"

小西去开门,夏以桐果真还在外面,小西一脸你自求多福的表情,低低地道："陆老师请您进去，只是她好像有点生气。"

夏以桐一听说陆饮冰生气心就悬了起来，战战兢兢地进去了。房间里面没人，洗手间的方向传来洗漱的声音。

小西提醒道："陆老师刚起，您等一会儿。"

夏以桐自然情愿等，眼睛没地方搁，下意识地往周围看，床上的被子是乱成一团的，看似陆老师睡相不太好。

剧本放在床头，昨晚应该翻阅过。桌上的电脑打开着，屏幕却是暗的，不知道是待机还是关了机，电脑旁还有本书，很薄的一本，夏以桐走过去，看见名字是《小径分岔的花园》，作者叫博尔赫斯。她对这个作者完全没有印象，默默用便签记下书和作者的名字，打算回去查。

她看了一圈，没发现自己的许愿瓶，一个念头闪现让她不禁微微一喜：陆饮冰是将它放进行李箱里了吗？

就像陆饮冰曾经接过她拙劣的手工作品那样，这份礼物也被收下了，估计是怕它沾染灰尘，并没有将它摆在明面上，夏以桐姑且这么猜测，因为这让她感到很欣喜。

陆饮冰从洗手间出来，已经穿戴完毕。陆饮冰的私服看起来简洁低调，实际上都是非常有品质的小众品牌，很能衬托出她孤高的气质。

"几点来的？"陆饮冰站在穿衣镜前整理衣领，心不在焉地问道。

"四点。"

"找戏感？"

"嗯。"

"哪一场？"

夏以桐把对小西的话又说了一遍，她不算说谎，的确是有那么一场戏。

"找到了吗？"

"还……还好。"

镜子中，陆饮冰左手的食指滑过自己的颈项，唇角一勾，露出一个轻微算计的笑容："演给我看看？"

"……"早知道就说没找到了，这一下能演出个什么东西来。夏以桐后悔死了，表情却很镇定，"快到去片场的时间了吧，现在演估计来不及了。"

"五分钟而已，我可以配合你。"

"这个……"夏以桐仍推脱。

"蹲下。"陆饮冰说，她没有用多重语气，甚至比平时还要温柔。夏以桐立刻听话地蹲下了，双手抱头。要不是面前是偶像，身边是自家艺人，小西就要笑出声了。

夏老师这个样子，真的好像一条乖巧的大型犬。

"手放下来。"陆饮冰看一眼小西，小西扮演场记，两手一拍发出清脆的打板声："Action！"

夏以桐蹲在地上，假装靠着门，慢慢地酝酿情绪，陆饮冰离她三步远，站在门里面。

夏以桐的眼神凄怜："殿下……"她蓦地卡了壳。

不是忘了词，而是陆饮冰忽然走了过来，一改入戏的表情，居高临下地用手摸了摸她发丝柔软的脑袋，然后拍了拍，似乎笑了一下，旋即便走了。

夏以桐呆住了，这是……怎么回事？

小西跟在陆饮冰后面，朝夏以桐使眼色，比口型："去片场啦，快跟上。"

陆饮冰在前面走，听着身后的两个人嘀咕着，心情颇好。

"陆老师，刚才干吗呢？为什么一会儿对戏一会儿又不对了？"

"逗你玩呢。"

陆饮冰吹了一声口哨，没吹响，往两边一看，天还暗着，还好没人瞧见，于是闭上嘴不吹了，两条眉毛跳起舞来。

这天下午，剧组破天荒地提早收了工，秦翰林带着他亲爱的二位主演去换新的房间，路上陆饮冰三令五申，要是新房间的条件不如现在住的房间就不换了，秦翰林拍着胸脯打包票："放心，你绝对满意。"

夏以桐只轻声问了句："是标间还是大床房啊？"

秦翰林"嘿嘿"笑了两声，不回答，陆饮冰奇怪地看了夏以桐一眼，问："你想要标间还是大床房？"

夏以桐讷讷地不说话。

宾馆还是那家宾馆，新房间是个套间，陆饮冰觉得差强人意，答应住下了。

无他，只因床是水床，很大，冬暖夏凉。尤其是问过房价后，陆饮冰更觉得满意了，秦翰林斥巨资，她可不能不给面子，得可着劲儿宰他。

陆饮冰问："还有更贵的吗？"

秦翰林一蹦老高："我的命更贵，你要吗？"

陆饮冰嫌弃地摆摆手："算了，那玩意儿不值钱。"

夏以桐全程都没意见，笑容满面。

可谁知道和陆偶像住一间房远没有夏以桐想得那么美好，第一个晚上两个人就产生了几乎难以解决的分歧。

秦翰林走后，夏以桐出去和方茴觅食，特意避开了陆饮冰，连个话茬都没提。陆饮冰的行李还放在原先楼下的房间，她先回去洗了个澡，琢磨着行李索性放着，第二天早上再退房，出门的时候陆饮冰只拿了睡衣、剧本和书，其他什么也没带。

要合上门的时候，陆饮冰忽然停顿了一下，隐约想起了一件什么事，仔细去想的时候，却又是一片空白，怎么也想不起来。陆饮冰看了看手上的剧本和书，疑虑重重地回了套间。

夏以桐吃完饭后特意在外面散过身上的味道才回来，她的行李早就收拾好放在行李箱里，绕道去自己房间拿一趟非常方便。

十点钟，夏以桐先敲门，再用房卡开了门。

"陆老师。"她朝已经换上睡衣坐在床上的陆饮冰打招呼。

陆饮冰点点头。

夏以桐有些拘谨地把行李箱放在角落里，从里面挑出自己的连衣睡裙，指了指浴室的门，汇报工作似的道："我……去洗澡了？"

"去吧。"

夏以桐没穿酒店备的拖鞋，换上自己的 Hotwind（热风）人字拖，陆饮冰装作不经意地瞥了一下，发现她的五根脚趾从大拇指一路顺下来，跟个小山坡似的，特别可爱。

夏以桐进了浴室，通过浴室门的玻璃往外看，什么也看不到。但这个玻璃门不是严丝合缝的，上下都有很大的缝隙，如果有心想要看的话还是能看见的，只是同样也很容易被发现。

热水洒下来，夏以桐渐渐放松下来了。

洗完澡，夏以桐用纸巾擦干脚背、脚掌，连指缝都擦得干干净净，她望着陆饮冰，轻声说："陆老师，我要上来了。"

陆饮冰挑眉，点一下头。

夏以桐小心翼翼地爬了上去，水床轻微地下陷后很快将肢体托起来，贴合着腰背腿的曲线，非常舒适。夏以桐小口小口地呼吸，身体僵硬，中间隔着一个人的距离，根本不敢看陆饮冰。

书页翻动了一下，夏以桐用余光望了一眼陆饮冰，发现陆饮冰穿的居然是一身长袖。现在是最热的七月份，不说穿睡裙，至少也要穿短袖短裤吧。但是陆饮冰似乎一点都不觉得热，空调温度显示 26 摄氏度。

夏以桐怕热，肝火旺盛，夏天平时都开 24 摄氏度的空调，今天因为刚洗完澡，穿得清凉，想想 26 摄氏度也还行，不热，加上有水床降温，晚上睡觉也算合适。

夏以桐没话找话地道："陆老师……"

"嗯？"陆饮冰将目光集中到已经很久没翻动一页的书上，"哗啦"，翻了一页，很响。

夏以桐顿时以为自己打扰到陆饮冰看书了，便摇头道："没什么，我就是想说我先睡了，晚安！"

"晚安！"陆饮冰合上书，"我也睡了。"

陆饮冰用书在她的脑门上敲了一下，提前预警："我的睡相不好，多担待。"

"没关系，我的睡相好。"夏以桐卷过自己的被子，自动地将自己挪到了角落里，让出一大部分足以让陆饮冰能够滚来滚去的空间，"都给你。"

"你需要开灯睡觉吗？"陆饮冰问。

"不用，我习惯关着灯睡。"

"OK。"陆饮冰把壁灯关了，心道，这点倒算一样。陆饮冰知道有些人是必须开着灯睡的，她自己则是那种有一点光就睡不着的人。

"晚安！陆老师。"

陆饮冰调笑道："晚安！'含羞草'。"

"含羞草"本人一听陆饮冰这么喊她，非常害羞地蜷缩到一边去了。

睡到半夜，夏以桐率先被热醒了，睡裙的吊带被她无意识地拽到了手腕，脖子上全是黏腻的汗。

怎么回事？夏以桐边抹汗边挣扎着爬起来，先摸到手机昏昏沉沉地看了一眼时间，一点半，然后打开手电筒，遮着光找空调遥控器，遥控器放在陆饮冰那边，她好不容易绕过陆饮冰，把遥控器捞起来一看：28 摄氏度。

夏以桐抓了抓头发，完全不懂空调怎么还会自己调高温度的，她暗暗地骂了一句，把温度调回到了 26 摄氏度，她本来是想调 24 摄氏度，想着陆饮冰设置的 26 摄氏度，索性就 26 摄氏度，忍忍也能睡着。

夏以桐迷迷糊糊趴在床上睡了过去，两点半又被热醒了一次，眯着眼睛看空调的温度，又是 28 摄氏度，遥控器从她那边回到了陆饮冰手里。

看来是陆饮冰调的，不是空调自己调的。

28 摄氏度！那是夏天人能睡觉的温度吗？夏以桐心里无声地嘶吼，却不敢再动温度了。她摸着手机下了床，坐在地板上，趴在床沿，眯着眼休息。

大约过了十几分钟，一只脚悄悄靠近她，忽然抽搐似的一蹬，夏以桐"啊"的一声，脑门成功遇袭，整个人朝后栽去，后脑勺磕在地板上，发出"咚"的一声闷响。

这一下把夏以桐脑子都磕晕了，好长一段时间眼前都是天旋地转的感觉，堪比上次装低血糖假倒。

夏以桐缓过神来，扶着后脑勺慢慢坐起来，用手机电筒一照，陆饮冰已经呈大字形霸占了整张床的中心地带，她一只脚还悬在水床的边缘，白白的，脚背如凝脂。

夏以桐呆了呆，谨慎地挑选了一下位置，趴到了和她脑袋平行的地方。她刚趴下不多久，在热汗淋漓的现实中就畅快地梦见了一个冰凉的假日，梦里她和陆饮冰在挪威沃斯滑雪，在摩尔曼斯克看极光。

可为什么极光会晒得人脸疼？

夏以桐龇牙咧嘴地睁开眼睛，发现脸上的疼痛竟然是真的，再一看陆饮冰，果不其然，她又滚了过来，这回是手悬在空中。陆饮冰一挨上这张圆床便如鱼儿投进水里，肆意地游着，时不时还要用漂亮的鱼尾抽一下胆敢靠近她的人。

夏以桐放弃了趴在床边睡的想法，捂着脸颊翻箱倒柜，看有没有希望找到把扇子之类的应应急，很可惜，没有。最后她坐在地上，离床远远的，拿剧本作扇子，给自己扇风，扇着扇着眼皮越来越沉，扇子也摇得越来越慢，夏以桐慢慢躺在了地上，就地睡着了，连被子都没盖。扇子一停下来，夏以桐就被热醒了，又给自己扇，就这么来来回回地折腾，陆饮冰闹钟响的时候夏以桐刚进入第六段浅眠，立刻被惊醒了，以剧本挡在身前，警醒地望着四周，她保持着这样的姿势大约三秒钟，眼神呆滞，一头栽了下去，趴在地板上彻底昏睡过去。

陆饮冰一手关了闹钟，闭着眼数秒，数到一百八十秒，睁开眼睛，坐起来，身下的触感和往日不太一样，她按了按眉心，对，昨晚换了房间来着，还和别人共睡一张床。

她往床上看一遍，黑暗的视野中，并没有看见另一个人的轮廓，夏以桐呢？

开了灯，床上依旧只有自己，并且自己一人还卷走了两床被子。

"……"陆饮冰看着两床扭成一股麻花的被子，隐约猜到了什么。她将脖子缓缓地转向旁边的地上，号称"睡相很好"的夏以桐正不顾形象地睡在地上，不，或许用昏迷更合适。

这八成是自己的杰作了。陆饮冰蹑手蹑脚地下床，瞧见夏以桐的额头上、背上全是汗。

陆饮冰起身拿来遥控器把空调温度调低了三度，冷风吹出来的一瞬间，陆饮冰忍不住瑟缩了一下。

陆饮冰面对着夏以桐蹲下来，手伸向她的脖子，想尝试把她抱到床上去。

夏以桐一被碰便醒了过来，她使劲晃了晃脑袋，眼前一片空白，神志还未清醒，嘴里却无比清晰地先喊了一声："陆老师。"

"早上好。"陆饮冰说，手飞快地收了回来。

"早上好。"夏以桐保持着僵直的状态，依稀觉得有什么东西在后颈一拂而过，透着些微的凉意。

陆饮冰松手后，夏以桐又昏睡着倒了下去。陆饮冰把床上属于她的那床空调被拽了下来，盖在她身上。刚盖上，夏以桐的手就不安分地四处拽，闭着眼睛把空调被甩得远远的。陆饮冰给她扔了个枕头，这回夏以桐牢牢抱住了，把侧脸埋了进去。手脚因为热大大地打开着，四仰八叉地躺在地上，直接就躺成了一个豪放的"大"字。

陆饮冰好笑地想："你这也叫睡相好？比我也没好到哪儿去吧？"浑然忘了自己才是造成这一切的罪魁祸首。

五点零三分，小西在门外敲门。

"来了。"趴着的年轻女人手指动了一下，然后两只手掌贴上了地面，脖子向上仰，撑着身体，竭力想把自己从枕头上撕下来，经过几番痛苦的挣扎，却依旧没能成功。

陆饮冰看着都替夏以桐觉得困得慌，索性把扔掉的被子捡了回来，在她的耳边说道："躺着，我去开门。"

夏以桐一口气松掉，彻底趴下了。

然后又是一个猛然睁眼，夏以桐扭头看到背对着她去开门的穿着长袖长裤睡衣的长发女人，脑子仿佛遭到一记重锤，把散乱的神经锤得更是乱七八糟，只有一根恢复了正常。

"我现在穿的是吊带睡衣，马上就要有人进来了，要遮住。"于是她果断地捞起陆饮冰扔给她的被子，把自己围了个严严实实，抱膝坐在地上，懵懂着望着门外。

"小……陆老师，早上好。"

"早安。"陆饮冰把小西让进来，自己单手拢着头发去洗手间洗漱了。

"呃……夏老师，你在干吗？"小西望着地上披头散发，一脸困意的夏以桐。

夏以桐平时不是没有晚睡过，尤其是以前拍戏跑通告的时候，睡眠不足是常有的事，但她以前睡眠再不足每天也能连续安静地休息上两三个小时，不像昨晚那样一整晚都在折腾，顺带被扇巴掌还被踢脑袋。头晕，是她坐起来的第一个感受，持续了两分钟都没有得到缓解，耳朵里嗡嗡嗡的，整个人就想着往下躺倒。也不知道单纯是因为睡眠质量不好，还是昨晚撞头的后遗症。

小西用那种饱含探究的目光研究了一下夏以桐，发现情况似乎有点不对，她怎么一直坐着不起，几次都要躺下了，手支着身体硬是没往下倒。

"夏老师？"

夏以桐听见声音，茫然地寻找了一圈声音发出的方向，脸绷着，没什么表情。

"夏老师，我是陆老师的助理，小西。"

陆？哦，陆饮冰的陆……

夏以桐的表情似乎有了松动，她习惯性地露出一点温柔的笑意来。

"夏老师？"

夏以桐竭力用眼睛辨认前方的人影，脸色苍白，嘴唇翕动着，轻声道："小西，你扶我起来，我头晕。"

"好，我这就扶你起来。"小西急忙去搀她的胳膊，没料到夏以桐人虽然看着瘦，但因为锻炼的原因身上的肉却很结实，小西第一下没使全力居然没扶起她来。

夏以桐攥着她的胳膊，小西泄劲一跌，她也跟着往下一栽，小西险些吓掉了魂，跪下来让她倒在了自己身上。

"你们俩干吗呢？"

陆饮冰一出来便见到这一幕，着实觉得有些奇怪。

"夏老师说头晕让我扶一下她，我没扶起来，一起倒在地上了，陆老师，你来帮个忙吧。"小西见到援兵，解释完了赶紧求救道。

"头晕？怎么突然头晕了？"陆饮冰走过来，轻轻松松地把人搀了起来。夏以桐由陆饮冰扶着，一感觉到身下柔软的床垫，立刻站起来，身子晃了晃，使劲摇头："我不睡，我要去拍戏。"

"还拍什么戏啊？你连人都认不清，我给你请个假。"陆饮冰难得好言劝道。

"不……行，"夏以桐慢慢地吐出两个字，她闭着眼睛，头晕的症状缓解了一些，"刚因为感冒请假，再请假像什么样子。我又不是缺胳膊断腿了，休息一会儿就好。"

"所以我扶你上床休息休息啊。"

"不用，我去洗漱，边洗漱边休息。"

陆饮冰不知是应该夸她敬业还是该骂她不知死活？脸上的表情变了几变，她淡淡地道："那你去吧。"

夏以桐闭着眼睛，可怜巴巴地对着陆饮冰的方向，虚弱地道：陆老师，你能不能……扶我去一下？"

陆饮冰捏捏下巴，夏以桐这句话颇有表演的成分在，但是看在对方头晕的份上,她假装没看出来:"好啊,我扶着你。小西,你上楼把我的行李打包过来,带上房卡,一会儿走的时候顺便把房间退了,不用劳烦剧组了。"

小西应了,出门去了。

方茴一般都是等夏以桐准备妥当,临出门给她发微信,才过来汇报行程之类,不需要像小西那样事无巨细,因为夏以桐不像陆饮冰那样习惯有人照顾她的生活起居。

也正因为这样,洗漱的时候没人来敲门,屋内的空气特别安静,安静到只有……"哗啦啦"的水声。

夏以桐站在盥洗台前,已经勉强能看清镜子里的自己了,她拿起牙杯装满了水,放到一边,又拿起了牙刷,一只手从斜里伸过来,还没等她反应过来,牙刷的杆柄已经被塞进了手心。

陆饮冰帮她挤牙膏了?陆饮冰帮她挤牙膏了!紧接着的一个念头就是:可是她却因为头晕没有看清!

在电动牙刷轻微的嗡鸣声中,夏以桐悔得肠子都青了,几次三番涌起一阵想把泡沫吞下去的冲动。

"你昨晚是不是很热?"

"呜呜……"

"说人话。"

夏以桐把牙刷拿出来:"嗯嗯……"

陆饮冰:"……"

漱完口,夏以桐认真地撒谎:"没有。"

"那我看你流那么多汗?"

"我早上起来洗了个澡,那只是水。"

"那你为什么头晕?昨晚没睡好?"

"嗯。"

"为什么?"

"和女神睡在一张床上太激动了,兴奋得睡不着。"

"真的?我怎么看不到一丝兴奋的表情?"

夏以桐立刻龇出一口小白牙:"兴奋,特别兴奋。"

陆饮冰看了她一眼,没说话,转身出去了。夏以桐不知道是该先洗脸还是先去追陆饮冰，三分之一秒后，她把水龙头关了，追了出来。

"陆老师，你不高兴了吗？"

"你说呢？"陆饮冰撩起眼皮扫她一眼。夏以桐那点伎俩，在陆饮冰眼里还不够看的。水和汗她能分不清吗？

"对不起，我错了。"

"错哪了？"

"我不该撒谎说不热，我体热，以前每天晚上都开 24 摄氏度睡，昨天晚上是被热醒的。"

"之前为什么不说？"陆饮冰追问道。

"我怕……"夏以桐看了陆饮冰一眼，低下头，声音低低地道，"怕你知道了以后要赶我出去。"

"你这是什么道理？我是这样的人吗？"陆饮冰冷冷道。

夏以桐看到陆饮冰脸上的寒意顿时就慌了，语无伦次道："我、不是这个意思，我就是怕不能和你住一起，怕你搬走。我怕你讨厌我，热点没关系的，我可以买台电扇，我可以打地铺的。我……"

陆饮冰一直不说话，夏以桐就越说越急，声音还带着颤音，眼睛也泛起红来。陆饮冰本来是坐在床沿的，忽然站起来，伸手握住了夏以桐不住发抖的手。陆饮冰听她说完这段话，喉间仿佛被什么堵住了，心里突然感到又酸又涨："你不用这样。"

夏以桐愣愣地看着陆饮冰。

陆饮冰问："为什么要这样？"

夏以桐的头还是晕，眼睛也酸疼得厉害。她深吸一口气，把泪意忍回去，说："我怕你讨厌我。"

这小朋友，看着成熟，实际上还是孩子脾性。陆饮冰这么想着，就多了份宽容，温柔地道："我不讨厌你啊，我挺喜欢你的。"

夏以桐眨眨被泪水浸润得湿漉漉的眼睛，显得又乖巧又惹人怜惜。

陆饮冰看着她，说："你很认真，很努力，我喜欢你，欣赏你。你不要总是这么卑微，好像把我当作神一样，这样很辛苦。况且，我也不喜欢被当作神。"不要总是担心被我讨厌，即便是真的那又怎么样，你又不是为了我而活的，还有别的人喜欢你。不过后一段话陆饮冰没说。

夏以桐沉默了一会儿，闷闷地说："陆老师。"

陆饮冰哄小孩儿似的"哎"了一声，笑着道："在呢。"

"你能不能抱抱我？"

陆饮冰抱了抱她，附带拍拍背。夏以桐在陆饮冰的肩头深吸了口气，退出陆饮冰的怀抱，活力满满地说："我去洗脸啦！一会儿一起去片场！"

"好。"

夏以桐穿戴整齐，小西也拿着行李箱回来了，她把它和夏以桐的行李箱并排放在角落里，说："陆老师，我去楼下退房。"

夏以桐道："正好我也忙完了，一起走吧。"

和房间门口的方茴汇合，四个人一起坐电梯到宾馆前台。

小西把房卡递过去。

其余三个人或坐或站地等着。

"好的，请稍等。"前台按下对讲，"客房，4024退房，检查一下。"

"收到。"

一分半钟后，前台的对讲机收到回复："物品完好。不过柜子底下有个小瓶子，瓶口系着蓝色丝带，里面是叠的纸星星，是客人留下的吗？"

陆饮冰和夏以桐两个人正在有说有笑，前台的对讲机声音不小，这话自然也传进了陆饮冰的耳朵，陆饮冰的心里咯噔一下，蓦然僵住。她终于知道被忘记的令人不安的事情是什么了。

糟了，陆饮冰立刻去看夏以桐。

夏以桐极其平静地看着陆饮冰，嘴角弯着，似乎是想努力笑一下，没成形便失败了。她终于装不下去了，抱歉地对陆饮冰点了一下头，快步走到前台，彬彬有礼地道："不好意思，瓶子能拿下来给我看一下吗？那可能是我的。"

在场的四个人都噤若寒蝉。

拿瓶子那天小西是在的，可瓶子掉进柜子底下这件事她并不知道，小小的一个瓶子，她没在陆饮冰房间里看见，也没放在心上。就算是上心了，没看见它也不会怀疑是丢了而是觉得陆饮冰把它放到什么别的地方去了。当服务员说柜子底下有个小瓶子时她是有点蒙的，可她又不能质问自己的老板，只能困惑地将重重疑问埋进心里。

　　方茴是知道那个瓶子对于夏以桐的重要性的，她跟了夏以桐两年，夏以桐走到哪儿都要带着它，几乎成了习惯。她不是陆饮冰的下属，自然毫不掩饰自己对于陆饮冰的不满。别人珍之重之的东西，送给你后你就这样弃如敝屣吗？

　　自从上回无意识地丢了瓶子以后，陆饮冰有好几次差点想起来了，却总是阴差阳错地被某些事打断，再加上夏以桐生病、自己要拍戏，每天晚上都是很晚收工，也没有多余的时间来检查是不是少了什么东西。陆饮冰虽然是无意为之，但不能否认自己在这件事上的错处。

　　至于夏以桐嘛，夏以桐……脸上保持着温和的笑容，一向时有时无地注意着陆饮冰的视线消失不见，她安静地等着，等待那个客房服务员即将带来的"判决"。

　　陆饮冰从沙发上站起来，走到她身边，心虚地站着，眼睛望着旁边的电梯。

　　过了不到两分钟，穿着宾馆制服的阿姨从电梯里出来，手里拿着一样东西。

　　——有个小瓶子，瓶口系着蓝色丝带，里面是叠的纸星星。

　　送出去的时候瓶身还是干干净净、一尘不染的，收回来的时候瓶身被简单擦过，却不复往日的光泽，蓝丝带更是沾染着一层抹不掉的灰尘。

　　夏以桐伸手拂去上面的灰迹，抬头对前台道："的确是我的，它对我很重要，谢谢你们帮我找回来。"停顿了一下，她又说，"谢谢。"

　　陆饮冰更心虚了，同时涌起的还有一股从来没有过的不安。

　　夏以桐把瓶子递给方茴，嘱咐她放进包里收好，方茴重重地答应了句，不知说给谁听："我会好好保管，一定不会再丢的！"

　　陆饮冰说："夏以桐，我不是——"

　　夏以桐礼貌地打断陆饮冰："时候不早了，快去片场吧，我方才一说话就有点头晕，抱歉！陆老师，我没听清，你说了句什么？"

　　陆饮冰小心地觑着她："你生气了？"

　　"怎么会？我没有。"夏以桐望着陆饮冰，笑容亲切，心里却漠然地想道："我有什么资格生气？不过是一个瓶子而已，装着小孩子都会叠的星星，当日看着好玩，遂要去。现在觉得不好玩了，丢弃便是。"

她的双手紧绷，站姿比往日更挺，眼底没有笑意，陆饮冰从她的姿态中读出了抗拒。陆饮冰的心思动了动，去抓她的手臂，夏以桐下意识地便躲了一下，躲完以后，夏以桐怔怔地望着陆饮冰落空的手，似乎自己也不敢相信她居然会主动躲开陆饮冰的碰触。

上一次她对陆饮冰忽然的疏远，是出于她的理智思考。这次不一样，她的身体没有经过大脑思考便选择了排斥。

她本能地排斥陆饮冰……放在今天早上以前，夏以桐听到这句话会觉得是天方夜谭。可是现在，就在刚才，它实实在在地发生了。

四目相对，陆饮冰肯定地道："你就是生气了。"

那又怎么样？谁不是个人，谁没有心，我还没有生气的权利吗？是你丢掉的瓶子，是你做错了事，你凭什么还是这么高高在上地对我说话？

夏以桐觉得委屈，这种委屈不是前两日那种她生病被陆饮冰凶了，自己躲起来默默哭泣的委屈，而是另一种饱含着愤怒和伤心的委屈，像一把双刃剑，一旦出鞘，伤己又伤人。

夏以桐满心愤懑，她低着头，重重地呼出了一口气，把剑收了回去。

"真的没有，瓶子不是找到了吗？"夏以桐抬头一笑，"里边也不是什么重要东西，我有什么好生气的？再说了，生谁气我也不能生你气啊。"

陆饮冰盯了她半晌，拿不准她的真实想法，想了想，还是解释道："这个瓶子我本来是放在床头柜上的，有一天晚上睡觉前我把它拿在手里看，可能是睡着了，它自己掉下来滚到柜子底下了，我不是故意弄丢的。"陆饮冰说，"对不起！"

"我接受你的道歉。"夏以桐很快回答道，笑盈盈的。

陆饮冰还是感到不安。

夏以桐主动搂住陆饮冰的胳膊催促道："天都快亮了，陆老师，再不去片场化妆就来不及了，秦导不会骂你，可是会骂我的。"

真的没生气吗？

陆饮冰在去片场的路上，一直在想这个问题。

小西碰了一下方茴的胳膊："哎，方茴，你觉不觉得夏老师今天怪怪的？"

方茴迁怒地看了她一眼，立马撒开了距离。

小西："喂……"她干什么了啊？关她什么事？

到了片场，两个人各去各的化妆间。

一离开陆饮冰的视线，伪装的笑容没有在夏以桐脸上多停留一秒，她脸色冷如霜雪地进了化妆间，换衣服。

方茴把她的包轻轻地放在桌上，欲言又止："夏老师……"

"我没事。"夏以桐简明扼要地答道。

"我帮你把瓶子洗了吧。"方茴把玻璃瓶装进去的时候特意用餐巾纸包了一下，拿出来的时候依旧包裹得严严实实的。

"好。"

方茴松了口气，生怕她说把瓶子扔了："那我现在就去。"

"等一下。"

"啊？"

"你去买个新瓶子，把这个扔了吧，丝带不要了，也不用买新的。"

其实这种玻璃瓶清洗一下就会恢复如新，没有买个新瓶子的必要，但是既然夏以桐这么说了，方茴只好照做。

"记得买个和这个不一样的。"夏以桐背对着她坐在化妆椅上，望着镜子里那个人的脸，眼神渐渐滑向阴沉黑暗。

"好的。"方茴好像忽然有点理解了她，新瓶装旧酒，或许可以假装没有被丢弃过。方茴攥紧了瓶身，她为夏以桐感到不值。

出门的时候正撞上小西在外面"游荡"的身影，她走过来，跟方茴说："陆老师说她的化妆间大一点，反正是要一起拍对手戏的，邀请夏老师过去一起化妆。"

方茴冷冷道："夏老师已经开始化妆了，东西都摆好了，不好挪动地方。"

小西："嘿，我说你今天——"

方茴恨恨地盯着她，好像小西就代表了陆饮冰，她用胳膊撞开小西的手，不客气地道："夏老师吩咐我出去办事，你让开。"

小西站在原地，气极反笑，这都什么破事儿？下一刻她眼角的余光却看见方茴手心里一道折射的亮光闪过。

"你站住。"

方茴怎么可能站住，听见她喊得更快。

小西小跑着追了上去，看清了，是那个许愿瓶。

"你拿着它干吗？"

"你不觉得你管太多了吗？"

"我好奇不行吗？"

"没有人必须满足你的好奇心。"

"说一下又不会死。"

"你再跟着我，小心我不客气了。"

"……"

小西出师未捷，回到陆饮冰的化妆间。陆饮冰的目光投向她身后，小西把门关上了，说："她的助理说，夏老师已经开始化妆了。"

"那你怎么去了那么久？"

"和她的助理吵了几句。"

"你和她有什么好吵的？"往日陆饮冰是不会问这种问题的，今天却莫名十分关注夏以桐身边发生的事，连小事也不敢错过。

小西也愣了一下，她没想到陆饮冰还有下文，便道："我也不知道，方茴本来对我还挺尊敬的，一口一个姐，今天忽然就……"小西耸耸肩，"……跟个有杀父之仇，夺妻之恨似的，不共戴天了。"

"还有呢？"

"还有？"小西对上陆饮冰打破砂锅问到底的眼神，正色道，"我看见方茴手里拿着刚刚从前台找到的那个许愿瓶，说是夏以桐吩咐她出去办事。"

"还有呢？"

"夏老师的化妆师刚刚才到，所以那句'东西摆好了'是借口，她是故意不来的，很有可能是方茴自作主张，因为我还没进去，她就把我赶出来了。"

"还有呢？"

"报告，没了！"

"这样啊……"陆饮冰喃喃着道，背部重新陷进椅子里，看来夏以桐是真的生气。不管怎么说，这件事的确是自己做得不对，等晚上收工，正式去给她道个歉吧。

大不了今晚空调开 24 摄氏度，她再盖一床被子！陆饮冰咬咬牙想道。

片名　　《逐光》
TITLE

卷号　第十二章 CHAPTER 12
ROLL

镜号　追逐的意义
SHOT

同一时间，夏以桐正在痛苦地给自己刮骨疗毒。明知道送出去的礼物别人有处置的权利，况且对方还不是故意丢弃的；明知道陆饮冰不可能懂那个瓶子对于她的意义，陆饮冰这样做也无可厚非……有那么多的明知道，可她就是没办法告诉自己没关系。

"这个可以送我吗？我开玩笑的，不用放在心上。"

"这个送你。"

"谢谢你的礼物，晚安！"

"这个瓶子我本来是放在床头柜上的，有一天晚上睡觉前我把它拿在手里看，可能是睡着了，它自己掉下来滚到柜子底下了，我不是故意弄丢的。"

有一天？哪一天？这么多天也没想起来吗？还是根本就不记得是哪一天了。

那天陆饮冰对这份礼物的满心喜爱，和自己的这份小心翼翼，现在看上去就像是一个荒谬的笑话。夏以桐苦笑，她可以接受漫长的、没有回应的单方面崇拜，毕竟没有哪条法律规定陆饮冰必须回应她的期待。但她不能接受陆饮冰将一片真心从自己手里要过去，又随意丢掷一旁。

她以为她们已经是朋友了，即便不算深交，更谈不上知己。可那也只是她以为罢了，今天过后，她得重新审视她和陆饮冰的关系。

夏以桐的脸色蓦然一变，不可抑制地步入另一个极端，仿佛冥冥中有一只看不见的手在将她往深渊里拽。

"谢谢！啊啊啊……你是陆、陆、陆……我、我很喜欢您，这是我给您做的礼物，没坏，送给你。"

"也谢谢你，我很喜欢。你叫什么名字？"

"我叫夏桐，夏天的夏，桐树的桐。"

"好，我记住了，期待下次和你见面。"

很多年前那个潮湿的夏天，带着犹如救世主般光芒的陆饮冰是不是一转头也嫌恶地将她的手工模型扔进了垃圾桶，她忍不住地想，自己这么多年的坚持是不是从头到尾都只是一个自以为是的误解。

那年尚显青涩的陆饮冰和今天举手投足都散发着成熟女人魅力的陆饮冰重叠在一起，站在光的最远处，朝她露出一张嘲讽的脸。

她们仿佛在说："是，你的坚持就是毫无意义。"

梦碎裂的声音如此清脆。

夏以桐痛苦地攥紧了双拳，眼底满是压抑的悲情，如同陡然间迷失了方向的带着伤的兔子，茫然无措地望一眼头顶的天花板，眼睛一红，猝然掉下泪来。

"夏老师。"

"夏老师。"

"夏老师……"

或近或远的呼唤让她在深渊前回了一下头，又一声高分贝的"夏老师！"将她彻底唤醒了过来。

夏以桐正视面前的镜子，发现自己不知何时已经泪流满面。

镜子后面映出一张张焦急的脸，有化妆师的，还有方茴的，那句声音特别高的"夏老师"就是方茴喊的。光线一瞬间涌入她的眼睛，夏以桐不由得闭了一下眼睛，再睁开，看见桌上摆放的瓶瓶罐罐，很轻地说一声："入戏了，不好意思，吓到你们了，继续吧。"

夏以桐的化妆师是她自带的团队，首席叫 LEO，本名李欧，名字起得相当随便。他和夏以桐的关系不错，一开始就发现夏以桐今天的心情不是很对劲。他边给夏以桐拍粉底边道："小夏老师，这里太闷了，我能不能讲个笑话？"

"嗯。"

夏以桐同意了，LEO 顿时惊喜地道："那我就讲了。"

"说吧。"夏以桐露出一个浅笑，从镜子里看他。

LEO："从前，有一个太监。"

夏以桐的嘴角一僵，但她还是配合地道："下面呢？"

LEO 一本正经地道："下面没有啊。"

夏以桐违心地笑："哈……哈哈哈。"

"我再给你讲一个啊。"

"好。"

"爸爸抱着尚在襁褓中的小明等车，大家都笑话孩子长得难看，爸爸哭了。有个卖香蕉的老大爷拍拍爸爸的肩膀：'大兄弟，别哭了，拿只香蕉给猴子吃吧！真可怜，饿得都没毛了。'" LEO 声情并茂地讲着。

"哈哈哈……你能不能有点新意，"夏以桐忍不住笑道，"这个我小时候就听过了。"

LEO 反驳道："没办法，年纪大了，总觉得还是当年，再说了，梗老犯法吗？"

"梗老当然不犯法——"夏以桐的话音戛然而止，她低下头，有个人也喜欢说老梗。

LEO 求救地看看方茴，不知道自己戳中了夏以桐哪个雷点，为什么她上一刻还笑着，下一刻就突兀地止住了话茬。方茴摇摇头，表示自己也不知道。

LEO 垂头丧气地给夏以桐化妆，好不容易把人逗笑了，又前功尽弃了。

夏以桐的心里有两个小人在激烈地混战，一个在疯狂地叫着"你被骗了，她根本不值得你这样"，另一个冷静地说"谁都不是圣人，你自己做的选择，不要后悔。相信她，也相信自己"。

渐渐的，说着"不值得"的那个人占了上风，冷静的小人被逼到墙角，局势顿时一面倒。

"咚——咚——咚——"

男妆比女妆化得快，陆饮冰原本打算派小西过来打探情况，一没忍住，索性自己带着妆过来了。方茴拉开门，条件反射般地就想把门摔上，小西一脚踏进来，冲里边嚷："夏老师，陆老师来找你了。"

"不值得你——"一只手把脑内叫嚣的小人拍了个粉碎，世界瞬间安静下来。

方茴问："夏老师？"

夏以桐看见镜子中的自己嘴唇微微翕动，说："让她们进来。"

小西冲方茴扮了个鬼脸，方茴坐到一边去，离她们俩远远的，对她来说，跟她们俩呼吸同样的空气自己都难以忍受，如果不是为了自家艺人，她才不待在这儿呢。可如果自己不在，夏以桐又被欺负怎么办？

方茴索性坐在夏以桐旁边的椅子上，呈防备状态，冷冷地旁观。

陆饮冰和小西坐在沙发上，四个人之间隔着一段距离，像是人工划出了一条银河。

陆饮冰不傻，方茴那么明显的敌意她能感受得出来，这是否意味着夏以桐还在生气。这个小朋友，陆饮冰想，怕是有点难哄了。

陆饮冰四处看看，心里直摇头，现在人多耳杂，着实不是道歉的好时机。于是她装作早上的事没有发生过，用和往日一样的态度道："我无聊了，就过来看看你。"

以前夏以桐或许还会因为陆饮冰想起她而高兴一下，可现在她的话落在无比敏感的夏以桐的耳朵里无疑又是一把杀人不见血的刀，刀刀致命。

她脚下一空，落进深渊里，深渊壁上，有一颗跳动的滚烫的心脏。

一个她盘膝坐在左心室，说："无聊了，所以过来看看你。你听啊，你不过是她无聊时候的消遣罢了。一个粉丝的心而已，她那么受人喜爱，千娇万宠的，你的一颗心算什么？你对她来说一文不值。"

"闭嘴，你给我闭嘴！"另一个她怒目而视，低吼着。

"好，就算我闭嘴，有用吗？你的心里早就是这样想的，就算我不说，也有千千万万个你自己会说。"仿佛为了印证她的说法似的，悬崖上顿时又飘浮出无数个黑影，每个人都长着和她一样的脸，七嘴八舌，喋喋不休，讥讽的、自嘲的、充满恶意的、扭曲的……

"假的。""骗人的。""你真好骗。""少感动自己了。""她没把你当朋友。"

渐渐的，那些话又演变成其他的语句，她幼时在别人耳中常常听到的，恶语伤人。

"你看她，脏死了。""离我远点。""都是你害死了你爸妈。""没有人会爱你，没有人喜欢你。""你这个扫把星，都是你害死了我儿子，给我滚！我不想看到你！"

"没有人会爱你，没有人喜欢你。"

这两种声音越来越大，交织在一起，越来越响，像无处躲藏的光，把那个儿时蹲在角落里的小女孩毫不留情地聚焦出来，好不容易得来的棒棒糖融化了，糖水变成了地上的污迹，她号啕大哭起来。

原来光也会伤人，也会让人这么痛苦，比利刃还要让人难以忍受。

夏以桐的双唇微微颤抖，牙关发出"咯咯"的声响，她反手握了一下方茴的手臂，艰难地低声开口说："找个借口，让她们走，别……让陆饮冰看出来。"

方茴站起来，正好挡住了陆饮冰、小西二人看过来的视线，她突然变得礼貌起来："夏老师要换衣服了，请你们回避一下，可以吗？"

化妆师 LEO 十分上道地在身后摆摆手，把他的助理全都带了出去。方茴还挡着，陆饮冰也不好恬不知耻地和上次一样留下来。关门之前，陆饮冰不安地往里看了一眼，可什么也看不到，方茴背对着她，把夏以桐完完全全地挡住了。

"你觉不觉得……"

"觉得什么？"

陆饮冰下意识地问了一句，等小西回答后，才回过神，慢慢地摇了一下头，若有所思地道："没什么。"

怎么觉得夏以桐从早上开始就怪怪的，不是一点点怪，是非常怪。

化妆间里的方茴问了句："夏老师？"

夏以桐同样摇头，示意她不用多问。

"她不把你当朋友。""没有人会喜欢你。"

这两种声音依旧交缠在夏以桐的鼓膜中，愈演愈烈，非要把她逼进泥里去不可。她缓缓地抬手，轻轻按上自己的太阳穴。

她将头扭向自己的背后，仿佛那几千几万个夏以桐在虚空中，一个个她对自己横加指责，让她立刻躲进自己的壳里，永远都不出来。

怎么可能？夏以桐心中冷笑，未免太小看她了。

因为自幼被抛弃，夏以桐比同龄人更自卑、敏感、脆弱，很容易陷入自己的负面情绪当中，但同样也比别人坚强得多，因为她清楚地知道只要战胜那些负面情绪，她就会变得比以前更强大，这是如师如母的福利院院长教她的。她的人生就是在无数次自我否定和肯定中成长的。

心里有个声音在说："看看你现在像什么样子？一点挫折就把你打击成这个样子了？怀疑别人，又怀疑自己，就像一条躲在粪坑里的蛆虫。

"地球还在转，世界也没有毁灭，你凭什么自己先把自己毁了？人生有那么多种可能，每一条走过的路都是你自己的选择，就因为碰到点土坑，你就后悔了？你自己看得起自己吗？"

镜子里倒映出一座绿墙白瓦的老房子，一个衣着脏污的女孩在迈进那道大门的第一天，就对着外面的世界发誓，她会让抛弃她的人后悔。

女孩入学的第一年，用学会的汉字写下了第一句发自内心的话："我一定会出人头地的。"

后来女孩长成了少女，在看见陆饮冰的第一眼，就发誓自己一定要走到陆饮冰身边。

她把自己从盲目地崇拜中抽离开，冷静地想："陆饮冰不就是丢了你一个瓶子吗？还是不小心的，她是人，又不是神，凭什么满足你的一切要求？就算是神，还有有求不应的时候呢。难过一下就算了，难道你还要去跳黄浦江啊？夏以桐，别忘了，你要的到底是什么？你追逐的又是什么？"

夏以桐心中猛然一震，几乎是一瞬间就醍醐灌顶。她活到现在不是为了任何人，是为了她自己，为她所在乎的一切。瓶子只是瓶子，陆饮冰才是最重要的。

"退一万步，就算陆饮冰没把你当朋友，那又怎么了？你认识陆饮冰才几天，她就算只是把你当成一个工作伙伴又如何？陆饮冰到底有没有把你当朋友，用你的心去感受，别用眼睛。古人尚且说：徐徐图之。你不是做好了准备不管多辛苦都要达到陆饮冰那样的高度吗？你现在这么玻璃心，你在怕什么？"

——你在怕什么？

振聋发聩的一句话，房屋忽然消失了，夏以桐看见镜子中无比真实的自己，沉着、镇定，反问自己道：是啊，你早就不是那个只会号啕大哭的孩子了，你在怕什么？

小时候，她怕被人抛弃，结果还是被抛弃。福利院的生活并没有她想的那么糟，或者说，比她原先的生活好太多了，虽然也会被人欺负、被

第十二章 ✦ CHAPTER 12 ✦ 追逐的意义

孤立，但起码衣食无忧，有学上。院长爱她聪敏，还额外让她学音乐，从某种程度上来说，为她弥补了家庭关爱的缺失，她性格好，福利院的孩子们也愿意和她一起玩。

长大以后，她因为一个遥不可及的人，给自己定了一个遥不可及的目标。她怕没办法在演艺圈出头，怕不能接近陆饮冰，也怕过哪天累死在跑通告的飞机上，昏倒在片场；近到最眼前，她怕演不好陈轻这个角色。

她有那么多惧怕的事情，一件件一桩桩，都充斥在她的周围，不单是她，所有人，怕生老病死，怕人生无常。正因为心存畏惧，所以才会拼尽全力。

回头想想，一个月来，她和陆饮冰从素不相识，到陆饮冰拍戏时她可以一场场地观摩学习，还有陆饮冰和秦翰林一起指导她演戏，陆饮冰还会经常主动跑过来找她，雷打不动地丢下一句"无聊了，过来看看你"。她早就听闻陆饮冰很不好相处，可陆饮冰的眼睛却告诉她：如果不是外面的传闻有误，就是陆饮冰对自己确实另眼相看。

都走了这么多步，现在有什么好犹豫退缩的？最坏不过退回原位。退回原位她也得活，又不能就地死了，还要活得多姿多彩，才不愧对她的父母保下她的这条命。努力过，奋斗过，她不后悔。

夏以桐脑海中的激战过于强烈，她呛了一下，咳嗽起来，"水。"

方茴坐在旁边那么久，就看见她的脸色阴晴不定，目光变得凝重，眉头紧紧一皱，终于听到她开口说了第一句话，赶紧手忙脚乱地把水递了过去。

就算是这种情况，夏以桐还是小心地一小口一小口往嘴里倒，怕弄花了嘴唇上的妆。

喝完水，她问："几点了？"

方茴看手机回复道："八点。"

"走吧，拍戏去，一会儿该有人来叫了。"

方茴觑着她的神色，确定她是满血复活了，心里终于落下一块大石，装了星星的新许愿瓶在她的包里，她想，打算把这件事先搁置下来，等晚上夏以桐情绪更稳定了再说。

谁知道夏以桐主动提起来这茬了："我的新瓶子买好了吗？"

"好了。"

"给我看看。"

方茴犹豫了一下，掏出来给她。新瓶子是方的，原来的是圆的，丝带换成了一条别致的红绳，从头到尾可以说是完全不一样了。夏以桐看着看着，就笑了，说："有心了，收起来吧。晚上再给我。"

"好嘞。"方茴也笑了，还做出一个电视剧里小太监的招牌手势，尖声尖气地道，"嗻，遵陈妃娘娘旨。"别说，还挺像模像样的。

夏以桐板着脸教育她："咱这回演的不能喊嗻，得喊诺。"

"我这不是还没从上部戏出来嘛。"

"我看你这个小太监演得挺好，哎，那个喜欢拍宫廷戏的刘正导演你还记得吗？我给他推荐推荐你，当他戏中的御用太监，怎么样？"

方茴纠结了一下，认真地说："好是好，但我还是想演个正儿八经的女三，恶毒女配都行的。"

"啊？你真想去演戏啊？"

方茴也"啊"了一声，"扑哧"一声笑道："我开玩笑的。"

"吓我一跳。"夏以桐拍拍胸口。

"演戏太累了，"方茴作出瑟瑟发抖的样子，"我还是当我的小助理吧，跟着夏老师有肉吃。"

方茴给夏以桐拉开化妆间的门，让她先出去，夏以桐转头道："你要真想演戏的话，我给你牵个线，不要紧的，别和我见外。"

方茴连忙摆手，恨不得把自己和演艺圈撇得一干二净："我是真不想演，我太玻璃心了，受不了网友们的负面评论。不过要是有什么群演，比如装尸体啥的，我可以去。"

夏以桐"啧"了一声："瞧你这点出息。"

"我就这点出息，怎么了？"方茴看她的心情好，也就和私底下一样和她叫些无关紧要的板来。

"不怎么，惹不起惹不起。"

这厢夏以桐和方茴有说有笑，那边陆饮冰心事重重，恨不得立刻把夏以桐揪过来问个清楚，要是她因为那件事特别生气的话，自己就好声好气道歉，夏以桐是自己的粉丝，肯定会原谅自己的，再请她出去吃个饭当赔礼，她吃，自己看着。还有，还有什么……

还没等陆饮冰想到怎么办，今天的戏份就开拍了。

从早上八点多拍到下午七点，夏以桐今天的状态非常好，秦翰林毫不吝啬地夸奖了好几句，可陆饮冰左看右看，怎么都觉得她是装出来的。

拍完戏，夏以桐卸完妆，收拾好东西，和之前一样跟仍在片场的陆饮冰道别："陆老师，晚上见。"她要去吃饭了，带方茴下馆子、吃冰激凌去，顺便买点东西。

陆饮冰愣愣地回应："晚上见。"

夏以桐走了，陆饮冰始终没有转过头。

小西在陆饮冰的耳边喊："小姐姐？"

"啊？"

陆饮冰咬着下唇，两条眉毛难得地打起了结："夏以桐她……"

"夏老师怎么了？"

"她是不是又犯病了？我怎么感觉她没生我的气了？"

小西："……"人家不生你的气还不好，你的心思好复杂啊！小姐姐。

陆饮冰又说："肯定跟我这儿演呢，我不信。"

陆饮冰回宾馆以后，快速洗完澡换好睡衣往被子里一躺，裹了两层，空调温度赫然显示 24 摄氏度。

快十点，夏以桐回来了，怀里抱着一台电扇，很开心地和陆饮冰打招呼："陆老师，晚上好！"

陆饮冰："……"

夏以桐裹着一身的暑气，活力四射地撞进陆饮冰的眼中，这个于陆饮冰来说有些冰冷的空间瞬间变得燥热起来，尤其是她还一脸无事发生的样子，热情地打招呼："陆老师，晚上好！"

陆饮冰："……"好你个头。别以为我不知道你是故作镇定，其实心里还生气着呢，不但白天演戏，晚上到跟前还接着演，为了和她保持距离还特意买台电风扇。

陆饮冰态度很好地笑着回了句："'含羞草'，晚上好！"

夏以桐回头看了看房门，锁好了，这才放心地咧开嘴笑。

"你盯着我看干什么？"陆饮冰问。

"没什么。"夏以桐摇头,还是忍不住脸上的笑意。她方才在想:剥离粉丝滤镜的陆饮冰,在她的眼里会是什么样子。于是她客观地打量了一下陆饮冰,发现自己的想法实在是太好笑了,滤镜一旦加上,根本就除不下来了。

她心里有十分的怒气,已经自我消解了八分,还有两分在她今天上午拍戏见到陆饮冰,陆饮冰对她说第一句话的时候就荡然无存了。

气不起来,她也没办法。

夏以桐背对着陆饮冰,把自己的行李箱打开,将挎包放在行李箱上头,她从挎包里翻出来一个小盒子,方形的,她拍了拍那个盒子,叹了口气,很谨慎地收进了行李箱底层。

陆饮冰把书挡在脸前,眼睛从上面偷看,只看到夏以桐的大致动作,似乎是在放什么东西,具体是什么,她就不得而知了。

夏以桐放好东西后,把自己的吊带睡裙翻出来,说:"我去洗澡啦。"

陆饮冰装作看书看得无比认真的样子,随口"嗯"了一声,随后补了一句:"对不起啊。"

"啊?"

"早上的事。"

"没关系!我已经不生气了。"

夏以桐没给陆饮冰留下再次说话的时间,就进了浴室。陆饮冰立刻从床上跳了下来,沿着行李箱的拉链齿缝往里看,自然什么都看不到。她手碰到了行李箱的拉链头,上面似乎还带有上一个人的温度,陆饮冰的手指微微一动,她看一眼浴室方向,对着行李箱沉下眼神……

夏以桐拍了一天的戏,晚上先去吃饭,后来又去买装许愿瓶的盒子,买电扇,不但热,腰腿都酸得厉害,于是选择了泡澡解乏。这一泡就是大半个小时过去了。

出来的时候她直打哈欠,刚一遇到冷气忍不住瑟缩了一下,夏以桐摸摸手臂上立起来的鸡皮疙瘩,往床上抱了一床自己的被子,坐在地上,开电扇,一气呵成。

"陆老师,我想了想,我还是睡地上吧,我可以吹电扇,没那么热的。"

还说不生气。陆饮冰把书从脸上拿下来,用带有命令的口吻说:"睡床上。"

"好的。"夏以桐本来以为陆饮冰一定不会有反对意见，那句"好的"已经脱口而出了，说完才反应过来，陆饮冰好像不是同意她，"咦？"

"还愣着干什么？"

"陆、陆老师，"夏以桐结巴了一下，"我觉得地上挺好的，床就留给您一个人自由发挥吧。"

自由发挥仿佛另有深意，陆饮冰眯了眯眼睛，问道："是不是我昨晚对你做什么了？"

"没有，哪能啊！"

"真的？"

"比真金还真！"

自己睡相差陆饮冰是知道的，但究竟在睡梦中会做什么，每个睡着的人都不会知道。任陆饮冰想破头，也不会想到自己会残暴得又抽人巴掌又踹人脑袋。

"比真金还真你怎么不上来？"陆饮冰指指身上明显加厚了的被子，"今晚空调开 24 摄氏度，热不……着你。"

夏以桐还没来得及回答，又听陆饮冰说了一句。

"明晚我请你吃饭。"

"啊？"

"早上的事。"

夏以桐哭笑不得地道："我真的不生气了。"

陆饮冰抬起眼睛，威严地道："去不去？"

夏以桐秒怂："……去。"

又忍不住腹诽道：哪有她这样道歉的？不过自己为什么还是这么开心啊。

夏以桐往地上一趴，把脸埋进被子里，不让陆饮冰看见她此刻不受控制的愉悦表情。

陆饮冰看见她趴在地上，拿不准现下是个什么情况，索性直接叫她："在地上干什么呢？还不上来！"

陆饮冰发话了，夏以桐只好让自己快速恢复镇定，把电扇关了，铺盖也一起丢上去，然后单脚往床上一站，另一条腿小心地跨过陆饮冰的身子。

"你和别人在一张床上睡过吗？"陆饮冰问。

"男的女的？"

"都算。"

"男的没有，女的有几个。"

"嗯。"陆饮冰咬着玻璃杯口回应一声。

夏以桐伸手关灯："晚安。"

"晚安。"

黑暗里过了大概一分钟，夏以桐问："陆老师，你平时喜欢做什么？"

没人回答。

"陆老师？你睡着了吗？"

"晚安。"夏以桐把身子转过来，看着陆饮冰的背影，安心入睡。

察觉到身后没有动静后，陆饮冰也转了过来，动作很轻，水床几乎没有任何起伏。陆饮冰看不见她，但是能感觉到夏以桐的呼吸，还有她身上的奶香味，不知道她用的什么沐浴露，和小孩子身上的味道很像，很吸引人。

睡吧。陆饮冰对自己说。

清晨的第一缕光线投进房间里，床上的两个人沉睡在各自的美梦中。

空调安静地运转着，仿佛有声音，又仿佛没有任何声响。

夏以桐先醒了，因为她一直保持左卧睡姿，心脏受压，不太舒服。

夏以桐没有起床气，但不代表她一早上起来发现自己根本没休息好还会保持特别好的脾气。她重重地用鼻子出了口气，睁开眼睛，身边还窝着个人，看着有点眼熟，横看，竖看，认出来了，是陆饮冰。

夏以桐脑中浮现的第一个念头是：

……又做梦了。

"这江山飘雪，不敌你眉目凛冽……"对于房间里忽然响起的闹铃声夏以桐也是蒙的，这首歌她听过没错，是陆饮冰去年一部电影的主题曲，陆饮冰亲自献唱的，但是为什么在她的梦里也有！难道说……

啊啊啊……赶紧闭上眼睛装睡！

陆饮冰闭着眼伸手精准地关了闹铃，然后将被子往自己身上一扯，蒙头大睡。

夏以桐从床上蹑手蹑脚地下来，准备去洗漱。

然而她不知道的是陆饮冰并没有真的睡着，只是为了不让自己那么暴躁地在被子里数秒，夏以桐一动，陆饮冰立马掀开被子弹起来，动作之迅猛犹如闪电，表情充满了被打扰的暴怒。

夏以桐僵在原地，努力忽略掉陆饮冰周身仿佛笼罩着黑云的低气压，开口问候道："陆老师，早！"

这一句"早"说了不如不说，安静如鸡也就罢了，陆饮冰本来还能劝劝自己"算了，不生气，她不懂事，我还能趴回去再数一百五十秒"，现在不行了，管他天皇老子，陆饮冰一指房门口，简短得不想多说一个废字："出去。"

夏以桐："……"于是她随便拿了件外套，连手机都没顾上拿，麻溜地"滚"了出去，和在门口等陆饮冰数秒的小西撞个正着。

小西用唇语跟她交流："怎么回事啊？"

"说不清楚。"

小西掏出手机，调到备忘录界面，给她打字："我们打字说。"

夏以桐："……"接过手机，"我什么也没干，陆老师今天早上被闹钟吵醒了，自己关掉闹钟继续赖床，我就想着不打扰陆老师，先起床好了，然后陆老师就忽然醒了，还把我赶出来了。"

小西摇头："你是不知道陆老师的脾气。她那根本不是赖床，是在被窝里享受最后的一百八十秒，这一百八十秒你要是敢打扰她，比直接叫醒她还可怕，别说赶你出来了，她要是把菜刀在手边，都能冲动砍墙了。"

夏以桐乐观地回答："那我还挺幸运的。我刚来剧组的时候有一天去敲陆老师的房门，她正好在睡觉，被我吵醒了，也只是把房门重新摔上了，说我打扰到她睡觉。陆老师怎么这么温柔啊。"

温柔？小西瞪大了眼睛，觉得她的偶像可能是脑子坏掉了。

一百五十秒，不多不少，陆饮冰从里面开了门，首先就冲夏以桐抱歉地道："对不起啊，早上脾气有点大，让你受委屈了。"

夏以桐笑着说："没事。"

小西腹诽道：你能有事吗？你都能觉得陆老师温柔了。

夏以桐又说："正好早上起来脑子不太清醒，去走廊透透风。"

小西心说：嗯，脑子是挺不清醒。

小西看了一眼空调，目前室内 24 摄氏度，走廊起码 30 摄氏度往上，这是哪门子的透风？等等，24 摄氏度？她是不是看错了什么？陆老师不是低于 28 摄氏度就没办法睡觉的人吗？

难道……她有一个大胆的想法。

陆饮冰听到夏以桐的回答，淡淡地"嗯"了一声，这事就算揭过去了，陆饮冰想了想，提醒了一句："以后我的闹钟响的时候，你无论在干什么，都别动，过三分钟，我就好了。"

"好……好的。"

夏以桐继续谦让地道："陆老师，你先洗漱吧，然后……我、我再去。"

"那我先去了。"

"嗯……嗯。"

挨过了死亡三分钟，陆饮冰的心情好起来，玩心顿起："美人儿稍等，本公子去去就来。"

陆饮冰这个"美人儿"还不是一起说的，每个字中间都有稍微的停顿，美、人、儿，那种懒洋洋的语调配上她独特的声线，简直跟唱戏似的。

夏以桐瞬间不知道说什么了。

陆饮冰走出两步，忽然停住脚步，忍俊不禁道："美人儿，本公子发现你的右眼角，有一颗小小的眼屎。"

片名 TITLE 《逐光》

卷号 ROLL 第十三章 CHAPTER 13

镜号 SHOT 你不是无关的人

小西两手往外一拉，比画出一把铲子的模样，然后往下一屈腰，递给夏以桐："夏老师，来，给您挖地洞。"

　　夏老师尴尬得无地自容，从包里翻出小镜子对着脸一通狂照，最后才在右眼角往下，几乎可以称之为脸的地方，发现了一点那什么的踪迹。

　　夏以桐把那什么用指腹擦掉了，一屁股坐在地板上，丧气地想，陆饮冰对她的印象现在得是什么样……

　　小西敲敲浴室的门，把陆饮冰今天要穿的衣服递过去，然后也跟着坐在了夏以桐身边。她观察着浴室的动静，小声问："夏老师，和陆老师睡一个房间的感觉怎么样？"

　　"挺好的。"夏以桐说得跟真的一样。

　　"我跟了陆老师这么多年，您就甭骗我了。"

　　"真挺好的。"除了有点粗暴以外，没什么不好。

　　小西听她这么说也不继续问了，悄悄给她爆料道："我有一回和陆老师睡一张床，第二天起来眼睛都肿了。你猜怎么回事？"

　　"怎么回事？"夏以桐配合地问道，注意力全都在小西和陆饮冰睡过一张床上。

　　"给陆老师打的，打那以后我就再也不跟她睡了。"

　　夏以桐笑了起来。一说起陆饮冰，小西就特别多话，她也是看着夏以桐和陆饮冰关系一天天好了，坦然地道："陆老师虽然——"她再次回头看了看，确定陆饮冰还在卫生间里面后，低声道，"虽然有时候龟毛了点，但是一演戏就什么都能往后放，那会儿是哪儿来着……哦，黄土高原，那满天都是沙土啊，天天在土里浸着，一张嘴就是一口土吹进来，想想我都不想去第二次。剧组的钱都用在制作上了，没有这样亮堂堂的宾馆，大伙儿都住窑洞，没窑洞就住帐篷，去之前我也担心陆老师，去之后……"

小西竖了个大拇指，往前坐了坐："要不说人家是演员不是明星呢，就论这，陆老师就值得那么多人喜欢。你看看现在那些什么流量明星，拍个戏割破个手指、吊个威亚都要发微博，多大点事儿啊，陆老师在黄土高原起码吃了好几斤沙子，人家说一个字了没？"

夏以桐没吭声，对于小西嘴里每一句关于陆饮冰的话，她都要认真记下来。

小西意识到自己身边这位正是她炮轰的流量明星之一，忙找补道："夏老师，我不是说你，我是说其他人，你很敬业，虽然演技尚有缺陷，但是你长得好看啊。"

夏以桐礼貌的微笑道："谢谢你的夸奖。"

"除了长得好看，还有别的优点，比如谦虚啊，努力啊，与人为善啊，都特别好！我平时都刷你微博的。"小西夸偶像夸得真心实意。

"没事，我真不介意别人怎么说，你刚刚不是说陆老师吗？还有别的吗？"

"还有啊，你看陆老师这么怕冷，都是前几年拍那个《铁马冰河》的时候，冬天在潭水里泡的，身子骨直接冻坏了，养都养不好。当然那时候我不在哈，是上任助理告诉我的，当时有零下十几摄氏度吧，她穿着单衣就往水里跳，每天一泡就是好几个小时，能不生病吗……"

"聊什么呢？这么热闹？"

一个冰冷的声音在二人背后不远处响起，陆饮冰冷着脸打断了二人的交谈："希小西，你是不是想让我打电话给薛瑶？"

小西的脸色瞬间变了，她立刻从地上站起来，冲陆饮冰一鞠躬，害怕地道："对不起！陆老师，我再也不敢了。"

陆饮冰没事一般不主动联系薛瑶，她平日里就是个甩手掌柜，工作室的大事小情都是薛瑶在管，此刻说打电话就是要换助理的意思了。

"你先出去。"

小西诺诺应下，出去了。

夏以桐开口给小西求情："这些事是我让小西给我讲的，你要生气就生我气好了。"

"就算是你让小西讲，小西也无权没经过我的允许，就将我的事情告诉无关的人，我不需要嘴不严的人，小西今天可以告诉你，明天就能告诉娱记。"陆饮冰说的"无关的人"泛指除自己以外的所有人，然而听在夏以桐的耳朵里，无疑又是一次清楚的提醒，提醒她只是与陆饮冰无关的人，跟娱记也没什么分别。

也许还不如娱记呢，陆饮冰和娱记好歹还相爱相杀过，和自己呢，什么都没有。

夏以桐知道，她没资格要求什么，但是她的心情就像一个正当顽皮年纪的小孩子，它是不受人控制的，说低落就低落下来。

"我先去洗漱了，陆老师。"夏以桐侧身和陆饮冰擦肩而过，只扯了扯嘴角，就当是笑了下。她自己也没发觉，她已经开始逐渐在陆饮冰面前表达自己真实的情绪了。

陆饮冰看见她勉强的笑意，非常清晰地认识到一个事实：此刻夏以桐的心情不好。再联系一番之前，觉出自己话里的不妥之处了。

陆饮冰的嘴唇慢慢弯了一下，这小孩儿，装累了吧。陆饮冰坐在床上开始刷微博，她很少发微博，上一条还是一个月前转发的怼《娱乐星七天》造谣的：故意扭曲事实，心肠这么恶毒，嘴巴这么脏，日子一定过得很苦吧。

翻了一下底下的评论，顶在热门的有两条是桐铃——夏以桐粉丝的评论，谢谢陆饮冰帮她们家偶像说话以及希望陆饮冰多照顾夏以桐之类，其他的就是自己的粉丝和路人了，说陆饮冰大度，敢怼媒体路转粉的，不一而足。

不知道夏以桐有没有看到这条，就算她自己不知道，经纪人也会告诉她的吧。她当时是什么想法呢？陆饮冰好奇起来。这么久了，怎么都没听她提起过这件事？

陆饮冰点开更多热门评论，从上到下翻了一遍，不知道是抱着怎么样的心理想去找夏以桐的名字，虽然她明知道这是不可能发生的事情。但凡有点头脑的经纪团队，都不会让艺人在这个时候冒头，就算看见了，也不能多说什么，就此作罢。要不要问问她呢，那时候是不是特感动特崇拜自己？陆饮冰还挺喜欢夏以桐用那种会发光的眼神看着自己的。

一想起这个，陆饮冰不由得出了神，手机在指间打了一下滑，陆饮冰赶紧捞起来，如临大敌地检查有没有手滑点到什么赞，幸好没有。

陆饮冰点开热门评论中一个夏以桐粉丝的评论，从她的主页点进夏以桐的微博主页，夏以桐发微博的频率比她勤，两三天一条，不是广告就是唠日常加自拍，还有一些转发和祝福。流量明星，需要热度，可以理解的。

夏天一只桐V：郑导生日快乐【可爱】【可爱】【可爱】。

【图片】。

转发数1万，评论数2万，点赞数8万。

夏天一只桐V：宝宝好困啊，但每天起床后就要元气满满【奥特曼】。

【图片】【图片】。

转发数33万，评论数7万，点赞数70万。

配图配的是两张自拍，陆饮冰还没点开大图，首先就被微博的数据震惊了一下，她总算知道夏以桐为什么叫流量明星了，真是实至名归。

评论无非是粉丝的主场，陆饮冰懒得看，直接在图片上一点。怕暴露地点，背景做了马赛克处理，只能看到是趴在雪白的枕头上，睡眼惺忪，从领口可以看出来，穿的睡衣是一件男朋友系列长款黑白条纹衬衣，很显肤色。脖颈扬起的弧度和衬衣的开口更是经过精心计算，刚好露出一边精致的锁骨，灯光也巧妙，锁骨以及耳后一片白皙的肌肤都如上好的白瓷，泛着朦胧如象牙的光泽。即便是困，她嘴角也微微扬起笑意，好似做着什么美梦，显得又单纯又乖巧。

评论区的内容果真都是一片傻白甜：

我宝终于发自拍了！

我宝随便一个姿势都这么好看！

宝宝素颜好好看啊！

啊啊啊……我爱你啊！

素颜她信，夏以桐平时就长这样，但随便？陆饮冰低低地嗤笑一声，这一看就是摆拍，夏以桐睡觉穿吊带裙，早上起来眼角还有那什么，怎么可能脸这么干净？第二张自拍则是仰拍，背景是蓝天白云，据说只有对自己颜值极度自信的人才敢采用这个角度，陆饮冰看了，感慨夏以桐的确是长得好，仰拍也好看。

她的手指一动，又滑回到第一张图片上。

"陆老师，我好了。"

"陆老师？"

陆饮冰嘴唇轻抿，盯着手机出神，夏以桐喊第二遍时陆饮冰才听见，她装作若无其事地立刻把手机锁屏，抬眸道："嗯？你说什么？"

"我说，收拾好了，走吗？"

"走。"

夏以桐先把陆饮冰的包给她，然后再拿自己的，接着站在原地不动，习惯性地让陆饮冰走在前面。

关好门，两个人并肩走在宾馆的走廊里。

陆·老干部·饮冰边走边问："现在的人是不是都喜欢自称宝宝？"

夏以桐想破头也想不到陆饮冰刚刚才看了自己的微博，点头道："对的，不知道什么时候流行起来的，大家都这么自称。"

"你也这么自称吗？"没等夏以桐回答，陆饮冰就莞尔一笑道，"夏宝宝？"

末尾语调上扬，似笑非笑，这话可比"美人儿"三个字还让人意外。

夏以桐呆立原地。

陆饮冰扑哧一笑。

夏以桐不敢说话，进电梯时差点绊了一跤。

小西被陆饮冰警告过后，不敢再多说一句别的，和方茴走在后面，安安静静的。方茴很奇怪地看了小西一眼，不明白一向活泼的她怎么忽然就蔫儿了。

方茴的态度是以夏以桐对陆饮冰的态度为转移的，既然她们俩和好了，她也不跟小西计较。秉承着勉强能算得上的同僚情谊，方茴释放出善意，问道："小西姐，你昨晚没睡好吗？"

小西沉默着摇摇头。

方茴从口袋里摸出一根不二家棒棒糖，塞进她的手里："吃糖会让人的心情变好。"

小西缓慢地眨了一下眼睛，看向她，轻声回："谢谢。"

方茴直觉小西此时怪异的反应跟陆饮冰有关，心道："小西也怪不容易的，陆老师一看就不是个脾气好的，跟起来肯定特别费劲，听说有些助理简直跟艺人的小保姆似的，小西看起来就是无微不至那一类的，自己昨天的态度实在是不好，不该迁怒到小西身上。"

小西还不知道自己被同情了，正在深刻地反省自己。

她不是嘴不严的人，只是对着夏以桐没那么顾忌，明明在她看来自家艺人和夏以桐的关系已经很好了，陆饮冰什么时候对其他不熟的朋友那么亲近过，只是……怎么就错了呢？

自诩挺会察言观色的小西怀疑起了自己。

一到片场，先进化妆间，两位主角各进各的，两支化妆团队各自忙碌起来，今天她们俩一个文戏一个武戏，陆饮冰文，夏以桐武。

这是夏以桐的第一场武戏。

陈妃娘娘被册封，入宫第二日，不慎落水，六皇子被禁足三个月。三个月内，六皇子在宫里侍花弄草，好不快哉。他这宫中明里暗里前后来了好几拨人，荆秀面上装得淡定，心里门儿清。无非就是楚王的人，他那几个哥哥的人，来看看他安不安分。

前期，一演到六殿下，经典画面就是他拿着个喷壶在院子里浇花，这回不浇花了，他的长发用简单的铜冠束起，头戴绣银抹额，镶珠点翠，熠熠闪光，端的是玉树临风一枚翩翩少年郎。这少年郎一身华服，去他亲手搭的鸡棚里摸鸡蛋。道具组很拼，拿出来的鸡蛋居然还是热热乎乎沾着鸡屎的。

荆秀将鸡蛋拿在手上，白玉一样的手，沾了鸡屎的鸡蛋，本来十分违和，但在荆秀的手上，便有着说不出的合适，张弓搭箭、闲来弄花，那双手都游刃有余。荆秀端详片刻，要笑不笑地问："'影子'，你说它像什么？"

黑色的"影子"说："属下不知。"他只需要执行任务以及像个影子一样陪在殿下身旁，猜测主上的心思，不是他的职责。

荆秀仍是笑，单手后背，将鸡蛋放进窝棚里，那里还有四枚鸡蛋，荆秀将它们拨在一起，然后将由草搭织的鸡窝慢慢翻过来，鸡蛋先是滚动了一下，彼此发出轻微的磕碰声，然后便一个个垂直掉下来。

他平静的眼神里，闪着一丝说不清道不明的复杂。

覆巢之下……

"影子"以极快的速度移形换影，将其中一个鸡蛋握在了手上，交给六殿下，正是荆秀方才拿过的那个。

"这是什么意思？"

"保护殿下。"

荆秀挑眉问道："我的鸡蛋你也要保护？"

"保护殿下！""影子"蒙了面的头埋得更低。

"你今年多少岁了？"

"属下十七。"

"十七啊，比我大两岁，"荆秀弯着眼睛，笑得很是纯善，道，"摘下你的面巾与我瞧瞧？"

"影子"突然跪下："属下不敢。"

"好吧好吧。"荆秀摆摆手，从上望着他的头顶，笑意仍在脸上，却从眼底退去。不是他草木皆兵，天下已有乱象，自己身边能用的人只有一支影子队伍，这支影子队伍固然对他忠心耿耿，但十几年来却从不肯让他见到他们的真面目。他眸光一闪，幕后的主使者，究竟是谁？

"有人！"随着"影子"的一声低禀，院外蹿出一片衣角，"影子"立刻追了过去！

"卡！过——"

秦翰林刚从监视器后探出头，陆饮冰立刻把手里的鸡蛋塞到了翻过来的鸡窝里，一秒钟也不耽搁，脚步匆匆地去一边抹洗手液洗手。

夏以桐长出口气，虽然知道陆饮冰号称"一条过"，但夏以桐就是为她担心。还没等她发表什么话，夏以桐就得上了。那个衣角就是她的。

夏以桐穿着紧身的威亚衣，吊上钢丝，人直接腾空起来。上去之前，副导演看她细皮嫩肉的，说："忍着点啊，可能有点疼。有过经验没有？"

"有。"夏以桐很放得开，还活泼地比了个 OK 的手势，"放心吧。"

没有吊过威亚的人是不知道威亚勒在身上有多疼的，像是要把绳索勒进骨头里的那种疼，肺部直接喘不上气。好在夏以桐经验丰富，在空中适应了一下，对下面的秦翰林说："好了。"

武术指导上来说了一遍动作要领，又做了一遍示范，已经做好了这场戏要拍两个小时的准备。前天有个演配角的小鲜肉演员，教了一个小时，还是勉勉强强，动作软弱无力，像个花架子。这个小姑娘，估计时间要更长吧，武术指导心想。

"Action！"

"影子"追着那片衣角过去，两个人在院外短兵相接。

谁知道夏以桐不但动作打得标准，还打得好看，动作飘逸，出手毫不拖泥带水，武术指导打眼一看，就知道没拍过两位数以上场次的威亚戏是做不到这样的，而且演员本身还得要有舞蹈功底。

"小夏老师啊，你这个地方，要表现出你知道对方是谁的成竹在胸，只守不攻，留有余地。武术指导，是这样吧？"

"××，你正好相反，你要真情实感地替你们家殿下担心，竭力铲除危险。"

"眼神别飘啊，要对准对方。"

"××，让我看到你的杀气！杀——气——"

"眼睛别瞪太大啦，眼珠子又不能杀人，用你的刀，手里的刀。"

"你为啥演戏全靠瞪眼呢？眼睛瞪那么大也没钱拿啊，我告诉你，我这里瞪眼歪头可是行不通的哦。"

两个人都经验丰富，动作到位简单，眼神想要到位就没那么容易了，秦翰林一遍一遍地纠正两个人，他今天的耐心格外好，比之前都好，说话的时候轻声细语的，隐隐有翘兰花指的趋势，却让夏以桐很是惶恐。

"你俩为啥不对视呢？怕一见钟情啊？"秦翰林说，"要一见钟情也是对荆秀啊，小夏，快看你对面的帅哥啊。实在不行你们休息几分钟酝酿情绪吧。为啥就是不对呢？"

他一连好几个为啥，讲戏的语气实在太好笑了，不但上面吊着威亚的演员笑场，连工作人员和演职人员都笑了。

躺枪的陆饮冰就站在秦翰林旁边跟着看监视器，她实在看不下去了，上前按住秦翰林的肩膀，劝道："你才要好好休息一下。"

"啊？"

"资方是不是追加投资了？"

"对啊。"

"片场已经快被你的好心情淹了。"

"是吗？哈哈哈！"秦翰林拍拍脸。

"你快去洗把脸冷静一下。"

陆饮冰趁着秦翰林去洗脸的空隙，挥挥手让道具组先把夏以桐放了下来，陆饮冰站在还穿着威亚衣的夏以桐面前，从头看到脚，说："你把我当成'影子'。"

"啊？"

"啊什么？帮你过戏你还挑三拣四的？"

"哦。"

陆饮冰把每个细节要有的眼神都给她示范了一遍，夏以桐有样学样，演"影子"的演员吊在上面，冲下面悲愤地叫道："殿下，到底谁才是你的心腹啊！"

陆饮冰仰头道："你个奸细，还好意思说话？"

片场又是一阵大笑。

有了陆饮冰的指导，夏以桐很快就把握了这场戏的核心，秦翰林远远地走过来了，陆饮冰冲她飞快地说了句话，又挥了一下手："吊上去。"

夏以桐听完那句话后，整个人都不好了。

刚喊完"Action"立刻吃了秦翰林一记NG："小夏老师，我很纳闷，你在笑什么呢？"

夏以桐双手合十，做了个赔罪的手势："情绪没到位，不好意思。"

陆饮冰方才跟她说："凡事到了小西嘴里都会添油加醋，下次有什么想知道的事直接来问我。"

陆饮冰还说："你不是无关的人。"

随着钢丝的上天，夏以桐的心也飞上了天。

"不是无关的人"几个字，表达的范围非常广泛，不过就算是比陌生人只高一个档次的熟人，也足以让夏以桐感到欣慰了。在她的印象里，这还是陆饮冰第一次为她说的话做出解释，还是专门给她一个人的解释。

而且都能直接问陆饮冰她的事情了，怎么也要比一般熟人要熟吧。

她正头脑风暴着，秦翰林一句"卡"把她拉回了现实。

当务之急，演戏。是演戏，是演戏。

夏以桐两只手拍着自己的脸颊，打得啪啪脆响，调整情绪，秦翰林见状忙提醒道："可别打红了啊，一会影响拍摄。"

"知道啦！秦导。"夏以桐闭上眼睛，呼吸两口新鲜空气，再睁开眼睛，冲秦翰林使了个准备就绪的眼神。

《破雪》第九场三镜五次，Action！"

夏以桐回想着刚才和陆饮冰过戏的情感，兵刃交接的瞬间，镜头推进给两个人眼部特写，夏以桐是平静中带着打量，她的招数也是软剑轻轻一拂，四两拨千斤。"影子"的脸都被蒙起来，唯有一双眼睛赫然透出杀气，道具组的音效师作出一声铿然的短兵相接声。后期还要重配，但是秦翰林习惯在片场做全套，这样有助于他理顺思路。

接着又着重拍了两遍这个眼神，继续接后面的动作，秦翰林还要看这条的回放，饶是二人这次发挥得还不错，也过了半个小时才被放下来。

夏以桐觉得腿软了一下，扶着方茴的手站稳了，感觉两条腿已经不是自己的了。

秦翰林从监视器后面走出来，拍拍手："休息，准备吃午饭了。"

下午夏以桐只有一场文戏，发挥得好的话，应该能早点收工。

夏以桐靠着大树打盹儿，方茴睡在她身侧，陆饮冰依旧是一个人躲得远远的，避开盒饭香，眼睛却时不时地朝夏以桐那儿瞥一眼。

陆饮冰对夏以桐的表现十分满意。这个小朋友，每天都逢人三分笑，笑容看起来很真诚，透着一股稚拙的单纯，讨喜。但是陆饮冰不喜欢她明明生气还要故作开朗的样子，陆饮冰把这归结于自己喜欢真诚不做作的人。你看，夏以桐吊在空中的那个笑容，就比平时笑得都好看。

不是无关的人，在陆饮冰心中的定义是能够略微交一下心的朋友。陆饮冰虽然喜欢逗夏以桐，但前提是她得把眼前这个人认清楚了，是单纯还是心机深沉，并且看透利害关系后，才会这么肆无忌惮地逗她。

只是那个小朋友似乎并没有察觉到陆饮冰对她的与众不同，非要她清楚明白地说出来，那她就多一句嘴，说给她听，她要是想听别的，尽朋友之谊，也多表达一下好了。

只是总觉得有什么地方透着一丝古怪，感觉像是给自己挖了一个坑？陆饮冰睡着之前忽然浮上了这么一个微妙的想法……

短暂的休息过后，秦翰林摇着他的招牌大蒲扇左摇右摆地走过来。天热，大家都想早点拍完收工，轮到的听秦翰林讲戏，没轮到的就一直用手或者剧本扇风。

先是"影子"，秦翰林说："你一会儿没台词，但你的眼神还是要有，你的主子和一个危险的女人在谈话，那个女人很漂亮，还是宫里的妃子，你要特别警惕。你的定位是忠犬，知道吗？懂'忠犬'这个词是什么意思吗？"

扮演"影子"的演员长相偏小，但今年已经二十六岁，常年混迹二次元，不拍戏不跑通告的时候是个宅男，他忍住侃侃而谈的欲望，简要地答道："……懂的，就是主子虐我千百遍，我待主子如初恋。"

"同道中人啊。"秦翰林道拍了拍他的肩膀。

接下来轮到夏以桐，秦翰林转向她："小夏啊。"

"秦导，您说。"

"你接下来这场，很重要。"

她的每一场戏，秦翰林都这么说，不过也的确是这样。夏以桐收敛心思，虚心地听着。

"你已经断定他就是你的明主了，现在要做的就是去说服他。但是荆秀生性多疑，谨小慎微，行事唯恐行差踏错，尤其爱扮猪吃老虎，永远一副与世无争的样子。他不急，你要比他还不急，哪怕你的心里已经急坏了，表面上一定要是一派'他强由他强，清风拂山岗'的样子。你就是你，不一样的烟火，要他巴着你，要他求着你，占据主动权，这才是正确的打开方式。"

夏以桐发现秦翰林和她讲戏时总是带着一些他自己的语言，大概可以概括为包括但不限于歌词、小说、台词，等等，但对陆饮冰讲戏时用的都是一些谁都能听懂的话，心中不禁好笑，他是知道陆饮冰的老干部人设吗？

秦翰林又给她讲了一下仪态举止的细节，问："记住了吗？"

"懂了。"

"五分钟，酝酿情绪，准备开始。"

"《破雪》第十场一镜一次，Action！"

　　镜头从远景切回院中，"影子"警惕地盯着这位武功高强的不速之客，不速之客笑颜如花："六殿下，不请我进去坐坐吗？"

　　荆秀将一身华衣押平，恭恭敬敬地请了个安："秀见过陈妃娘娘。"

　　"殿下多礼了。"陈轻要去扶他，被荆秀不着痕迹地避过了。

　　"不知娘娘……"荆秀指了一下天，微微皱眉，却只是单纯的好奇，眸光清亮，"从天上来，有何贵干？"

　　"所以需要殿下请我进去啊。"

　　荆秀袖袍相叠，两手拢在胸口，朝下一拱："男女有别，恕秀不能从命。"

　　陈轻面色不变，露出似笑非笑的表情，眼角的蝎尾勾出危险的弧度，道："本宫要是不来这一趟啊，也不知道这座院子里居然还藏着个'影子'。"

　　"嗖——"

　　"影子"长剑出鞘，剑锋落在了陈轻雪白的脖颈上，剑尖流淌着如雪的光芒，吹毛断发。

　　陈轻两指屈起，在剑刃上弹了一下，手指撞击冷铁的声音清脆响亮。

　　陈轻看着"影子"充满敌意的眼睛，毫不在意现在危及她生命的冰刃，说："挺忠心的，可惜了，是个傻子，他这是先天缺陷吗？"

　　话一出场外有人笑了出来，很快捂住嘴，怕打扰到正在拍戏的演员和看监视器的导演。

　　特写给荆秀。

　　荆秀的表情波澜不惊，眼里闪过一丝胸有成竹，他早就猜到她会有下文。

　　陈轻道："如果我没猜错的话，这个'影子'的存在应该谁也不知道吧，我不过露了一下面，你的'影子'就忙不迭地过来杀我，他有没有想过我是谁的人？万一他学艺不精杀不了我，事实证明他的确杀不了我，一旦败露，你身边唯一能用的人也没了。就算杀了我，万一我是陛下派来的呢？你的'影子'还是会暴露。"

　　荆秀微微含笑，精致的面皮上仿佛缝上去的一般，毫无破绽。

　　"一旦他暴露了，那你这么多年竭尽全力把自己打造成一个与世无争的皇子的努力，就都付诸东流了。你的亲舅舅——当今的户部侍郎，是不是也要受你连累？他勤勤恳恳这么多年，才爬上的这个位置。被你蒙骗的皇兄们会怎么想？就算你没有夺位之心，你的五位皇兄依然不会放过你。"

"影子"眼里顿时杀意暴涨！

压在陈轻脖子上的剑锋上顷刻间沾染了血迹，千钧一发之际，荆秀命令道："把剑放下。"

"殿下——"

"我让你放下！"

"影子"气愤地收剑入鞘。

荆秀看向陈轻的目光深不见底："你到底是何人？谁派你来的？"

"卡。"秦翰林从监视器后探出来一个脑袋。

夏以桐屏住呼吸。

"不错，过了。"

夏以桐并没有松口气，按照秦翰林的脾性，一定会拍到他说完美为止，果然，秦翰林又说："但是我们还可以再来一遍，看看能不能有更好的表现。"

于是来了一遍，又来一遍，一直拍到收工。

夏以桐没出去吃饭，陆饮冰要请她吃饭，也被她拒了，说明天肯定去。被拒绝的陆饮冰瞧上去有点生气，但夏以桐也没办法，她在剧组跟着大家一起吃了个盒饭，匆匆回了宾馆。

一进门，房间里面没人，也没声音，看样子陆饮冰还没回来。夏以桐就没去浴室，拉好窗帘，坐在椅子上，把七分裤小心翼翼地、动作轻柔地脱下来，露出雪白的大腿，果不其然，大腿内侧一大片淤青、血痕。她的皮肤白，一红就是一大片血红，瞧上去触目惊心。

经验就算再丰富，也没办法抵抗身体的正常反应，在空中吊了快两个小时，还要做武术动作，没破皮就算不错了。

夏以桐不想那么快穿裤子，于是敞着腿，对着空调出风口吹一吹，好缓解一下火辣辣的痛感。她手边有条毯子，随时听着房门的动静，觉得在陆饮冰进门前一定能成功遮挡好自己。

她长舒了口气，小心地抖了抖快痛得麻木的大腿，好让它快点恢复知觉，然后就听见"咔嚓"一声——

夏以桐悚然一惊，魂都吓飞了！

第一时间看向窗户，拉好窗帘了。然后拉好毯子，急忙环顾房间，却见浴室的隔间门那里，开了一条缝，不知什么时候调皮地探出来一台手机的摄像头。

《阿甘正传》里有一句话：人生就像是一盒巧克力，你永远不知道下一块会是什么味道。

正如你不知道你什么时候一脱裤子吹空调就被别人拍了下来……

夏以桐："……"

握着那只手机的手，五指修长，指甲修剪得特别短，是一只女人的手。夏以桐还不至于会妄想有人偷了陆饮冰的房卡特意躲到浴室里偷拍她，最有可能的解释就是：她刚刚进门的时候陆饮冰就在浴室里了，只是不知道为什么没发出声音，陆饮冰没换拖鞋，她就自然而然地认为对方没回来。

果然，随着门被拉开，陆饮冰的长腿也从里面跨了出来，她扬了扬手里的手机："震惊！光天化日之下，当红一线明星夏以桐老师居然明目张胆地脱裤子！"

夏以桐捂着毯子，哀求道："陆老师——"

"哎。"陆饮冰做出洗耳恭听的姿势，"有何贵干哪？"

"你把它删了吧。"夏以桐欲哭无泪。

"这么大的料怎么能删呢？"陆饮冰好整以暇地望着她，"我辛辛苦苦埋伏在浴室，就是为了等这一刻，这照片卖出去肯定值不少钱。"

陆饮冰面不改色地说完这段话后，自己都在心里笑：这睁眼说瞎话的本事怕是跟夏以桐学的了，哪有什么辛苦埋伏，不过是她前脚进浴室隔间，后脚夏以桐就进来了，她就索性躲到了浴室里面的角落里，刻意没发出一点声音，让夏以桐没发觉。

陆饮冰原本打算趁夏以桐不注意时出来，吓唬吓唬她，没想到真吓到她了，还收到了意料之外的效果。

"我的陆老师啊。"夏以桐双手合十，嘴巴一撇，露出楚楚可怜的表情，撒娇道，"我的好陆老师，求求你，你就删了吧，你要是喜欢看我的照片，我再给你拍别的，想拍多少拍多少，好不好？"

此言一出，陆饮冰想起来今天早上出门前自己偷偷看夏以桐微博照片的事，不由得脸上一热，又止不住腹诽道："难道她今天早上看见我手机屏幕了？那她怎么没有……"

夏以桐见她突然不说话，蓦地心怀忐忑，也震惊于自己忽然熟稔起来的语气，似乎熟稔得有一些越线了。这种卖萌撒娇的态度除了对至亲和至交，自己就只有在面对媒体插科打诨的时候才会用，她居然自然地就对陆饮冰这么说话了。陆饮冰不会觉得她蹬鼻子上脸吧？毕竟她只是一个粉丝，现在顶多也就是个比熟人只亲密一点点的朋友。

时间仿佛静止了三秒钟，陆饮冰失望地发现夏以桐方才那副看起来很真实生动的柔弱表情不见了，取而代之的是一直以来的淡定和故作从容。

夏以桐自然也发现了陆饮冰表情细微的变化，不明白她脸色忽然变差是为什么。

"陆老师？"

"你……"

"什么？"

"把刚才的表情再做一遍。"

"刚才？"

"就是那个双手合十的表情。"

"这样？"夏以桐重新给她做了一遍，陆饮冰依旧不太满意，吊着眉说，"还有台词。"

台词？

"我的好陆老师那句吗？"夏以桐疯狂地摇头。

陆饮冰不悦地道："你这什么表情？让你说我句好，就这么为难？"

"不是不是，"夏以桐的头摇得快要飞起，"你哪儿都好，真的！但是真爱是要放在心里的，不能挂在嘴上随便说。"

"放他娘……娘娘这个角色我觉得你今天演得还可以。"陆饮冰说得一脸正经。

"谢谢陆老师的夸奖。"夏以桐快被陆饮冰不小心说秃噜嘴的话笑死了，但是表面上还是要维持平静和谦虚，毕竟陆饮冰在大众心里还是一个从不说脏话的大家闺秀。

"你看你也喜欢听我夸你吧，快夸我。"

夏以桐妥协，双手合十，朝她拜两拜："我的好陆老师。"

规规矩矩，恭恭敬敬，拜得特别诚恳，就是不大像在拜活人。

陆饮冰眯着眼睛："夏宝宝，你的胆子真是越来越大了。"

还没等她反应过来，陆饮冰"唰"的一下掀开了夏以桐盖在腿上的毯子。

夏以桐完全是条件反射般"啊"的一声尖叫，下意识地站起来去抢陆饮冰手上的毯子。但是她比陆饮冰矮了半个头，陆饮冰还踮着脚把毯子举在空中飞来飞去，净身高一米六六的夏以桐跳起来都抢不着。

"好陆老师！我求求你了。"

"现在想着找我和解，晚了。"

"你想让我怎么拜我就怎么拜。"

"免谈！"

两个人绕着床沿追逐起来，映在窗帘上的影子胶着在一起。

……

酒店对面，略高于陆、夏二人房间高度的狗仔队驻扎的房间内。

盒饭飘香，糖醋茄子软烂，和米饭混在一起。一个留着长发，扎小辫子、眼圈乌黑的邋遢年轻男人正快速地往嘴里扒着盖饭，忽然捂住了胸口，艰难地呛咳着开口道："水、水。"

窗口用三脚架架着一台长焦镜，角度偏下，一个黄毛同样顶着两个黑眼圈，眼睛恨不得钻进镜头里，最好能眼生烈火，把对面酒店的窗帘布都给烧了。

听到同伴呼唤，他头也不回地将手边的一瓶水扔过去，正中对方的胸口，小辫子接过水咕咚咕咚就往下灌，好容易把卡在中间的糖醋茄子盖饭给咽下去了，恨恨地骂了一句："他妈的。"

黄毛揉了揉酸疼的眼睛，又扭了扭脖子，他入这行好多年了，经验丰富，比小辫子要沉稳，问："吃完了没？吃完了换你盯着，我也饿得慌。"

小辫子默默地低头吃饭去了。过了三分钟，饭吃完了，水也喝完了，还开了瓶新的，换他在镜头前看着。

黄毛打开一旁被泡烂发涨了的米线饭盒，一根米线得有平时两根粗，挑起来，还断了。他叹口气，把塑料饭盒倾斜过来，直接用嘴接着吸溜，一口咬到了花椒，忍了忍，等到了下一口米线一起往下咽了。

小辫子望着镜头里那严实的窗帘，心里全是不满，止不住回头跟前辈抱怨道："哥，您说这剧还没开拍咱就来这边儿盯着了，什么料也没有，这还怎么盯啊。"

黄毛抬手把其中一根筷子丢了过去，正中小辫子脑门："多干活，少抱怨，给我转过去。"

"哥，真不是我抱怨。"小辫子讪讪地转过头道，"你看哈，夏老师平时一进房间就拉窗帘，回回都遮得密不透风，一次都没落下过，跟反侦察似的，这还不如分开住呢，好歹还敞着窗子，就算啥料没有，看看脸养神也好啊。"

黄毛又丢了一根筷子过去。

小辫子捂着脑袋，叫道："哥，你干吗又打我？你是练标枪的吗？每回都丢一个位置，疼。"

黄毛喝了最后一口汤，"啧"了一声，味儿有点重，算是饱了。他从沙发上站起来，用一种深沉的、恨铁不成钢的目光看着小辫子，道："亏我还想培养你接我的班，你一点新闻工作者的敏锐都没有。为什么她们两分开住的时候敞开了让咱们看——"

小辫子弱弱地打断他："哥，咱这是偷拍……"

黄毛义正词严道："啥叫偷拍，新闻工作者的拍能叫偷拍吗？"

小辫子赶紧附和道："是是是，哥说的有道理。"

"我刚说到哪儿了？"黄毛给自己点了支烟，提提神。

"为什么分开住的时候敞开让咱们拍，在一起的时候就天天防贼似的，还不是有鬼？"黄毛胸有成竹地笑道，"就算是没鬼，咱也能拍出鬼来，继续盯着，咱只要拿到猛料，接下来半年都不用愁生计了。"

……

陆、夏的房间。

夏以桐和陆饮冰斗智斗勇许久，依旧没拿到她的毯子，情急之下，灵机一动道："陆老师你特别美！"

陆饮冰挥动的手一停。

有戏了，夏以桐心里一喜，再接再厉地道："陆老师，你穿男装玉树临风、英俊潇洒、芝兰玉树、渊渟岳峙，穿女装美若天仙、风华绝代、惊为天人！

我觉得你就不是人——"

陆饮冰一挑眉。

夏以桐口沫横飞："是天上的仙女下凡了！你知道现在月亮上为什么没有嫦娥吗？都是让你给忌妒死的！"

陆饮冰一扬嘴角，手一松，把毛毯还给了她。

夏以桐慌忙把毛毯围在腰上，独具一格地围出了狂野风，抬头却看见陆饮冰用一种很复杂的眼神看着她，像是好笑，又觉得无可奈何。

陆饮冰说："你的裤子呢？"

夏以桐这才发觉裤子一直就在伸手就能够得着的手边："……"她刚才一定是脑子坏了才去和陆饮冰抢毯子。

"再不济你还可以钻被子里，我的力气还没大到在你使出吃奶的劲裹紧被子时把被子一把扯过来，再说……"陆饮冰停顿了一下，略一颔首道，"这未免有失风度。"

在经历了"争抢风云"后，夏以桐觉得"风度"这两个字在陆饮冰的嘴里似乎失去了信任度。

夏以桐依旧把毛毯围在腰上，拿过裤子背对着陆饮冰准备穿上。

"等一下。"

"啊？"

"你就这样穿上？"

"不然呢？"

"等着。"陆饮冰白了她一眼，从自己的随身行李箱里翻出来一个铁皮掉漆的小盒子，它实在是太简陋了，可以和小时候乡下装蛇皮膏、冻伤膏之类的小盒子媲美了。夏以桐一脸懵懂地看着陆饮冰把那个神秘的小盒子打开，里面也的确装的是药膏，白白的，胶状物。

"你这腿今天晚上肯定是没办法全好的，涂点药膏好得快，这是我家里一个表姐上回见我受伤，特意给我弄来的，比一般的药管用，准保你明天起床这红的就全消了。"

"给我用？"夏以桐感到有点儿受宠若惊，把小盒子接了过来。

"不用舍不得，这部剧我从头到尾都没几场需要吊威亚的戏，放着也是放着。"

夏以桐心中一暖，说：“谢谢陆老师。”

陆老师点点头，毫不避讳地坐在一边看她上药。

夏以桐一动不动：“……”

“嗯？”陆饮冰一脸疑惑。

“您能不能……”夏以桐小声说道。

“哦，我不看你了，我刚发呆呢。”陆饮冰别过头，看向浴室门的方向，那个门和镜子差不多，正好看见夏以桐的腿上一片血红，看着就让人心里犯怵。自己受伤的时候还不觉得，作为旁观者来看还真是挺吓人的，怪不得梁家表姐非要给自己弄这药膏来。

说起来梁舒窈表姐，陆饮冰倒是想起些别的事来，不由得又是一阵心烦，梁表姐的耐性也太好了一些。明天回家的事希望她妈妈没有大嘴巴告诉梁舒窈。

陆饮冰给的东西就是不一般，夏以桐刚用棉签抹上一点，刺痛的感觉立马就缓解了大半，冰冰凉凉的，似乎有碎冰化水正丝丝缕缕地渗进筋骨皮肉，带来久违的生气，没多时就恢复了知觉。

“我好了，陆老师。”

陆饮冰兀自出神中，冷不丁地被推了一下肩膀，“啊”了一声。

夏以桐解释道：“我叫你好几回了，你都没答应。”

“哦，哦。”陆饮冰还是有点恍惚，“叫我干什么？”

夏以桐把盒子递还给她：“谢谢陆老师。”

“不谢。”陆饮冰回身收好盒子，方才尚可的心情忽然变得兴致缺缺起来，她心里叹了口气，说，“我先去洗澡了。”

夏以桐看出陆饮冰有烦恼的事，但是却不知道如何开口询问，又怕问的话会让陆饮冰觉得唐突，一直到陆饮冰进了浴室，浴室里面传来水声，夏以桐那句“你是不是有什么烦心事，介意说给我听吗”也没有说出口。

热水澡冲去了陆饮冰的烦恼，她出来时心情有所好转。陆饮冰坐在床沿，把随意扔在被面上的手机拿过来，说：“我这还有你的受伤照片呢，发给你发微博啊？”

“不要，你删了吧。”

“为什么不要？”陆饮冰的眼里流露出阅尽千帆的沧桑，活像个经历过长征、头发胡子都花白的老战士，正对着家里还满地爬的小孙子说话，"现在你们这辈和我们这辈不一样啦，我们受个伤家常便饭，讲究内敛都不往外说。你们这辈身娇肉贵，发个受伤图能吸好多粉，你这又不是啥手指割伤的小伤，起码比那些高级多了。"

夏以桐脸上的笑意收敛了，抿着嘴不说话。

"这张图看着不太雅观，我给你重拍一张啊？"

"陆老师。"

"嗯？"

"你是不是在讽刺我？"夏以桐突然抬头，直视着陆饮冰。

她知道有不少明星喜欢在微博上晒受伤图，惹来底下一大片粉丝心疼，夸其敬业，夏以桐也不喜欢那样的人。但现在的风气则是但凡有个前辈说了什么有道理的话，拍了一部良心制作的影片，就会有人将那些流量明星拉出来对比并批判一通，好像身为流量明星本身就是原罪一样。其实，不是所有的流量明星都喜欢卖惨，她就认识不少私底下特别能吃苦、从来不吭一声的年轻艺人。

她更知道身为公众人物，就该承受这些来自四面八方的评论，无论她多努力，在她成功转型拿出代表作之前，她永远都只是个偶像，靠人气吃饭，所以她不能反驳，也没底气反驳。她的确演技不行啊，人家说错了吗？没有。

夏以桐深知，只有站到足够高的位置，拥有足够强的能力，就像陆饮冰这样，才会有选择权。她的努力不全是为了别人，也是为了自己。

虽然她什么都知道，但还是没办法接受陆饮冰对她也有这样的误解，将她和其他人混为一谈。

陆饮冰哪知道她心里那么多弯弯绕绕，沉默了一会儿，说："没有啊，我没事讽刺你干吗？"

陆饮冰的表情太真诚，她除了戏内，从来都是有一说一、有二说二的，更不存在怕得罪谁而去说谎话的可能，于是夏以桐信了，不自在地看向脚尖，轻轻地问："那你干吗让我发微博啊？"

"我那是因为——"陆饮冰把到嘴边的话又咽了回去，一本正经地道，"没什么，闲着无聊逗逗你，没想到你这么敏感。现在市场就这样，也不全是你——我的意思是你这代流量明星造成的，你们算是时代发展的产物之一吧，人气偶像。"陆饮冰一笑，调侃道，"话说古代也有人气偶像啊，你看那个卫玠，还被看死了。往乐观想，最起码你还活着啊。"

夏以桐觉得心口一热，又好笑又感动地望着她："谢谢陆老师。"

当夜，空调温度设置成 26 摄氏度，陆饮冰裹了两床被子，没打人，两个人相安无事。

第二天，周五，外面气温 39 摄氏度，地表温度高达 60 摄氏度，暑气从石板路上蒸腾上来，毫不让人怀疑往地上摊个鸡蛋瞬间就能滋滋冒泡。整个片场像个密不透风的搪瓷罐子，比外面更热，大功率风扇能起到的作用也不过是杯水车薪。

两位主演换好衣服、化完妆，刚从化妆间出来就是一头一脸的汗，化妆师只能跟在屁股后面扑粉。

今天拍的一场是接着昨天收工前的，"影子"回剑入鞘，荆秀邀陈轻进屋小坐，"影子"在门口守着，以防隔墙有耳。

"Action！"

茶是陈茶，喝起来不甘反涩，陈轻却一口不漏地如同饮酒般干了，她望着荆秀的眼睛，一手支颐，玩味地笑道："好喝。"她那双美眸，这般注视之下，居然有些含情脉脉的味道，不知是在说茶，还是在说眼前的人。

荆秀对上她的目光，眉目俊雅，一言不发，静静地看着对面的女人。

陈轻微微一笑，看似气场不弱于他，却将手肘从桌上放了下来，这位六殿下不带伪装的眼神，真是让人从心底不得不生出臣服之心，如此帝王之相，怎么宫里居然没一个人能看出来呢？

秦翰林："卡，小夏，手放得太快了，显得太着急了，你装作捋一下耳边的头发，在说话的空当间再放下来，你怕她做什么？"

陆饮冰冲她挑眉道："对啊，你怕我干什么？"

"谁、谁怕你了？"

秦翰林从监视器后面走过来，两手挥舞着，口沫横飞，努力调动她的情绪："你以后还得征服他呢，连皮带骨地吞了他，相爱相杀，相爱相杀！甭怕，这里要演出把他当成你的猎物的感觉！"

夏以桐默默地吸了一口气，说："……好，我记住了。"

"酝酿一下，重来。"

片名 《逐光》
TITLE

卷号 第十四章 CHAPTER 14
ROLL

镜号 没有不告而别
SHOT

"Action！"

陈轻在荆秀的目光下丝毫不显得弱势，她甚至有闲暇心思去捋一下鬓角的长发，动作优雅，青丝在空中荡了一下，落在青色的外袍上，宛如水中央静静盛放的一朵清荷。荆秀这才开始正眼打量陈轻的样貌，而不是只揣度她此番造访的目的。

"殿下。"

荆秀慢慢地给自己倒了一盏茶，眼睛也从她的身上偏离开，没出声，是默许她可以往下说。

"殿下小小年纪，便知韬光养晦，背后可有高人指点？"

荆秀握着茶盏，观察着里面浮起来的无根所依的茶叶，心不在焉道："本来就是废柴一根，不过是为了保命，哪谈得上什么韬光养晦？娘娘言重了。倒是娘娘，身怀武功，闯入我景贤宫，恐怕居心不良吧？"

"殿下说的哪里话，我可是专程来投效殿下的。"

"投效我？"荆秀的表情好似听见了天地间最好笑的事情，他道，"娘娘看我这景贤宫，除了我与这属下，便只有三两个侍女太监，再就是我那些鸡鸭禽兽了，娘娘可真会说笑。"

"没有势力，我们可以慢慢培养，只要殿下有执掌天下的心，我自会助你登上帝位。"

"陈轻，你可知道你在说什么？"荆秀的表情倏地一冷。

陈轻不卑不亢道："在为天下寻一个明主。只要殿下您愿意。"

荆秀又给自己倒了盏茶，他的动作缓慢得像是在进行某种虔诚的仪式。屋外的天色渐渐暗下来，夕阳的余晖一寸一寸地压下来，天空变得很低，仿佛孕育着某种既定的天命。

过了良久，荆秀偏冷的声音在这个寂静的房间里响起。

"明日戌时，带上你的同伴，到我这里来。"

陈轻淡淡地一笑，一句话都没说，起身出去了。

屋内又重新归入寂静，荆秀的眉眼低垂，在谁都看不见的角落里，他慢慢露出一个高深莫测的冷笑。

"影子"急道："殿下——"

荆秀抬手制止他："明晚戌时，你去把禁卫军引过来，身为后宫嫔妃，私会外人，夜潜皇子寝宫，我倒要看看陈轻如何脱身。"

"是，殿下！""影子"的脸上一喜。

"你也退下吧。"

"是。"

屋内很快就剩下荆秀一个人，他两指捏起方才还把玩过的杯子，起身将陈茶浇在门口的花盆里，然后极目远眺。镜头拉远，切出。

秦翰林："卡，过！"

二位主演同时从镜头里走出去，去监视器前跟着秦翰林看回放，秦翰林颇为骄傲地笑道："看来我让你们住一起的这个主意见效很快啊，这才几天，你们俩就有默契了啊。"

"看看行不行，要不要再拍一遍，哪那么多废话？"陆饮冰道。

秦翰林看完回放，心情不错，故意说："这条过了，不用再来，看见你就烦。"

陆饮冰笑着接话道："那我下午不来了啊。"

"那敢情好。"

于是这天下午陆饮冰果真就没有来片场……

夏以桐心急如焚，直接冲去问剧组的统筹，统筹困惑地说："陆老师请假了，好像是家里有事，今天下午的飞机，明天晚上回来。她没告诉你吗？"

面对统筹的目光，夏以桐装作恍然大悟的样子："嗨！我想起来了，昨晚上陆老师告诉我了，今天上午太忙了我就给忘了。"

统筹一走，夏以桐故作轻松的表情立刻变成了低落。

陆饮冰当然没告诉她，一句话都没提请假的事，今天中午各吃各的饭，也没和她打个招呼就直接就走了。

夏以桐的脑子里一会是统筹的那句"她没告诉你吗?",一会儿是陆饮冰昨天的那句"你不是无关的人",两句话在她的脑子里不停地纠缠,令她心神恍惚。好在她拍戏还能集中起来精力,没有耽误进度。

收工后,方茴望着一脸闷闷不乐的夏以桐,用脚指头猜都能知道是因为什么。自打进剧组以来,夏老师就一直处在一种高兴的时候恨不得上天、失落的时候整个人就像沉入水底的状态。

"夏老师,你今晚空调终于能开 24 摄氏度了。"方茴想尽办法逗她。

"哦。"

"苏寒姐说这两天要来剧组看你。"

"哦。"

"陆老师没联系你的话,你可以主动联系她啊。"方茴低声提醒道,"陆老师这么着急回家,说不定家里有什么事呢。"

夏以桐立刻停住脚步,打开微信,找到陆饮冰的会话窗口,打了长长的一行字,又删掉了,只留下最后四个字外加一个标点。

到家了吗?

一直到她回到酒店,那条消息还是静静地躺在那里,没有回音。

"也许在飞机上呢,航班总是延误,你是知道的,如果延误两个小时再登机,现在还在飞机上,没毛病。要不你给陆老师打个电话看看,别是家里真有什么事吧。"方茴说道。

"我知道了,你先回房间吧。"夏以桐低着头。

"好吧,有事给我发微信。"

夏以桐带着手机进了浴室洗澡,她把手机的声音开到了最大,忽然她关掉淋浴头,胡乱用毛巾擦了擦手指,按了一下 home 键,屏幕上却没有消息。

淋浴声重新响起来,电话也同时响了,夏以桐关掉水龙头,发现这次不是自己的幻觉。

……

再说陆饮冰这边,飞机的确延误了两个小时。夏以桐发消息给陆饮冰的时候，陆饮冰正在飞机的头等舱里休息，下机时她非常低调地从 VIP 通道里悄无声息地走了，没有一个人发现巨星陆饮冰现身 B 市机场。

陆饮冰只戴了副墨镜，站在地下停车场的电梯口五步远等了一会儿，一辆黑色的宾利缓缓驶了过来，司机摇下车窗，认完车牌和脸，陆饮冰拉开车门坐了进去。

宾利最终开进 B 市一个高档小区里的独栋别墅里，别墅位于市中心，占地面积大得惊人，环境清幽，植被繁茂，像个天然的避暑山庄。

陆饮冰被放下来，她张开双臂呼吸了一口带着夜晚凉意的空气，坐完飞机又坐车的疲惫感顿时消减大半。

"小冰冰！"

她又来了！陆饮冰感到后背生寒，拔腿就要跑！

这时，陆饮冰的腰上忽然一紧，一双柔软的手臂牢牢圈住她的腰，将她整个人抱了起来，双脚腾空。那人心疼极了地说："你又瘦了，我的小冰冰。"边说还边用脸用力蹭着她的头发。

陆饮冰额角的青筋直跳，第无数次咬牙警告道："别叫我小冰冰。"

"好的，冰冰。"

你……

陆饮冰努力挣扎起来，她勤于锻炼，挣脱一个女人的束缚本来是很轻松的，偏偏这个人的力气更大。

"妈！救命啊！"迫不得已之下，陆饮冰只好悲愤地使出了叫娘大法！

陆妈妈闻言立刻从屋里冲了出来，神情还带着一点幸灾乐祸，指着陆饮冰身后的那人一点儿也不凶地叫道："舒窈，还不放开你表妹。"

梁舒窈这才松开手，陆饮冰赶紧跳开三步远，一副如临大敌的模样。

梁舒窈大笑起来，笑声爽朗，牙齿白得跟刮了白漆的墙一样。

月光下，能够看清那是一个眉眼深邃的女人，五官不算精致，拼凑在一起却别有味道，非常耐看。头发到肩膀下面一点儿，只是她的身高实在傲人，足有一米八，腿长更是惊人，一米七二的陆饮冰在她怀里跟小鸡似的。

梁舒窈，女，二十九岁，时尚界的宠儿，国际知名模特。

梁舒窈是陆饮冰一表三千里的表姐，出了五服，没有血缘关系，但因为梁舒窈的父母和陆饮冰的父母住在同一个城市，有往来，她们俩小时候就常常见面。陆妈妈很喜欢这个外甥女，梁舒窈父母不来的时候也爱把她叫来玩，美其名曰给陆饮冰做伴，所以梁舒窈进陆家跟进自己家似的。陆饮冰自打进演艺圈以来，和父母聚少离多，膝下尽孝的时间反而不如梁舒窈多。

说起梁舒窈，陆饮冰对她的感情很复杂，一方面一起长大，知根知底，两个人之间有一种旁人难比的默契；另一方面，陆饮冰实在是怕她，因为梁舒窈太喜欢逗弄她了，就跟她是个什么小宠物似的，时不时就要揉几下。关键梁舒窈的力气比她大，长得比她高，一向天老大我老二爱谁谁的陆饮冰遇到梁舒窈只有乖乖地屈从暴力的份儿。这不，一回来就被抱小鸡儿了。

陆饮冰朝她妈使眼色：昨晚不是跟你说不要告诉梁舒窈吗？

陆妈妈也很绝望啊，用只有两个人能听到的声音道："你说晚了，前段时间舒窈特意嘱咐我，你回来一定告诉她一声，她有要紧事找你。"

陆饮冰咬牙切齿地道："我对你很失望啊，母亲大人！"

陆妈妈："……"

"小冰冰……这么久不见，你怎么不看表姐一眼呢？"陆饮冰听到这个语气就觉得头皮发麻，在梁舒窈的夺命连环呼中迈进了家门。

陆云章一抖手里的报纸，哗啦哗啦响，陆饮冰叫了声"爸爸"，他这才放下自打陆妈妈出去以后一直竖着的耳朵，转过头说道："回来了。"

"嗯。"

陆妈妈问："饿不饿啊？"

陆饮冰摸摸肚子，可怜兮兮地道："饿，中午就吃了一点点。"

梁舒窈笑着插话道："冰冰，那我去给你做晚饭啊。"

陆饮冰还没回答，陆妈妈就提前答应了："你穿的这身衣服，小心溅到油，弄脏了不好洗。"

"我会的，敏姨。"

陆妈妈给梁舒窈整理了一下衣领，又非常自然地给她整理了一下落下来的长发，梁舒窈冲她甜甜地一笑。

陆饮冰："……"这个家到底谁才是外人？陆饮冰认为自己和母亲的

母女亲情受到了极大的挑战。

"妈，妈，妈妈！"陆饮冰朝陆妈妈的耳朵吼道。

"干吗？"陆妈妈这才恋恋不舍地收回看向厨房的眼神，转为看她，"妈不是在吗？你妈这把年纪了，禁得住你这雷霆狮吼吗？"

"妈，你看看我，"陆饮冰重重地呼出一口气，把她母亲的肩膀扳过来对准自己，某种情绪在积聚着，她语重心长地道，"我才是你亲女儿，你怀胎十月，历经千辛万苦，又忍受数十个小时的疼痛生下来的千金，你怎么胳膊肘净往外拐啊。"

陆妈妈惊讶地望着陆饮冰："你听谁说的？这胡说八道，我剖宫产的。"

"……咱甭管剖不剖，你就说我是不是你亲女儿吧？"陆饮冰跳过这个话题，直截了当地问道。

"还真别说，嘿，该不会和舅舅家抱错了吧？"陆妈妈上下打量陆饮冰一番，眼中闪烁着疑惑的光，"我越看你越不像我的亲女儿，咱们老陆家基因这么优秀，怎么生出你这么 shún 的女儿来？"

"shún 是什么意思？"

陆云章闻言扭头解释道："天津话，就是长得丑的意思，是你梁表姐教她的。"

"我长得丑？"陆饮冰指指自己，愤愤不平。

"丑。"陆妈妈端详完毕，道，"是真丑，全家最丑。"

"年底我的新电影送上去审批的时候劳驾您给我毙了吧，免得在银幕上丑得辣人眼睛。"陆·全家最丑·饮冰扯了扯身上并不存在的包袱，环顾四周，眼里浮现出真切的哀伤，叹息道，"这个家容不下我了，"她一手紧握拳头，振奋道，"从今往后，我小叮当要四海为家！"

陆饮冰突然扭头，叫一声，眼眶湿润："爸。"

陆云章把一只手遥遥地伸向她，也热泪盈眶地道："哎，女鹅。"

陆饮冰"扑哧"一声，忍不住笑出声，骂了一句"烦人，你怎么不按剧本走"，然后敛起笑容，悲愤道："您要多保重，待他日我功成名就，必将您救出火海！"

"女鹅！"

"爸比！"

陆云章抹抹眼眶，卷起报纸作振臂高呼姿势，遥望吊灯："你放心去吧，爸爸会照顾好自己，不畏强权，誓死捍卫自由！"

"爸！"热泪迎风飘洒，陆饮冰嘴里"咚咚"了两声，装作磕了两个大响头，旋即起身一步一回头，走到门口，一甩头发，"我，走了！"

梁舒窈本来在等锅里的水烧开，听见门外已经演起了大戏，忙不迭地跑出来，倚门框上观望，乐不可支。她深深觉得，陆表妹放弃留学毅然踏进演艺圈一大半是她爸妈的锅，这一家子戏精。

陆饮冰离家出走一秒钟，又走回来了！

"禀天公，我本住在苏州的城边，家中有屋又有田，生活乐无边。谁知那亲爹，他把那后娘娶。后娘霸道不讲理，害我妻儿囚我爹，占我大屋夺我田……"陆饮冰一边进门一边打着节拍唱道，"好在而今十载过，我已立业有功名，今次儿，便要将那旧债讨，让那后娘悔万千、悔万千！"

唱罢，陆饮冰叫："今科状元到！"然后她自己扶了扶头上纱帽的贴金立翅，款款上前。

陆云章立刻闭目倒在沙发上，陆妈妈快步跑向沙发，和陆云章躺在一起。

陆饮冰见家中狼藉满地，大惊失色："爹！"

陆云章在陆妈妈怀里艰难地睁开眼睛，指向厨房的方向，两眼翻白，嘴唇翕动："凶、凶……"

头一歪，过去了。

陆饮冰凄厉地喊道："爹！"那一声带着哭腔的凄凉呼喊，极具爆发力，一直围观图乐子的梁舒窈根本没反应过来，直接红了眼眶。

陆饮冰浑身颤抖着，躬身埋在陆云章身前，手指发着抖，摸他的脸和额头。眼泪如同断线的珍珠，大颗大颗地落下来，哽咽地喊："爹！儿回家了！你看看儿啊！爹啊！"

女儿有泪不轻弹，只因未到伤心处。

陆妈妈从装死中睁开眼睛，眼圈发红，不满地道："打你进来，就没往我这儿看过一眼。"

"你不是说抱错了吗？"

"嘿你——"

陆饮冰扯了两张纸巾抹眼泪："是你自己说的，又不是我说的。今儿就演到这里了，在剧组每天拍戏，回家还得陪你们演，真行！就我这一场哭戏，你们知道得收多少钱吗？"

"多少钱？你爸给。"

"我说笑的，又没真要钱，小时候哭了那么多场免费的了，大了收钱多不好意思。眼药水在哪儿，嘶——我的眼睛有点疼，爸，你的衣服上是不是有针扎我了？"

陆云章笑着拖长调"嘿！"了一句："还赖上我了。"给她递过去眼药水。

陆妈妈忽然道："舒窈，水！"

梁舒窈回身一看，顿时蒙了，厨房里烟雾缭绕，人一进去立马可以羽化登仙那种，陆妈妈赶紧过去帮忙，好半天，厨房里的蒸汽终于散了，梁舒窈抱歉地道："对不起啊！敏姨，光顾着看你们演戏去了，忘记还在烧水了。"

陆妈妈高兴地道："没事儿，那你说我们仨谁演得最好？"

"当然是您了！"梁舒窈直竖大拇指。

"有眼光！"陆妈妈很欣慰，朝她摆摆手，"你出去跟小陆聊会儿天吧，这儿我来。"

"这多不好意思，说好的，我来做。"

"有什么不好意思的，你也刚到没多久，坐飞机累吧？累就好好休息，对了，我看你的走秀了，在 T 台上特霸气，比我家小陆有气质多了。"

"哪有？表妹的气质才好呢。"梁舒窈笑道，语气透着说不出的温柔。

陆妈妈明着嫌弃，眼睛里却全是满足的笑："她？嗐，别提了，也就是走运，拍了戏，有了点小名气，人家捧着罢了，她的那些粉丝要是知道她私底下这么个样子，估计早就脱粉了。脱粉，是这么说的吧？"

"是这个意思，不过我觉得……"梁舒窈转头望向客厅正乖乖坐着让陆云章给滴眼药水的陆饮冰。

"觉得什么？"

梁舒窈耸耸肩道："觉得表妹很可爱啊。"

从小她就觉得陆饮冰可爱，不管多大了，还像个小孩子，一打不过她就着急喊妈，不是喊自己妈就是喊她妈。其实只要陆饮冰说句好话，自己自然就放开她了，还会带她买糖吃。

可陆饮冰偏不说，这人的嘴怎么就这么硬呢？

"小冰冰……"梁舒窈擦干手，从厨房出来。

陆饮冰躲开她爸继续给她滴眼药水的手，跳到沙发上，惊恐地道："你别过来！"

陆妈妈切了胡萝卜丁、茄子块儿、五花肉丁，做了两碗简单的打卤面端出来，陆饮冰和梁舒窈已经相安无事地坐在沙发上聊天了，陆云章笔挺地坐在沙发上看国际新闻，十年的当兵生涯在他的心里留下了不可磨灭的印记。

陆妈妈心生欣慰，柔声招呼道："吃面了。"

陆饮冰和梁舒窈一起去餐桌，惊讶地道："怎么有两碗？我又吃不了那么多。"

梁舒窈默默地把其中一碗拨过去，坐下，用筷子搅动了几下，说："我的，我就比你早到两个小时而已。"

两个小时？也就是说如果不是自己的航班延误的话，梁舒窈就是和自己同时到的了。陆饮冰忽然笑了，用一种调侃的语气道："你说你好不容易回趟B市，不回自己家，非得跑来我家，还掐着我到家的点到家，是何居心啊？"

梁舒窈自如地回答道："我想敏姨和姨夫了不行吗？难不成还想你啊？"

"你要说想我我还不信呢。"陆饮冰不甘示弱地回击道。

梁舒窈低头吃面，不吭声。

晚饭过后，是一家三口的谈心时间，梁舒窈先回了自己房间——鉴于她经常来陆家，这里有为她专门准备的房间，不影响客厅里的三个人。

陆妈妈这才望着陆饮冰长吁短叹："你怎么瘦了这么多呀？怪不得最近都不回家了，是不是怕我们看见？"

"妈，您现在像我亲妈了。"

陆妈妈没好气地说："废话，我本来就是！怀胎十个月掉下来的骨肉，能不亲吗？你给我过来。"

陆饮冰坐了过去，开始龇牙咧嘴地叫妈，陆妈妈从头到脚把陆饮冰捏了一遍，检查完了，说："没受什么伤吧？"

"没，这回大部分是文戏，也不需要下水。"陆饮冰老老实实的，十分乖巧。

"有没有特别揪心的剧情？我是说，"陆妈妈隐晦地道，"你懂我的意思。"

陆云章也一起看向陆饮冰，眸子里闪过一丝隐忧。

传言说陆饮冰几年前因为入戏太深患过中度抑郁症，这是真的。虽然陆饮冰已经痊愈了，但这依旧成了陆爸陆妈心里的一根刺，每每想起来都一阵后怕。陆饮冰起身坐到父母中间，一手一个搂住他们的脖子，箍向自己，往前摇一下，又往后摇一下："我演的就是一个古代皇子，还是没事养鸡养鸭的那种，我昨儿还搁鸡窝里捡鸡蛋了呢，特别轻松，真没事儿，你们啊，就不要杞人忧天了。"

陆妈妈被陆饮冰摇晃着，叹了口气："妈这不是担心你嘛。"

陆云章拍拍陆饮冰的手，温柔地道："爸爸也是。"

"知道啦，我最爱你们了，永远爱你们，好不好？"陆饮冰把脸埋进陆云章脖子里，陆云章享受地眯起眼睛，不多时听见一声轻咳，陆妈妈正一脸忌妒地看着他们俩表演父女情深，陆云章肩膀一拱，把自家女儿送到了老婆怀里。

"雨露均沾"过后，陆饮冰坐到了单身沙发上，给自己倒了杯水喝。

陆妈妈问："剧组怎么样？"

"跟秦翰林以前合作过，剧组成员不少我都认识，合作起来挺有默契的。"

"吃得好吗？睡得香吗？"

"吃得好睡得香，就是现在和人住一块儿，还在习惯当中。"

"和别人住一起？"陆妈妈和陆云章对视一眼，声音陡然拔高了八度，"从小到大，除了你表姐，谁上你的床都会被踹下床的，居然还有人能和你住一起？不是一张床吧？"

"妈，您能别这么损我吗？"陆饮冰哑然失笑，和她的母亲抬上杠了，"还真就是一张床，和我住在一起的是另一个主演，估计您认识，叫夏以桐，我们有不少对手戏，秦翰林让我和她住在一起培养一下默契，我们住了几个晚上了，除了第一个晚上有点矛盾，后来就好好的了。"

"是吗？"陆妈妈一脸怀疑地看着陆饮冰，"你不是那种能答应和陌生人住一起的人。"

陆饮冰说："她不是陌生人，是我的朋友。"

"朋友？你的朋友不是那个来影吗？"

"新交的朋友，比我小五岁，小孩儿还挺好玩的。"陆饮冰说到这儿，忽然摸向自己的口袋，叫道，"我的手机呢？"

"我们哪知道你的手机，在包里吧？别急，我给你拿。"陆妈妈从陆饮冰搁在沙发一角的挎包侧面摸出来一个银色的手机，递给她。

陆饮冰把手机开机，输入密码解锁屏幕，微信图标右上角99+，陆饮冰点开应用，夏以桐的消息已经落到了第一页最后面，一个孤零零的1，点进去，四个汉字外搭一个标点。

到家了吗？

时间是下午六点半，距离现在已经过了三个小时。

陆饮冰起身，指着手机道："爸妈，我上楼打个电话？"

"去吧。"

夏以桐在浴室接的那个电话是福利院院长打来的，院长在那边说有好长时间没和她通电话了，有点想她了，就打电话过来问问。

夏以桐一只手举着手机，另一只手用浴巾缓慢地擦着身上的水珠，吸吸鼻子，闷闷地喊了一声："妈妈。"

"哎，桐桐乖女儿。"院长重重地应了一声，那边有点嘈杂，声音却很远，想是这会还没到孩子们的休息时间，他们在吵吵闹闹在笑。夏以桐以前是叫她"院长"的，自打出了福利院后，便改口叫"妈妈"了。

"妈。"夏以桐听了一会儿又熟悉又陌生的声音，声音哽咽着说完这句话，深吸口气，压住眼底的热意。只有在院长的面前，她才不需要任何伪装，才会情不自禁地露出软弱的一面。

这么多年，她太累了。

院长柔声应了句，静静地等了她一会儿，问："在干什么呢？"

夏以桐舒口气，说："在洗澡呢。"随后笑了出来，"您等我一下，两分钟，我给您开视频。"

"等我去开电脑。"

"早说了给您换个智能手机了。"

"那个我不会用，而且太贵了，有那个钱不如给孩子们买点好吃的。"

夏以桐扶额："……我现在赚的钱足够孩子们天天吃鲍参翅肚了，不该省的钱您别省，我给您寄的钱也别老不花，别给我存着，我不缺钱，真的！智能手机您不会用，其他小孩儿会用，您让他们教您。算了，我哪天回去看您吧，我教您用，每回都开电脑太费劲了。"

院长仍然说："省点总是好点，万一有个什么事儿呢。"

十分钟后，院长的老式电脑慢吞吞地开了机，夏以桐一张漂亮的脸在分辨率差得惊人的电脑中也没办法化腐朽为神奇，八分颜值直接降到五分。

院长端详着电脑屏幕好久，说："又漂亮了。"

夏以桐知道自己在那边是一副什么尊容，面对自带三丈厚滤镜的院长，笑逐颜开，难得自恋地道："那是，也不看看是谁养大的。"

……

和院长视频完，夏以桐再次打开了微信，看见那条发出去近三个小时依旧没有回应的微信，居然平静如水，她安慰自己陆老师可能难得回家一次没时间看手机吧。

工作重要。

夏以桐坐在飘窗上看剧本，手机则远远地放在床上，免得分神。

看了没多久，床上的手机响了起来。

陆饮冰踏进房门，将门反手关上，耐心地等着手机听筒里的声音，终于接通。

"'含羞草'？"

"陆、陆老师。"夏以桐握着手机，居然结巴了一下。

"夏、夏老师。"陆饮冰故意学她，"你、你在干吗呢？"

夏以桐大窘，深吸口气，话理顺了："我在看剧本。"

"这么认真。"

"勤能补拙嘛，演技不够，时间来凑。"

"不错不错。对了，最近有什么微博热搜没有？"陆老师的话题就是这样跳跃，随心随性。

"我最近没上微博，没看呢。"

"你没上微博？今天一天都没上？"

陆饮冰的声音听起来不但有惊讶，还有一股说不上的惊恐？夏以桐疑惑地问道："有什么热搜吗？"

陆饮冰咬着下唇，不知道该说什么好。

陆饮冰特意观察过夏以桐发微博的规律，她发微博的频率最多不超过三天一次，今天已经是第四天了，昨天没发，那今天肯定就会发微博的，到时候她就能看到……一个惊喜。如果她这两天都没上微博，那么自己给她发的私信她肯定也没看见。

陆饮冰赶紧打开微博，看自己发出去的私信，果然没有显示"已读"。

陆饮冰："……"

亏自己从昨天到今天还一直提醒她，微博，微博，敢情这人都没听进去。

夏以桐再迟钝也知道微博上有事发生，她赶紧打开了两天都没有登录的微博，上面显示有五条私信，她的私信设置只有她关注的人能够发过来，夏以桐在标了红色消息标志的私信对话框里发现了一个熟悉的名字：陆饮冰！不是高仿，千真万确是陆饮冰！

陆饮冰：我明天下午要回趟家，后天晚上回来，24摄氏度的温度，你值得拥有【并不简单】。

时间是昨天下午。

夏以桐激动得手直发抖，直接顺着私信点进了陆饮冰的首页，打开关注，最新关注：夏以桐。

陆饮冰关注了她！而且早就告诉了她今天要请假回家的消息！她没有不告而别！

怪不得陆饮冰昨天晚上开玩笑地说要她发受伤照片的微博！今天早上还故意在她面前晃了一下微博界面，她怎么就都没发现呢？

夏以桐的心里顿时阳光普照，她对着手机深情地呼唤："陆老师，我……"

陆老师立刻把电话掐了。

夏以桐不假思索，立刻拨了回去。

陆饮冰犹豫了一下，接了起来，语气不好地说："干吗？"

"陆老师，我……"

"有话快说，有屁快放。"

陆饮冰的态度不太友善，但是夏以桐知道陆饮冰并没有不耐烦的情绪，忍住笑意，镇定问道："你为什么……要关注我啊？"

"你说呢？"

"我猜……因为我们是朋友，是吗？"

"恭喜你，答对了。"

夏以桐忍不住哈哈大笑起来。

"等一下，有人敲门。"陆饮冰道。

"好。"

陆饮冰把手机放下来，走过去开门，门外一身睡裙的梁舒窈抱着枕头来了，笑容灿烂："嗨！表妹……"

陆饮冰轻轻"哼"了一声，算是对这个称呼还比较满意，问："你又来干吗？"

"来找你啊。"梁舒窈扬了扬手里的大白枕头，作势就要来抱她，嘟着嘴道，"我晚上一个人睡不着，认床。"

陆饮冰相当熟练地吐槽她："你可要点脸吧？你那张床睡了八十年了，还认床？"

"胡说，我今年才二十九岁。"

"再有一个月就三十岁了，老女人。"

"那也比你好，排骨精。"梁舒窈边说边抬长腿迈进陆饮冰的房间里，径直就往床那儿走，还把陆饮冰床上的一个枕头扔到沙发上，再把自己的枕头放上去，这才满意了。

"懒得理你，别在我床上滚啊，被子都被你弄皱了。"

梁舒窈立刻在床上玩起了星球大战，枕头与被褥齐飞。

陆饮冰："……"

陆饮冰眼不见心不烦地往窗户那边走，背对着梁舒窈，"喂"了一声："还在吗？"

夏以桐当然在，听半天了，道："你那儿还有别人？"

"我的一个远房表姐。"

"哦。"

"你干吗呢？"

"看剧本呢。"

"看到哪段戏了，这么不开心？"夏以桐刚跟院长妈妈打完电话，语气里的脆弱还没完全收起来，就被陆饮冰敏锐地察觉到了。

"没有。"

"真没有？"

"真的没有，不信我笑给你听？"

"那你笑啊。"

"哈哈哈……可以吗？"夏以桐一个人在空荡荡的房间哈哈大笑完，总觉得有人在偷窥她，觉得有些尴尬。

"晚安。"陆饮冰笑着道。

陆饮冰挂断电话回来，转身就对上一张放大到极致的脸，梁舒窈目光如炬地盯着她："说，给谁打电话呢？"

"关你什么事？"陆饮冰日常怼表姐。

"你不觉得你把贵客放床上晾着，一门心思打电话很失礼吗？"

"不觉得，再说了，你算哪门子贵客？要真是客我早就把你赶出去了。"

"世风日下，人心不古。"梁舒窈哭诉道。

"世风不下，我这人心也这样。让路，我要去洗澡，洗完澡回来再跟你说。"

"好嘞，我在床上等你哦。"

梁舒窈把空调调高到28摄氏度，把被面重新抻平，枕头放好，侧枕在床头，两条光白的长腿从睡裙下露出来，随意交叠着搭在深蓝色的被面上，吊灯的光线洒下来，似乎随时可以就地开一场睡衣秀。

"是你的粉丝？"梁舒窈问道。

陆饮冰躺着，梁舒窈坐着，听陆饮冰讲剧组里发生的事。

"她自己说的，而且平时表现得也的确喜欢我，说是铁杆粉丝的那种，我说东她不敢往西，我往南她绝不往北，一见我就脸红，逗一下就手足无措。"

梁舒窈配合地打趣："有铁杆粉丝的感觉真好啊！"

陆饮冰耸耸肩："别光说我啊，我这儿除了拍戏就是拍戏，没什么好玩的。你还满世界走秀呢，有什么新鲜事没有？"

梁舒窈说："还真有。"

陆饮冰看着她，大眼睛忽闪忽闪的。

梁舒窈沉吟道："我从朋友那儿听说了件事。朋友有个暗恋的人，跟她青梅竹马一起长大，同进同出，帮她打小混混，帮她考试突击复习，帮她背黑锅受罚，大了以后，两个人都有了自己的事业，聚少离多，感情却还在。不管喜欢的人什么时候回来，她都推掉一切事情坐最早的航班回去，只为了和喜欢的人见上一面。"

"然后呢？"

"没然后了，她现在也没表白。"

"你朋友男的女的啊？"

"女的。"

"哦，那她为什么不跟那个男生表白啊？"

"可能是怕吓跑了对方吧。"

"哦。"陆饮冰打了个哈欠，"什么时候你朋友表白了告诉我结果。"又翻个身，"我睡了，好不容易能没有剧本早睡一天，不容易啊。"

梁舒窈："……"还是老样子，不是话题跳跃，就是话题戛然而止。

"晚安，关下灯。"

"晚安。"梁舒窈关灯，也躺下了。

"饮冰，我下个月去探班啊？"

陆饮冰含混地"嗯"了一声，也不知道听没听见。

梁舒窈对着陆饮冰的耳朵说："我说，下个月去你的剧组探班，你听到了没有？"

"听到了，又没少探过，爱来不来，不管饭，你自己找地方住。"陆饮冰烦躁地道，"睡觉！再不睡踹你下去！"

"睡了睡了。"

陆饮冰早早入睡了，夏以桐却打开了微博，热搜榜第二名：陆饮冰、夏以桐互关。

离互关已经过去了一天一夜多，最开始的热度降下来，再加上晚上十来点钟不是刷微博的高峰期，所以搜索量只有 30 多万次，夏以桐从热搜点进去，综合第一条是某娱乐大 V 于昨天晚上七点发布的，转发数 4 万：

陆饮冰、夏以桐近期由于共同主演怪才导演秦翰林的《破雪》频频被网友拿出来相提并论，继陆饮冰怒怼《娱乐星七天》后，二人便潜心投入电影拍摄中，至今没有透露任何消息。但是，机智的小编于今天下午六点发现，陆饮冰的关注列表上赫然多了夏以桐的名字。看来二人私下关系也不错，期待《破雪》中两位老师的精彩表演了！【小黄人鼓掌】【小黄人鼓掌】。

【图片】【图片】【图片】【图片】。

夏以桐点开评论。

有完没完？有完没完？有完没完？到底有完没完？自打"瞎一桶"参演这个剧以来，这才多少天，把我陆神拉出来炒作多少回了？演技不行就好好回家练不行吗？非要捆绑营销，不忍直视！【微笑】5672【赞】。

楼上的也真是好笑，麻烦你们搞搞清楚，是你们陆神先关注我们夏夏的，别什么锅都往我桐身上甩，对不起！不背！5509【赞】。

路过的吃瓜群众，谁的粉都不是。只想说一句话：以前陆饮冰拍电影的时候，上热搜都是因为作品、神演技、美颜盛世，现在呢？动不动就和某明星捆绑在一起，说这后面没有炒作？反正我是不信的【哈欠】【哈欠】4988【赞】。

……

兄弟姐妹们，有陆 × 夏的大瓜，快来围观！2332【赞】。

夏以桐本来是想关掉界面的，但是这条微博下面的回复特别多，她好奇地点开了一下，立刻沉下了脸色。

夏以桐的心里顿时升起一种说不上来的预感，不对劲，直觉要出点什么事。

正想着，手机响了，苏寒的电话打进来了。

"苏寒姐？"

"夏桐，有人要害你。"苏寒单刀直入，声音很冷。